被时光抹掉的名字

蒙莎 /著

中国华侨出版社
北京

图书在版编目（CIP）数据

被时光抹掉的名字 / 蒙莎著 . -- 北京：中国华侨出版社，2020.7
ISBN 978-7-5113-8028-9

Ⅰ . ①被… Ⅱ . ①蒙… Ⅲ . ①长篇小说－中国－当代 Ⅳ . ① I247.5

中国版本图书馆 CIP 数据核字 (2020) 第 074755 号

● 被时光抹掉的名字

著　　者 /	蒙莎
责任编辑 /	刘雪涛
封面设计 /	百悦兰棠
经　　销 /	新华书店
开　　本 /	880 毫米 ×1230 毫米　1/32　印张 /11.5　字数 /240 千字
印　　刷 /	涿州军迪印刷有限公司
版　　次 /	2020 年 7 月第 1 版　2022 年 8 月第 2 次
书　　号 /	ISBN 978-7-5113-8028-9
定　　价 /	48.00 元

中国华侨出版社　北京市朝阳区西坝河东里 77 号楼底商 5 号　邮编：100028
法律顾问：陈鹰律师事务所
发行部：（010）64443051　　传真：（010）64439708
网　　址：www.oveaschin.com　　E-mail：oveaschin@sina.com

如发现印装质量问题，影响阅读，请与印刷厂联系调换

被时光抹掉的名字

目录

被时光抹掉的名字

我们都会被这个世界遗忘，能记住的也不过是最终陪伴在身边的人。

第一章	那一年雪中的邂逅	1
第二章	踏上北平的征程	17
第三章	搅动校园风云的人物	33
第四章	毒瘤	49
第五章	色诱	64
第六章	交锋	80
第七章	未婚妻的纠结	96
第八章	惊险的一夜	114
第九章	踏上前线的战场	130
第十章	地震后的生死选择	145
第十一章	枪口下抢夺的爱情	160

第十二章	雾都相会	175
第十三章	重庆大轰炸	192
第十四章	徐英豪的致命反击	210
第十五章	最蠢的漏网之鱼	225
第十六章	意外的求婚	241
第十七章	战争下残留的孩子	261
第十八章	两个人的婚礼	276
第十九章	316的地狱长鸣	295
第二十章	重逢在浪漫的法国之都	311
第二十一章	婚姻的陷阱	326
第二十二章	跨越新世纪的人	343

被时光抹掉的名字

第一章　那一年雪中的邂逅

　　对于一个刚从普通三本院校毕业，好不容易才进入省级电视台工作的菜鸟实习生来说，上司交给的每一份工作都是一次重要的机会，所以就算再苦再累，李雪君都会牢牢地抓住这个机会，来获取工作的经验。

　　眼中闪烁的羡慕之光连鼻梁上的眼镜都遮挡不住，李雪君咬着右手的手指，满脸喜悦地站在正在进行后期包装的工作人员之后，凝视着电脑屏幕上正在报道新闻的记者于雷。

　　镜头前永远都是一副干净帅气的模样，镜头后却是满脸胡楂、邋遢不堪。李雪君不明白，只不过一个晚上，为何差距会如此之大，镜头里的帅气装扮早已经消失不见，于雷端着一杯茶水，用手中的湿巾擦拭着脸颊上的困意。

　　"不要觉得人家包装老师长得帅，就死守在人身后，你呀，还是年轻，没事多看看我，你就能早点儿明白什么才是社会。"

　　李雪君不自觉地哼笑几声，不服气地回怼："雷哥，我是'90'后，除了主持人还入得了我的眼，你们这些拖家带口的就镜头前还能看得过去，再说了，我还不是为了保证这条新闻的质量，这可是我第一个新闻，还被你给抢了。"

被时光抹掉的名字

此时才凌晨4点多一点，他们便集中在后期制作间里马不停蹄地干，这也是李雪君的功劳。昨夜一个朋友生日，被他们逼着灌了几杯酒，在彻底爆发之前李雪君便带着不悦和委屈从聚会上撤离了。

从KTV出来，一边和母亲视频一边向租住的房子返回，也是太过着急了，进入电视台快半年了，一条属于她的新闻都没有，弄得她有些没有耐性了，开始考虑换工作的事情了。可是又真真羡慕站在镜头前的记者，现在又被这些朋友欺负，一阵莫名的心酸涌上心头，眼泪便开始在眼眶中打转，开始了和爸爸妈妈每日一次的抱怨、哭诉。

"妈，你就帮我再找找人嘛，我都快在电视台打了半年的杂工了，根本就没有上镜头的机会，他们根本都看不起我，不给我机会。"李雪君急得直跺脚，看着视频内的妈妈哭喊着。

"小君，你才刚毕业，什么都不会，先得好好学习学习才能上镜啊。不着急。"镜视频另一端，母亲耐心地劝解着。

"我都学习了半年了，不上镜我什么都学不会，只会打杂，不是爸爸找的人吗？找了跟没找有什么区别啊，我不管，妈，我要辞职，我不工作了。"

"不工作怎么行，小君，要是累了，就请假回家休息一天，妈妈给你做好吃的，我们换换心情。"妈妈着急地安慰着。

"换不好的，妈，你让爸爸再帮帮我啊。"李雪君越说心里越发委屈和难受，最后直接哭喊出来。

听着女儿的抱怨，妈妈有些不开心了，语气也加重了些："小君，你爸不是电视台台长，我们没有这么大的权力，你天天玩网络，看新闻，比我更清楚现在这个社会，你觉得就算我们强行把你送到镜头前，你能张开那个口去播报新闻吗？"

走到一个路口之处停留，李雪君抬眼看一眼红灯闪烁，不肯放弃地继续和母亲争辩着："给我一个机会，我肯定可以，我都练习了很多次了。"

旁边突然传来一阵阵争吵声音，李雪君看都不看一眼，继续跟母亲抱怨着。也是被这个女儿闹得有些心乱，视频里的妈妈语气更加地坚定："小君，这个工作你肯定是不能辞的，若是辞职，我和你爸爸便不再帮你，你这个当名记者的愿望也就彻底泡汤了。"

"不做就不做，反正也实现不了。"李雪君赌气回道。

视频那边的妈妈不再说话，李雪君也是什么都不说，只是对着妈妈哭着。

半晌之后，妈妈这才再一次开口："你还说你努力了，你旁边吵得那么大声，我这里都听到了，你关注不到吗？"

"他们吵架关我什么事？"

"你不是要做记者吗？这不是新闻吗？"

"新闻。"李雪君这才下意识地关注起来，立刻关掉了和母亲的视频，擦拭掉眼角的泪水，将手机镜头对准了他们。

一位奶奶带着5岁的孙子，和一对年轻情侣在路边争吵不断。听了半天，录了半天视频之后，李雪君才知道，双方不过是因为购物中发生了一点儿摩擦才争吵的，这样的事情太过平淡，也不能作为新闻，李雪君瞬间感到失望，可是在她准备收手的刹那间，真正的新闻发生了。

被时光抹掉的名字

那位奶奶也是吵得急眼了，直接上前一把打上男子的脸颊，5岁的孙子害怕地上前抱住奶奶，却被随手直接推开了，刹那间被飞奔而来的车碾压过去，而司机也是被突然"飞"出来的人吓到，紧急刹车躲避，可还是没有躲过去，还偏偏撞上了旁边奔驰而来的车子，一辆接着一辆丝毫没有防备地追尾，刹那间便将本来顺畅的街道变得拥堵不堪。

拍着视频的李雪君被如此的惨相吓得不知所措，半天傻傻地原地站着，旁边的路人看到这情形，快速地奔跑起来，呼喊着"报警""救人"。伴随着那位奶奶一声撕心裂肺的嘶吼，李雪君这才清醒过来，颤抖的手立刻拿起手机找出于雷的手机号拨打过去。

"雷哥，发生车祸了。"

不到半个小时，警察、救护车和电视台的采访车便赶到了现场，于雷带着摄像师来到了李雪君的身边，李雪君思维已经混乱，绕了半天才将事情说明白，于雷便迅速地开始站在镜头前播报。

现场采访结束，于雷带着李雪君一同前往医院，再一次确认了其他追尾的车辆、司机伤亡情况，便随即赶回电视台，开始剪辑处理视频。

回到电视台的时候已经快凌晨3点了，于雷将所拍摄的视频剪辑好，交给了包装的工作人员处理，于雷也趁着这个时间躺到一旁的沙发上睡了一会儿。

跟随在刚刚醒过来的于雷身后，李雪君虽然有很多话想要说，却始终张不开口，毕竟这是职场，不是她的家。

"还是困啊。"于雷最后一口结束了手中的茶水,连同湿巾一起塞到了李雪君的手中。

"我不是你的垃圾桶。"

李雪君将湿巾扔到了垃圾桶,给杯子添满了水,回到已经整理好仪容的于雷身边,将水杯递上去。

于雷并未去接,继续整理自己睡乱的头发,随口喊了一句"镜子"。

李雪君低头从自己身上的背包内取出镜子递上去。

接过镜子,于雷又开始对着化妆镜整理自己的仪容。

"当了六个月的菜鸟,李雪君,你也该努力努力上桌了。"

一听到被人这样说,李雪君心里的不满再一次涌上:"你除了让我干一些杂活儿,也没给我多少机会啊,还每天菜鸟菜鸟地叫我,我以后要是没出息,做不了一名有名气的好记者,看你怎么向我爸交代。"

"我向你祖宗都不会交代,自己没能力,怪我有什么用!还名记者,你连狗仔的职责都做不好。"

"挖别人的隐私不是我的风格,我的理想是做一名战地记者。"

于雷坐回包装人员的身边,取过李雪君手中的茶杯,盯着她半响不语。李雪君神情有些不自然,眼神飘忽,没有寻找到一丝可以躲避过去的机会,便开口询问:"雷哥,你有话直说。"

于雷挑眉,将化妆镜塞回她的手中,"你总是抱怨我不给你机会,你今天也得到这个机会了,你当时的表现如何,你给自己打几分?"

李雪君羞涩地低下头去，思量着。

于雷继续说着："你梦想着做一个有名的记者，所以借着现在这些视频软件，拍摄上传各种视频。被我骂了，你不开心，凭着你对新闻的追求，方才也拍到了你的第一个新闻，可你也遗忘了一点儿东西。"

"什么东西，从头到尾我都拍全了啊。"李雪君着急地解释着。

"是完完整整，你只顾着拍摄你的新闻，你有没有想过当时在他们开始争吵的时候去阻止一下，在那个孩子靠近路边的时候上去拉一把，'记者'这两个字让你只记得新闻，忘记人命。"

……

在学校的时候养成了休息的时候关手机的习惯，本来是个好习惯，可偏偏就是这个好习惯让她在工作上被骂了好几次，之后便再也不敢关手机了，充电宝都准备了好几个，方才又因为自己的第一条新闻被骂，李雪君是又委屈又开心又自责又难过。

回到家，本想关了手机好好睡一觉，躺在床上却始终睡不着，看着手机内拍摄的视频，李雪君一次次思索着于雷的话，这一次她不敢给妈妈打电话抱怨了。

想着想着，眼泪就止不住地流下来，可是她又不敢大声哭出来，只能抱着枕头抽泣。也真的是累了，哭着哭着就睡着了，却也休息了不到3小时，手机铃声又吵了起来，她又不得不又从床上爬起来，去跟于雷继续工作。

以为又是什么紧急事故新闻，所以做了十足的准备，却

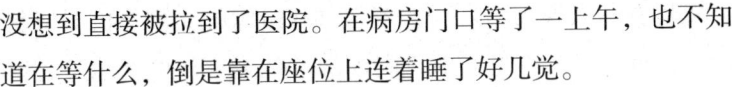

没想到直接被拉到了医院。在病房门口等了一上午，也不知道在等什么，倒是靠在座位上连着睡了好几觉。

肚子咕咕叫的声音将她唤醒，好一点儿的是于雷是个结了婚的家庭大叔，还知道照顾关心一下她这个不谙世事的小姑娘。

"哎，醒一醒，哈喇子都快把医院淹了。"冒着热气的包子和粥，在塑料袋中一摇一晃地击打在脸上，又痒又热，李雪君不得已只能睁开眼，满眼嫌弃地看一看："雷哥，我们都等了一上午，还要等多久？"

不耐烦地将手中的早餐推到她的怀中，于雷也一起坐在了旁边吃起来，"给你2分钟的时间赶紧吃完，一会儿把你那哭成猴屁股的眼睛赶紧处理一下，骂了你给你一个甜头，免得你觉得我以大欺小。"

本来是一个清新脱俗的小姑娘，却偏偏因为一份执着将自己弄得毛毛躁躁，李雪君一边狼吞虎咽地吃着东西，一边从包内取出化妆镜整理自己的仪容，随口询问着："雷哥，我们在医院等这么久到底要采访什么人啊？"

于雷凝望着眼前写着316病房的号码牌，眼中有着说不出的期待和憧憬，却也有些丝丝的悲凉回道："一个跨越世纪的女妖。"

走进病房，映入眼帘的便是一个头发花白、脸色苍白、胳膊上插着针管、手臂上依稀可见好几处被针扎出来的针孔的老太躺在病床上。老人在护士的搀扶下，慢慢坐起身来，倚靠在病床上，抬眼看到走进病房的于雷，伸出插着针管的右手将他呼喊到床前，嘘寒问暖。

被时光抹掉的名字

趁着两人说闲话之际，李雪君和摄像师立刻将机器架起来，又将灯光调整好。对于眼前的这位老人，她之前没有得到任何相关的资料，也根本不知道她到底是做什么的，有何功绩，甚至对她的名字都不清楚，不明白老师为何会如此执着地要采访她，而这位老太的身上究竟藏着怎样的故事，会成为一条轰动的新闻吗？

在护士的帮助下，老太穿好了衣服，坐在了轮椅之上，于雷为老人送上暖手宝，盖好毛毯，杯中也添满了水，摆放在桌旁，拉过一旁的凳子坐在了她的身边。

"老师，是我鲁莽了，您的身体若是难受，今日的采访随时可以停止。"于雷担心着。

"不妨碍，老毛病了。只是今日的采访恐怕你也得多耽误一些时间了，我如今记忆不好，很多事情都模糊了。"老太摇头回道。

"老师乃是跨世纪的妖精，妖精的记忆自然有千年之多，讲起来恐怕也得千年之久。"于雷打趣起来。

老太笑着，将目光锁在了镜头旁李雪君的身上，凝视着她，露出孩童般的微笑。若说起她跨世纪女妖的称呼，一切缘起12岁时的一场邂逅。

时光倒回到民国28年的那个冬天，作为一个12岁的初中生，不能上战场救国，同学们便也只能关心一下自己的生活环境，担心一下家族和自己的未来，辛雪怡却始终对这些提不起兴趣，该怎样就怎样，每天过得浑浑噩噩，要说唯一的兴趣，便是写作文、写故事。

　　生在一个战乱的时代，就算战乱还没影响到自己生活的城市，毕竟还是一个活生生的人，心里多少还是有情绪需要发泄的，不愿说出来，那就写进作文里。

　　可总是活在自己的故事里，往往会遗忘现实生活。不知道黑板上讲课的老师，什么时候已经走到了自己的桌前，可惜活在文字中的她根本听不见，最终还是前桌的男同学莫文清推开她的胳膊，将她唤回了课堂。

　　辛雪怡对于眼前的一切处于蒙圈状态，迷茫的眼神，一个懒懒的声音询问着："下课了？"

　　莫文清眼神向着左边瞥了瞥提示她，辛雪怡这才回头过去看到了站在身边的人，下意识地立刻起身。"老师？"

　　"辛雪怡，这已经是你第五次上课走神了，你又做什么白日梦呢？"

　　老师从她胳膊底下抽出压着的本子，翻看着上面的文字，提起向班中的同学们展示着："大家都抬头看看，我们雪怡同学又一篇大作写出来了。"转而又回头看着辛雪怡继续说着，"辛雪怡同学，你的作文是写得不错，可是你能靠你的作文养家还是救国？"

　　"救自己。"

　　辛雪怡干脆的三个字惹得全班同学哄堂大笑，她并不是一个喜欢争辩和解释的人，自己喜欢的去坚持好了，为何一定要跟不同路的人解释，再者她对自己的未来本来就很迷茫，写作文只不过是现在的一个爱好。

　　"老师，我错了。"

被时光抹掉的名字

"你要是未来还有自救的打算,现在最好扔下你的笔,抬头听我讲课。一个女生首先你要考虑的是保家,而你的笔保护不了你的家。"

老师将作业本扔回辛雪怡的桌上,转身回去继续讲课,坐回到位置上,看着手下的作文本,辛雪怡伸手将写满文字的两张纸从作业本上撕扯下来,揉成一团捏在手中,抬头认真地听着课。

一夜的鹅毛大雪,给沈阳街道穿上了一件雪白的大棉袄,人踩上去难免发出"咯吱咯吱"的响声。不过,毕竟是寒冷的冬日,晨光也刚升起不久,街道上除了刚从学校走出的辛雪怡却也看不到几个人。

按照父亲的安排,这个休息日要在家中为爷爷庆寿,辛雪怡不得不一大早借助着脚下的音乐节奏,怀中抱着一份印有硕大的《春宴琐谭》字样的报纸,以笨拙的步伐,蜷缩着脖子缓缓跑了起来。

学校距离家的位置还是有些远,按照她的步行速度,差不多中午时间才能到,不过聪明的人是不会在路上这样耽搁时间的。尝试了几十次之后,终于被她找到了两个点之间最短的一条线。

从小到大也没去过其他地方,不知道是不是整个中国的冬天都跟沈阳一样冷,嘴边呼出来的热气,都能冻到脸颊。

辛雪怡迈着急匆匆的小碎步,踩踏在白皑皑的积雪上,向必经的小巷子靠近,刚准备进入巷子内,接连三声男人的哀号声传了过来,吓得她下意识地停下脚步倚靠着墙壁,环顾四周，最终将视线凝聚在小巷子内。

　　探出头去，看着五米之外本该白雪覆盖的地面，却被红色的血液染红消融后露出一部分灰色的地面，还有几处被一具庞大的男人尸体遮挡住了，旁边两个男人仍在和一个身材消瘦、个头儿高大的男人厮打。

　　虽然身披一件黑色的袍子，却还是遮挡不住满身伤痕，嘴角的血也在时不时地滴落而下。男子一把抢过对手的刀，一个过肩摔直接将对方摔倒在地，手下的匕首毫不犹豫地刺入他的胸膛，血液飞溅在他的脸颊上。

　　虽说是生在一个战乱的年代，可是她一个12岁的小女生，还真没亲眼见过这样的情景，没有任何的预兆直接在距离她几米外的地方血淋淋地上演，辛雪怡被吓得一声尖叫，瞬间腿软得整个人瘫倒在地上，颤抖的声音呼喊着："杀人了！"

　　"啊——救命！"

　　紧接着一个强大的力道直接从她身后一把将她提起，辛雪怡整个人瞬间被扔向方才那个杀人的凶手，力量的惯性让她整个人趴在雪上一通滑行，吃了几口冰冷的积雪，最终落在那个凶手的脚下。

　　一颗惊恐的心还不曾平缓下来，整个人又瞬间被那个凶手一把拦腰抱起，接连两个急速的转身，转得她头晕目眩，随后整个人又像衣物一般被蜷缩成一团压在他的身体下。

　　"别动她。"就这么一句话，还没来得及弄清谁说的，耳边接连传来两声枪响，彻底将她吓懵，又是一阵尖叫，只不过这一次她换了求救的对象，呼喊着"爸爸、妈妈"。

被时光抹掉的名字

毕竟怀中多了一个十多岁的女孩儿，身穿袍子的男子的行动也被拖累，只能抱着她迅速地躲避，在避开追杀者的视线后，便抱着她躲藏在了被丢弃的垃圾后，靠着破旧的竹席遮挡着身体。

男生一手捂着怀中女孩儿的嘴巴，一手抓起地上的白雪，在自己身上的伤口处蹭了蹭，调整着急促的喘息声，低头对着怀中的她露出一个甜蜜的微笑，小声地在她耳边提醒："不要出声，我不会伤害你的。"

泪水从眼中滑落到脸颊，在坠落之前与辛雪怡的头一同微微点了点。从出生到现在，十二年的时光除了自己的父亲，便没有同任何一个男人如此亲近过。不是因为她见过的男人少，而是能让她看上眼的男人很少，或许是因为经常写作的缘故，她更多的是活在自己文字中，爱上的也是自己文字下创作出来的人，一直期待着那个人的出现。

瞪着大大的眼睛，一动不动地盯着眼前的人，整个人靠躺在他的怀中，感受着他胸膛的温度，微微抬头将下颚往上蹭了蹭，至少要看清绑架自己的人的面容。

他的半张脸被斗篷的帽子遮挡，另外半张又充斥着血液和泥泞，在光线被遮挡的情况下根本无法看清他的面容，不过，透过破碎的竹席透出的一丝光芒，可以清楚地看到挡在她嘴巴上的那只手，是那样的白嫩、那样的光滑、那样的细长、那样的纤美。看着这样的一双手，她心中本该存在的恐惧渐渐地淡漠，竟然胆大到从怀中取出手帕，不自觉地帮他去包扎手臂上的伤口。

"谢谢。"耳边又是那个温柔的声音，随后便是一声外面来人的提示声，两个人自觉地屏住呼吸，聆听着外面的脚步声渐渐靠近，紧接着便是垃圾被脚踹走的声响。比起方才被攻击时的恐惧，现在这样的等待其实更恐怖。

"哎，你这人怎么回事儿啊，好好的垃圾，你踹它做什么？"一声妇女的呼喊突然响起，阻拦了靠近过来的脚步声，紧接着又是一个男人的声音，"怎么了，一大早你又在喊什么？"

"你看，那个人莫名其妙把我整理好的垃圾全都踹乱了。"

"哎，你是谁啊，踹垃圾干吗？"

外面的呼喊声音不断，男人的脚步声渐渐地消失了，伴随而来的是一个巨大的重物砸在了他们的身上。

等到耳边再也听不到任何的声音，男人一把推开身上的竹席，将阳光放进来。

放开怀中的人，拉着她起身为她拿掉头上的垃圾，抓起一把雪将她脸上蹭到的自己的血迹擦拭干净，露出一个温暖的笑容说道："没事儿了，现在安全了，你赶紧走吧。"

看着眼前比自己高出一头的人，辛雪怡不自觉地抬手掀开他头上遮挡的帽子。

"别动我。"眼前的人显然也没有预料到她突然的举动，下意识地躲避，等待看清楚之后，这才再一次露出笑容，"抱歉。"

看着他眉清目秀的容颜，为他擦拭掉嘴巴上的血迹，不知道自己为何会突然有所期待，询问道："大哥哥，以后我还能见到你吗？"

凝视着她的眼睛，男子微笑着回道："等到你长到与我一般高时。"

辛雪怡微笑着点了点头，转身迅速地向前跑去，跑了两三步，又停下了步子转身对着身后的人呼喊："大哥哥，我一定会找到你的。记住我的名字，我叫辛雪怡。"

凝望着离开的背影，男子不自觉地嘴角上扬，抬手看着自己胳膊上包扎的手帕，嘴里再一次重复着"辛雪怡"三个字。

俯身捡起垃圾堆中被遗落的报纸，打开翻看着，里面夹着的几张作业纸从中掉落了下来。他俯身捡起那几张纸片，纸上密密麻麻写满了一个小女孩儿创作出来的故事，抬头再去寻找这些文字的主人，狭窄的街道只剩下白雪中留下的一道清晰的脚步痕迹，将纸张重新收回到报纸内收回怀中，男人转身向相反的方向迅速地走去。

避开了追杀者，男子踏着白雪转移到了一家报社内，和看守的人员对了暗号后，被带到了后堂的一间小屋内休息。在屋内自行找了止血的药和包扎的绷带，男子一番清洗和包扎后，坐在一旁取出报纸内的两张纸看了起来。

不知道过了多久，门房的锁重新被打开，男子将手中的作文放回到报纸上，起身迎上前去，望着来人呼喊着"老师"。

两个年纪约30岁的男人相继走了进来，关上房门的万叶清焦急地询问起来："316，发生了什么事情，你为什么这个时候跑过来。"

"陆军第二十九军上将军长兼师长陈安宝在龙里张方面与日军展开白刃格斗，陈安宝赶往督战，不幸身中数弹殉国。

3 日前，桂林行营下令停攻南昌，南昌会战结束。各部队奉命回复原有态势，在赣江、抚河间及沿抚河东岸之线暂取守势。"316 上前向老师万叶清回道。

"什么，怎么会如此突然？"万叶清还未表态，一同进来的主编林庆祥却惊讶地开了口。

"其实早就有所预兆了，之前蒋下令南昌参战部队各总司令要亲赴前线督战，限 5 日以前攻克南昌，并下令将第七十九师师长段郎如军前正法，以昭炯戒，那时其实已经有所预兆了。"316 回道。

万叶清哀叹一声说道："此事我也得到了一丝线索，顾祝同将南昌会战溃败的主要原因归结为五点：第一是因为未能用奇袭出敌不意；第二是限于地形，无迂回钻隙余地，不能避免攻坚；第三是炮兵、工兵太少，步兵装备不全，攻坚无力；第四是敌飞机活跃，并使用毒气，我方损伤过大；第五是各师奉命限点攻击，装备不齐，动作不协调。"

"狗屁。只不过是堵住悠悠众口的谎言。"主编林庆祥斥责起来。

看着满身伤痕的学生，万叶清担心着，"316，你如今负伤到此，说明已经被盯上了，以后行事要更加小心了，这里不能久留，你要立刻返回，暂时不要有任何的行动。"

"我知道，今晚我就会离开。"316 点头回道。

看着他手中的纸张，万叶清疑惑着："哎，316，手中的可是你的新作，从刚才进来就看到你一直在看，脸上的笑容也没断过。佳作了。"

316 摇摇头微笑道："来的路上遇上了一个小妹妹，是她掉的，我便捡来看看。"将手中的纸张，递到了万叶清的手中，"老师，这份作文您品阅一番吧。"

"能被你推荐的作文，看来我要认认真真地品读一番了。"

接过作文，万叶清转身走到窗户前，借着雪地反光仔细地看了起来，看了片刻，嘴角流露出喜悦的笑容，不禁摇头连声称赞："写得不错，写得真不错。"

"那我得看看，"林庆祥也凑上前品读起来，阅过之后一脸喜悦和满意的神情点头，回头询问道："这个女孩儿叫什么名字啊？"

"辛雪怡。"

……

第二章　踏上北平的征程

也是被当时的情景吓得思绪混乱，辛雪怡跪在爷爷面前，磕头拜寿之时，这才清醒过来，自己告诉了那个大哥哥的名字，却未曾询问他的名字和住址。若是她长到大哥哥的个头儿，又如何去告诉他，没有找寻到这个答案。辛雪怡浑浑噩噩地在学校继续学习，只不过每日多了一项任务，便是测量自己的身高，这样的生活一直持续了半年之久。

直到半年之后的那个五月，鲁艺师生合唱的一首《黄河大合唱》，在延安陕北公学礼堂庆祝会上首演。那一场演出之后，不只是辛雪怡的学校生活发生了改变，所有同学也都被这首歌深深地影响，谁也不会想到一首歌能唱出中华民族的怒吼，一首歌可以振奋所有爱国的中华儿女的心，当然这首歌也传到了辛雪怡所在的学校。

响应祖国的召唤，在校长的支持下，学校准备挑选30多名男女同学，共同组成合唱团，在一周后的校庆日演唱。

辛雪怡对于唱歌这种事情并不是很感兴趣，毕竟现在的她一心想进文学圈，并非艺术圈，无奈在艺术圈有所才能的莫文清为了所谓的凑人数替辛雪怡也报了名，辛雪怡的性格属于自己不去做选择，别人的邀请也不做多余的拒绝，她的

被时光抹掉的名字

人生本来选择的机会也就不多,没有尝试过,她自己也不清楚是不是就不适合。

跟随着排练的队伍整整唱了五日的时光,从刚一开始的不会、不敢张口,到渐渐进入状态,辛雪怡这才开窍,以前从没机会去尝试,现在这样尝试了,辛雪怡却也发现自己并非一无是处。

从练习室出来,辛雪怡一路而返,身后方才伴奏的莫文清拿着小号呼喊着"雪怡"追赶了出来。

回头停下脚步,寻找到呼喊自己名字的人,莫文清一脸欣喜地追上前询问起来:"雪怡,最近的练习很辛苦吧。"

"还可以。就是嗓子有些不舒服。"辛雪怡回道。

"明日就要演出了,你回去喝一些药,好好休息休息。"莫文清手里玩弄着自己的小号说着。

辛雪怡点了点头,转而又继续向前走去。莫文清一脸的纠结,明显有话要说,却始终说不出口,焦急得手足慌乱,思量之后再一次追赶上去。

"雪怡,马上就要考试了,你决定考哪里的大学了吗?"

"我爸妈定好了会告诉我吧,不是还有两个月吗?"

"那也很快了。"莫文清尴尬地笑了笑,"我想去上海的文工团。你要是没有方向,要不要和我一起去文工团,你的歌唱得很好听,只要经过专业的训练一定会更好的。"

"上海?文工团?"辛雪怡嘀咕着,"我会告诉我爸爸的。"

莫文清欣喜地点了点头,两个人说话间,迎面一位男同学脚步匆忙地找了过来,拦在了辛雪怡的身前,喘着粗气说

着:"辛雪怡,终于找到你了!快点儿,老师找你。"

一把甩开拉着自己胳膊的手,辛雪怡躲避着:"班长,我作业都交上去了。"

班长重新拉拽上辛雪怡的胳膊,边走边不耐烦地回道:"我知道,老师只让我找你去她办公室,你赶紧过去吧。"

老师的命令,自然是要抓紧时间之执行的,跟随着班长一路匆忙奔跑到了老师的办公室门前,还不等辛雪怡喘口气,"别磨蹭了。"一声提醒之后,班长直接将辛雪怡推了进去。

瞥一眼室内坐着的两个陌生人,辛雪怡有些胆怯地将目光集中在了老师的身上,低声询问道:"老师,你找我?"

"不是我找你,报社的两位主编找你。"

顺着老师的视线,辛雪怡回头去看坐在一旁的两个中年男人,万叶清一脸慈祥的微笑,林庆祥脸上倒是非常严肃。看着辛雪怡,两个人起身迎上来。

"辛雪怡,你好,我们是《苏江日报》的主编,今天来这边办点事情,就顺道来看看你。"林庆祥介绍起来。

"看我?"辛雪怡疑惑不解,"你们不是我家的亲戚吧,看我做什么?"

听着辛雪怡的疑问,林庆祥和万叶清相视笑了笑,万叶清回道:"不是亲戚,但是隔几个人就可以成为熟人。"

"辛雪怡同学,这是你写的作文吧?"林庆祥将两张纸递了上去。辛雪怡接过看着自己丢失的作文,点了点头,翻看后急切地说道:"是我的,夹在一张报纸中的,一起掉了。"

被时光抹掉的名字

"是,报纸上被你做了记录的那篇文章是我写的。"看着辛雪怡一脸羡慕和欣喜,万叶清继续说着,"雪怡,你的作文我们看了,写得非常好,我们准备刊登在新一期的报纸上,所以来征得你的同意。你愿意将作文登在报纸上,让更多的人看到吗?"

还不等辛雪怡回答,一旁的老师便欣喜地回道:"感谢两位主编看好我们学校的学生,这是对雪怡写作的最大鼓励了。她小小年纪就有如此好的机遇,真的非常感谢。"

"不,这个机遇还是雪怡给我们争取的,我们都看了她写的这篇作文非常好,以后有了新作文也可以继续给我们报社投稿。"

看着手中的两页作文纸,辛雪怡迟疑半晌之后,抬眼询问道:"主编,我的作文怎么会被送到报社去,你们认识那位大哥哥吗?"

"他是我的学生。"万叶清回道。

"他在哪儿,我可以见见他吗?"辛雪怡焦急地询问。

"他已经返回了。"

"他去了哪里?"

万叶清回眼看了看身边的林庆祥,万叶清眼神迅速地沉重下来,转而过来望着辛雪怡摇头说道:"抱歉,这个不能告诉你。"

"那他的名字呢?"辛雪怡继续询问着。

"也不能告诉你。"万叶清仍然摇头拒绝。

辛雪怡明显有些失望,眼神也瞬间没落下来,将手中的两张作文纸递到万叶清的手中。接过两张作文纸,万叶清抬手拍打着她的肩膀安慰着:"是他把你推荐给我们的,他很喜欢你写的东西。"

其实对于这篇作文辛雪怡早已经遗忘了,当时完全被突发的危险吓得忘记了呼吸,哪里还会顾及那些身外之物。虽然之后安全离开了,可是多少还是有些后怕,腿脚发麻,呼吸久久不能平复,都记不得自己到底是怎么回的家,哪里还有心思去担心作文的事情,之后再次回忆起这段危险,脑子里唯一记得的只有大哥哥那双纤细的手和温柔的笑。

仍然不知道他的姓名和地址,不过却也有了一丝的联系,辛雪怡的生活也有了其他的期待。怀中抱着新写的作文,辛雪怡跨步走进了报社,来的次数多了,她便也成了报社的常客。

一路走进来,和报社的工作人员打招呼,径直地向目标地走去。并非每一次过来都是因为送稿件,更多的还是对大哥哥消息的一种执着,虽然每次来的结果都是一样,但是还是忍不住会过来一次次地尝试,至少知道了大哥哥的年纪比自己大5岁。

"万老师,我新写的作文。"辛雪怡伸手递了上去。

万叶清一手拿着新打印出来的报纸,一手端着水杯迎面走了出来,"最近你的笔速加快了,看来林主编还是催你了。走吧,我们去办公室说。"

跟随着万叶清来到他的办公室,在他的吩咐下辛雪怡拉开一旁的椅子坐了下来,万叶清放下手中的报纸,递给了她一份,重新拿了一个水杯,倒满水递到她的手中,让她抱着保暖。

被时光抹掉的名字

万叶清拿着辛雪怡的作文,坐在座位上仔细地看着。辛雪怡一直凝视着窗台上的一盆仙人球,其实整个办公室的装饰根本不适合摆放这盆仙人球,特别是摆放在一个不会照顾它的人的办公室。

"万老师,你那盆仙人球快死了。"辛雪怡下意识地提醒道。

万叶清抬头顺着她指的方向看了看,微微一笑:"是啊,不是我的东西,养起来也就费力了些,好好的一个生命都快断送在我的手中了,我这个老师做得很不合格。"万叶清说此话的时候明显有些悲伤和悔恨,似乎在为谁悲伤,又似乎在为自己的错误而悔恨。

万叶清放下手中的杯子,将辛雪怡的作文整齐地摆放在一旁,伸手拉开抽屉,取出里面的一张奖状,"你上次的作文获得了文艺竞赛的第一名,恭喜了,这是你的奖状。"

辛雪怡伸手取过奖项,打开看着硕大的字写着:辛雪怡同学,《校园的那一角》一文荣获《中学生》杂志文艺竞赛一等奖,特发此证。

辛雪怡起身微微屈身表示感谢,回头看了看窗台上的仙人球询问道:"老师,那盆仙人球可以奖励给我吗?"

万叶清起身走到了窗户前,将仙人球拿了过来,递给了她,"希望你可以养活它,重新给它一次生命。"

"我会好好照顾它的。"

卷起奖状,辛雪怡一脸喜悦地接过仙人球,再次鞠躬感谢,继而向他道别转身离去,刚走到门口,又被万叶清的声音叫了回来,转身过来看着他。

"老师，还有什么事情吗？"

万叶清俯身从自己的抽屉内取出一本书，在书内翻找出几张被撕碎的纸屑，整理到一起，送到了辛雪怡的手中。"垃圾太多，趁着林主编不在，你帮我处理掉。"

蜷缩着手一直不曾松开，就怕手中的碎片被冷风吹走一片。不知道手中被塞进来的纸屑上到底有什么，辛雪怡却满怀期待，一路小跑着冲回了家中。

"雪怡，你回来了，你爸爸让你去找他谈谈你考学的事情。"刚推开房门冲进屋内，等待许久的母亲便迎了出来。

"你们定就好了。"将手中的奖状塞到妈妈的手中，辛雪怡抱着仙人球急匆匆地回到自己的房间，关闭上房门，将仙人球放在了窗台上，辛雪怡整个人一跳趴在床上，将手中的纸片小心翼翼地撒在了床上，随手拿起桌边的一张报纸，放在上面拼接着。

外面母亲的推门声音和呼喊声音再一次响起："雪怡，你获奖了，一会儿给你做好吃的作为奖励。"

辛雪怡趴在床上拼接着纸片，头也不回地随后回道："好啊。"

母亲看着她奇怪的举动，走过来坐在了床边，伸手拿过一个碎片疑惑着："都碎成这样了，要我帮你粘吗？"

辛雪怡焦急地一把夺过母亲手中的纸片，坐起身将母亲推下床："你别管了，我自己弄。"

"那你赶紧弄，一会儿跟你爸爸一起商量一下你上学的事情。"

"你们定就好了。"说着辛雪怡再一次趴回到了床上，

被时光抹掉的名字

继续拼接纸片。

被撕碎的纸片乃是一个信封,信封上写着寄信人的信息,寄信的姓名一栏写着:316,发信的地址则是北平大学。

卸下了一身的伪装,316回到了学校,重新换上了学生装,展露出真实的容颜,并不怎么圆的鹅蛋脸显得年纪也特别小,跟十来岁的小男孩不相上下,白皙的皮肤在阳光的照射下,似乎都能反射出光芒,再加上消瘦高挑的身材,跑在院落之中,十足的一个小白脸。

快速地从校园中奔跑而过,一路轻盈的身形躲避开校园中的同学,从走廊一路而过,快速地冲上楼梯推开二层楼上的一间教室大门。

偌大的一间教室,里面空荡荡的,并没有摆太多的东西,教室后面摆放着十几张课桌和凳子,桌上两个男生坐在上面摆弄着收音机,一个男生摆弄着侧面摆放的一些戏服和道具,为自己装扮着,中间三个女生正练习着舞蹈动作。

"不是说了,暂时停止所有活动,李岚、魏琛你们为何又开始行动?"316冲进教室望着几个人质问着。

三个女生停下舞蹈动作,名叫魏琛的男生从桌上跳下来,走到316的身前回道:"我们已经打探到万博兴这个卖国贼五日后会在万国酒店宴请日本军官,这是一个好机会,我们要把握这个机会杀了这个狗贼。"

"上次的暗杀失败,你们暴露了我的行动,让我差点儿命丧沈阳,这次万博兴肯定有所防备,怎会让你们轻易接近。"

说起他上一次负伤被追杀的原因，乃是因为他们的一场话剧演出失败导致的。316本想借着前来看戏的万博兴，将前线的战况送出去，李岚他们却暗中瞒着他刺杀万博兴，无奈剧场的刺杀行动失败，匆忙之下众人四散而逃，留下316被捕。

经过了一番拷问，从316这里什么都没问出来，却也将他打得半死，半昏半醒中，316暗中开始被转移，转移的火车上，李岚他们再一次行动，316因为伤重无法跳车，只能躲避在火车上的麻包内，等到火车再一次停下，316这才发现自己已经到了沈阳，便转而前往去找寻老师。

站在三个女生中间的李岚，走上前来拉扯316的胳膊，凝视着他的脸颊道歉："对不起，316，上次的事是我们的错，没有听你的话及时撤离，让你暴露了。我也很担心你的安危，能看到你安全地回到学校我真的很开心。这次的行动，大家也都很谨慎，若不是万博兴马上就要离开北京了，我们也不会这么着急行动的，若是他离开了我们就真的再没有机会了。"

一把甩开了搭在自己胳膊上的手，316仍然很是愤怒："离开就不回来了吗？以后就找不到他了吗？你们行动太鲁莽了，若是再失败，恐怕我们在学校也待不下去了。"

"316，你若是怕，可以退出，这次行动我们已经准备得差不多了，势必要行动的，就算杀不了万博兴这个狗贼，杀几个日本人出出气也是好的。"站在服装后的男生说起来。

"是啊，而且这一次，我们已经联络上了酒店内的一个工作人员，他会和我们里应外合，就算杀不了万博兴，我们也不会暴露的。"魏琛继续劝解着。

几个人争辩的时候，摆弄着收音机的男同学最终修理好了手中的东西，跳下桌子向几个人喊道："好了。"随后按下了播放键，放出动感的音乐。

面对几个人的坚持，316知晓自己也劝不住他们，在音乐响起来之后，气愤地转身离去。李岚也不肯放弃，追赶着316而出，与他继续争辩。

"你不要生气了，他们也是想为国家做一些事情，你若真的不赞同这次的行动，我便也不参加了，站在你这一边尝试着去劝解他们。"

"李岚，你若是真心想帮助我，为何不在他们开始行动的时候就把消息告诉我，非要等到我察觉后，才选择跟我站在同一战线？"

"我也是不想你再受伤了，上一次你从沈阳返回，身上多了那么多伤，我是真的怕了。"

"你若真的怕，就不会和他们一起去送死。"

阻拦不住李岚他们的行动，316却也无法眼睁睁地看着同学去冒险，暗中还是对万国酒店的地形做了了解和安排，在行动的那一日，跟随着一同而去。

表面上乃是一场生意上的合作交流宴会，来的人也是北平商界和政界有头有脸的人物，场面还是非常浩大。李岚他们分别伪装成舞者和乐师，在舞台上进行着演出，舞台下万博兴手持酒杯和众人说笑着。

从人群中走过，在他身边转了又转，可意外的是没有发现一个人上前遮挡。上一次剧场看戏，身边跟随不下四人，

只要有人靠近,就会立刻有人阻挡。这让316确信眼前的一切乃是一场骗局。

316快速地回到舞台边,在休息的舞女中将李岚拉了回来。"情况不对,李岚,通知他们快速撤离。"

"316,我就知道你也会来的。"拉着316的胳膊,李岚欣喜的还是一些琐事。

316着急了,抓着李岚的胳膊也用了些力量,劝解着:"快走,这场酒会有问题,告诉他们千万不能行动。"

李岚依旧不以为然,解释着:"放心,我们在酒水内下了药,马上就要成功了。"

完全沉迷在自己的幻想中,怎么劝说都不听。音乐再一次更换,等待的舞女呼喊着李岚上台演出。

"我再最后说一次,快带他们离开。我去二楼给你们做掩护,现在、马上撤离。"316下着最后的通知。

甩开了李岚的手,316抬头看了看顶上的吊灯,快速地向二楼踏去。李岚仍然原地迟疑,看着手下端着酒盘的服务员,将酒送到了万博兴手中,万博兴端起酒杯喝入肚子中。

"成功了。"李岚从心底开心起来,快速地上楼去追赶316。

伴随着万博兴手中的酒杯落地,舞台上乐师的小提琴的转音,灯光明亮的舞台,刹那间昏暗下来,四面八方冲出十多个手持枪的士兵,丝毫没有犹豫便向舞台开枪射击。

"怎么会——"316和李岚不自觉地从嘴里发出这么一句话,不敢相信地瞪大眼睛,震惊地看着底下的一切,耳边响着同学们的哭喊声，整个身体都在颤抖。

刹那间，万国酒店变成了一座人间地狱，音乐声中搭配着狙击枪声，刺穿着舞台上所有人的血肉，整整一分钟未曾停下。

手中拿着好几张图片和资料，辛雪怡的父亲和母亲正坐在桌前认认真真地挑选和查询着，家里唯一的女儿马上就要升学考试了，没有能力去安排她的未来，只能为她选择一条能走上光明未来的路。

辛雪怡抱着从报社拿出来的一沓报纸，推开大门走进。看到她，忙碌的父母立刻呼喊起来："雪怡，过来，你马上要考试了，对于你要报考的学校，我给你准备了几个，你过来看看。"

刹那间，辛雪怡迟疑的眼神凝视着桌上的一堆报纸和资料，开始犹豫了。母亲欣喜地挑选了一个自己喜欢的学校，回身过来再次呼喊着女儿，给她展示着："赶紧过来啊，你看看这个学校不错，离家也近一些，我觉得你就去这家学校学习好了。"

"选择本来就不多，你别私自决定。还不知道她的成绩会考成什么样子，在好好比一比。"一旁的父亲沉思着回道。

看着为了自己的未来忙碌的父母，辛雪怡内心更加地热血沸腾，再也无法沉默，片刻之后，辛雪怡还是开了口说道："爸，妈，我不想在这里上大学，我要去北平上大学。"

"不行。"

"爸爸，是我上大学，去哪儿我自己决定。"

"不行,你的事情一直都是我们在做决定,大学这么重要的事情,不可能让你乱选的。"

"也不是乱选,北平大学不是比你们看中的这些都好吗?"

"离家太远,而且不太平。"

"现在哪有太平的地方,我就要去。"

"不行。"一声叱喝之后,手中的资料被直接摔在了地上,手也捶打在桌上,发出一阵响声,吓得一旁的母亲瞬间安静下来,起身走到辛雪怡的身边,拉着她向桌前靠过来:"雪怡,你放心,我们给你选择的都是最好的学校,你去了肯定会学有所成的,你看我们之前给你选择的一切都很完美。"

"妈妈,之前是因为我没有目标、没有方向,你们的选择我会遵从,可是现在我有了自己的意愿,这一次我一定要去尝试一下我所选择的学校。"

第一次被完全服从的女儿反抗,第一次女儿提出要放弃自己做好的最完美的选择,作为父亲他从内心感觉到了愤怒,怒火不由得在刹那间涌到全身,手里紧握的资料一把狠狠地甩在女儿的脸上,起身向她逼过去,冷厉的眼神紧盯着女儿质问道:"你的选择?你能选择什么,你以为这个社会会留给你什么好选择吗?"

"那爸爸你的选择在现在就一定是最好的选择吗?那些大炮和军队不知道什么时候就会打到我们这里,只要我们待在这里,就没有什么好选择。"虽然嘴上振振有词,可是辛雪怡还是不敢去对视父亲的愤怒,她只能这样隐藏自己的惊恐和软弱，去尽力争取一把。

一把抓着女儿的衣领，将她的视线对视着自己，一旁观望的母亲明显已经开始担心了，上前紧拉着丈夫的手，解救着女儿："雪怡，不要再逞能了，你的思想很幼稚，外面怎样与你无关，你只要听我们的安排，去好好上学就好。"

"不要，这次我一定要依照我的选择去走，我要去北平，我要学英语，我要救国。"辛雪怡坚定不移地对着爸爸妈妈宣布道。

凝望着此时以国家大事为由，来反抗自己的女儿，突然之间觉得很可笑："这就是你的选择。救国，你现在就救给我看看。我看你要怎么救。"

父亲一把将她摔在地上，俯身捡起一旁立着的笤帚，狠狠地抽打在辛雪怡的身上，嘴里不停地谩骂着，一旁的母亲已经被吓得哭泣起来，尝试着阻拦，却一次次被推开。打在身上的疼痛，让辛雪怡一次次发生哀鸣声，可是每一次对于父亲的质问依旧是不变的回答。

"去北平，学英语。"

第一次按照自己的想法去选择，却没想到差点被父亲活活打死，辛雪怡满身伤痕在床上躺了两日，哭了两日，绝食了两日，和父亲母亲争执了两日，最终逼迫他们不得不妥协，毕竟她乃是家中唯一的孩子。

学校正式演出的那一天，辛雪怡并没有告诉家中的父母，而是邀请了报社的万叶清和林庆祥两位主编一起来学校礼堂观看，并非因为父亲母亲还在和自己生气，只是因为不想给自己增添多余的麻烦，又让父亲指责自己的选择是那么可笑，

而邀请万叶清和林庆祥两位主编，其实也没有太多的原因，毕竟是自己第一次上台演唱，总要有聆听者，心中期盼的那个聆听者，不知在同一片天地下的哪一片土地上，可是她想着只要有唯一的联系点，就一定会将她的歌声传递给他。

"风在吼，马在叫，黄河在咆哮，黄河在咆哮，河西山岗万丈高，河东河北高粱熟了，万山丛中抗日英雄真不少，青纱帐里游击健儿逞英豪，端起了长枪洋枪，挥动着大刀长矛，保卫家乡，保卫黄河，保卫华北，保卫全中国。"

就像歌词中唱的那样，风在吼，马在叫，黄河在咆哮，辛雪怡的心也早已经不再是以前那样的平静，她有了自己的期盼，有了去追寻的目标，她不再迷茫，不再孤独地只与自己的文字做伴。

一首歌振奋了所有中国人的心，久久在人们的耳边回荡。在激情澎湃的歌声中，辛雪怡褪去了身上的稚嫩和童真，在紧张和急迫中度过了家乡的最后一年，却也在这首歌的鼓励下考上了有他在的那一所大学。

出发的那一天，爸爸并没有前来送她，只有母亲带着几件新做的衣物和一些吃食将她送到了火车站。

"雪怡，一定要照顾好自己，你没出过远门，这一次走得这么远，还这么久，一定要照顾好自己，有时间就写信回来，让我知道你的情况。"

挽着母亲的胳膊，辛雪怡头靠在母亲的肩膀上，依依不舍，"放心吧，妈妈，我会照顾好自己的。"

抬头凝望着母亲的身后，辛雪怡脸上却也带着失望，有些委屈地抱怨道:"爸爸真是小气,都一年了,还在生气。"

拍打着女儿的后背,母亲笑了笑,"从小到大,你所有的事情都是我们帮你决定,这是你第一次自己去选择,如果错了,就回来,我们帮你重新选。"

选择有对有错,对了我们便多了更好的选择,错了却很难重新再来,因为从出生到死亡,从一开始就是一条单行道。

第三章　搅动校园风云的人物

带着满怀的期待，洋溢着青春的热血，辛雪怡背着背包满脸喜悦跨进了北平大学的大门，心中不禁自语道："我终于到了。大哥哥，等我去找你。"

顾不上去报道，也顾不上去放行李，更顾不上喘口气，辛雪怡背着背包在校园内四处寻找着那个人的身影。

或许是自己对于这个新环境太过陌生，也或许是因为新学校太大，所以反反复复地寻找了几圈，也没有找到任何的结果。但是没有关系，现在他们已经在同一所学校，迟早都会找到的，辛雪怡心中坚信着如此答案。

手中提着两个大包，身上背着一个大包，辛雪怡在校园内转悠了半天，始终找不到新生报到的地方在何处，却把自己累得喘息不断，真的是应了那句话：女人迷起路来连自己都害怕。

"人没找到，倒是把自己先丢了。"

原地矗立休息了片刻，有一个同样背着三个大小包裹的男生走了过来，辛雪怡立刻抓着这个机会追赶上去。

"同学，你也是去新生报到处吗？"

男生回头从上到下打量了辛雪怡一番，露出一个微笑对着她点了点头,"是,我叫徐英豪,刚来的新生。"

看着眼前的人,比辛雪怡高出一头,皮肤有些黝黑,正经的国字脸一看表面并非一个乖乖儿,可是听他说话,却有一些憨傻之气,时不时还带着一些活泼和坏痞。

辛雪怡望着他微微点头回应:"你好,我叫辛雪怡,我迷路了,找不到新生报到处了,我可以和你一起吗?"

徐英豪欣然点头应答:"当然可以。来,你东西多,我帮你拿一件吧。"

还不待辛雪怡开口拒绝,徐英豪便将自己右手中提着的袋子换到左手上,伸手拿过了辛雪怡手中的袋子,一脸喜悦地跨步继续向前走去。"跟紧我,我带你过去。"

"麻烦你了。"辛雪怡呼喊着立刻跟上去。

徐英豪是热心之人,帮着辛雪怡报了名,领了钥匙后便直接将她送到了宿舍,虽然辛雪怡拒绝了很多次,可是徐英豪热情起来根本拦不住。好在报名的这一天,很多同学都有家里人相送,女宿舍也不会阻挡男生进入。

"你住在316。"一路寻找着宿舍门上的号码,将辛雪怡宿舍房门推开,不过十几平方米的屋子,左右摆放着个四个上下两层的床铺紧贴着窗户,房门的右侧摆放着一张桌子,对面乃是一个不怎么大的柜子。

屋内靠近桌子的那一面已经坐了两个女生收拾着自己的床铺,屋内的空间也已经小到只能走一个人,"3号,"徐英豪找到了辛雪怡的床铺,将东西放了上去,对着身后的人叮嘱着,"你整理东西吧,我先去找我的宿舍了。"

"好。谢谢。"送走了徐英豪,辛雪怡这才松了一口气,开始铺床，整理东西。可舍友依旧还是对辛雪怡的事情很是好奇。

"兄妹一起来上学，为何不在外面租个房子，更方便一些。"舍友孟菲打趣起来。

辛雪怡先是愣了愣，转而摇头嬉笑着解释："不是。报名的时候刚认识的。大概也是我们同校同学。"

众人大眼瞪着小眼不再说话。

都是一个专业的学生，舍友之间说话也方便，七个舍友中，程家怡、孟菲性格和辛雪怡最合得来，也正好是一个专业的，三个人便也走得近一些。

或许是因为专业的缘故，他们并不像其他学校是男女分校，一个班级下来女生还是有程家怡几个。只不过辛雪怡的英语基础却是这几个女生之中最差的，而他们班三十个人中，徐英豪的英却是最好的。

这一点，她已经在他们上第一节课的时候领教了。在班级内还在听着程家怡、孟菲分析班内的同学，徐英豪一声高声呼喊，完美地将所有人的视线吸引过去。

徐英豪欢快的步伐奔驰到辛雪怡的身前，用流利的英文同她说了一句："雪怡，Nice to meet you,I think we'll have classes together in the future."

可惜的是，辛雪怡除了自己的名字，后面那一长串英文根本就没有听懂是什么意思，依旧礼貌性地瞪着两只傻里傻气的大眼睛，与他打招呼："徐英豪同学，你好，没想到我们还是一个班级的，以后多多照顾。"

"没问题，以后我关照你。"徐英豪挑眉嬉笑。

被时光抹掉的名字

徐英豪的性格是比较直爽的,也不会拐弯抹角,很是会套近乎,对于辛雪怡更是自来熟的贴切,特意自愿申请帮她补习英语水平。

每天课业结束,辛雪怡便会马不停蹄地在校园内四处奔跑,希望可以偶遇他,或者让她看到自己也行,每一次跑累的时候,心里都会默默地念着:"还能坚持一会儿。"依靠着这份信念,她将北平大学的每一寸土地都跑遍了好几次,却也没有发现他的身影。

"学校下周有个知识交流舞会,我们去参加吧。"刚下了课,孟菲便冲到了辛雪怡和程家怡的身边,拉着两个人邀请起来,她是最喜欢热闹的,学校哪里有活动,哪里人多,被她打听得一清二楚。

"我不会跳舞。"辛雪怡摇头拒绝着,看着一旁的程家怡,见她带着不敢确信的眼神也跟着摇了头,"我也不太会。"

"我会。我可以教你们啊。"孟菲使劲地点头。

辛雪怡和程家怡还是有些犹豫,对于这样的活动两个人并不是那么有热情,去了也只是做观众。

两个人始终不肯点头,孟菲便有些着急了,回头看了一眼坐在座位上学习的徐英豪,窃喜着。"你们要是不相信我,总该相信我们班的才子吧,他肯定会的,带你们一起总可以吧。"说着孟菲回头呼喊上身后的徐英豪,"徐英豪,下周学校的舞会,你会参加吧?"

徐英豪连头都不曾抬起,随口回了一声:"没时间。"

孟菲伸手拍拍辛雪怡的肩膀继续喊着:"雪怡给你做舞伴。"

"成交。"

丝毫没有犹豫的一个回答之后，换来的是整个班级同学的一声"嘘"声，让辛雪怡瞬间羞得不知所措。

徐英豪却不管不顾，依旧低头写着自己的字，呼喊的声音小了之后，抬起拿着笔的手在空中摆动了一下，用英语喊了一声："I'm the master of my life."

便又继续做自己的事情。

面对孟菲这突来的交易，辛雪怡和程家怡也只能尴尬地摇头嬉笑。

和徐英豪相识的时间只不过比其他同学长那么几个小时，也是因为他的性格自来熟得太过分，和班里的每一个人都相处得十分融洽，只不过在女生方面却也有些照顾辛雪怡，所以班里同学有什么事情求他帮忙，都会拿辛雪怡说事。

大哥哥依旧没有任何的消息，不知道他的专业，不知道他的名字，也没有他的照片，除了有时间在图书馆和校园徘徊，她没有别的办法。

回归了校园生活，便也是再一次恢复了安宁，除了学习，还是学习，只是对于一心念着祖国安宁、期盼着家园和平的人来说，再过安宁平静的校园生活，也抵抗不了内心的那份执着，唯一值得庆幸的便是他的学生生涯已经走到了终点，他马上便可以从校园解放，去走上真实的战场，为祖国的和平战斗。

在微弱的灯光下，小心翼翼地将报纸的一处用刀子裁剪下来，打开自己的笔记本又将纸片给贴了上去，拿笔在底下的空白处写下：辛雪怡，1931年10月1日。

触摸着上面写着的辛雪怡的名字，却也有些感伤，不知道她现在如何了，应该已经长到与他身高相差不多了。

"你怎么还在这里啊，不是说去参加舞会吗？"舍友突然推门走了进来，看着坐在床边发呆的人询问着。

"我不去了，有些材料还没准备好。"

"你什么时候离校？"

"下个礼拜。"

"那时间的确很紧了。你决定好去哪里了吗？"舍友说着手摆弄起桌上的一把苹果刀，削着苹果皮。

将视线移到漆黑的窗户外思索着，虽然一片漆黑，可是他却能从黑暗中找出那么一丝丝的光芒。

整个屋子突然安静得只剩下削苹果的声音，可惜的是本来是一条的皮也在不经意间被折断，舍友手中的刀猛然间向316的脖颈滑了过去，透过窗户观察到了他的动作，316躲避开了致命的一击，反手一甩直接将他从窗户扔了出去。

是惊恐，是茫然，丝毫来不及反应这一切的原因，待听到下面一声尖叫声音后，316摸着脖子上流出的血，快速地趴着窗户往下看，黑漆漆路灯下，只能微微看到他的半个身体，还有缓缓流淌出来的血液，旁边站着两个同学，一个已经被吓得瘫倒在了地上。

没有时间让他害怕这一切，316回过神来，快速地将自己衣柜内藏着的一些书信全部取出，用火点燃，只是在点燃自己整理的那本笔记本时，却又犹豫了，点燃的火重新熄灭，将粉末随即扔出窗外。

被时光抹掉的名字

夜里的一场躁动,当事人在事发后便被带走了,消息却是在第二天中午才完完全全传遍整个宿舍。辛雪怡鼓着的那颗心一直颤抖不已,也不等说八卦的程家怡和孟菲说完,便急匆匆地冲到了事发地。

徐英豪抱着书本从宿舍楼内出来,望着急匆匆跑过来的辛雪怡,伸手打了一个圈将她方向调整过去,拉拽着她的衣服离去。嘴上抢先一步阻拦上她的提问:"别凑热闹了?已经没有什么好看的了,就剩下一摊血了。"

"死者是谁,多大年纪了,长什么样子?"

"住在三楼的一个学长,叫李铭,听说是跟舍友因为一些误会打架,不小心被推了下去。"

并不知道316的真实名字叫什么,这个李铭会不会是他,死去的尸体和另一个学长都被带去了警局,还是需要去警局探视一番。

被徐英豪带着前往图书馆去练习英语,辛雪怡的心思却完全不在上面,练了没多久,便自行逃跑了,冒冒失失跑到警局后便往里面冲去。

可那里是让她随意闯闹的地方吗,还没踏上台阶,就被看守给推出来了。辛雪怡却也还是不肯放弃地争取着机会。

"你什么人啊,就敢随意往里面闯。"

"我想见见昨夜你们从北平大学带走的那两个学生。"

"你谁啊,说见就见的。"

"里面有一个是我哥哥,他们并不是死囚,没有规定家属不可以见,你们若是拦我,就是公然犯法。"

几个看守相视一笑,一脸调戏的姿态:"小丫头,嘴还挺硬的,就不知道你人有没有嘴这么硬了,想进去,可以,先挨打。"

想去亲眼确认一下里面的人,这种冲动让她连害怕都忘记了,心里一次次念着"再坚持一下"。坚持到身上的拳打脚踢结束,可是能见到人只有一个:死去的那个学长尸体,和被囚禁的那个活着的学长。

在掀开遮盖在他面上的白布时,辛雪怡一颗心比挨打的时候更加的紧张,始终悬着,掀开的时候,虽然还是被他凄惨的样子给吓到,不过却也安心下来,至少不是自己在追寻的人。

本以为事情就如此过去了,可没想到过了两日后,警局再一次派了一些人过来,将在校的所有老师和学生,甚至在宿舍休息的和在教室上课的老师、学生,集中在了操场,由几十个士兵持枪看守着,似乎他们变成了重要的罪犯。

没有任何的话语,只是让他们站着,最可恶的是那一天老天爷也有意恶整他们,下起了大雨,众人便如此在大雨中没有时间、没有目的地淋着。

"还要站多久?我们犯了什么错?"人群之中还是有同学先耐不住喊了出来。

安安稳稳站着的众人也开始躁动了,一旁的校长立刻站出来安慰起来:"同学们,大家不要怕,没有什么事情发生的,只是一次检查,为了我们同学的安全着想,同学们,再坚持一会儿。"

说完,校长便又转过去,将警卫长拉到了一旁,两个人单独说起了悄悄话。

被时光抹掉的名字

凝视一眼身边的辛雪怡,徐英豪脚下八爪步慢慢移动了过去,靠近她身边关心起来:"雪怡,怎么样,还坚持得住吗?"

抬手擦拭掉额头上的雨水,辛雪怡点了点头:"还行,可以撑得住。"

徐英豪再一次微微低下头,让两个人的身高差距不那么明显,压低了声音在她耳边小声说着:"我告诉你,前几日被摔死的那个学长,其实是日本人。日本人早些年将一些学生送到了国内做奸细,那个学长就是其中一个。这次他执行任务失败,漏了底,只怕学校现在再查其他同伴。"

有些不敢相信他的话,多年的同学也是假的,那还有什么可以相信。

没多久,又一批士兵回到了操场,返回的士兵向校长和警卫长陈庆安说了几句什么,校长又伸手将几个老师唤了过去,众人低头围着看了看一些像文件之类的东西,便又抬头看向众人。

两个老师分别带领着两个士兵,从人群之中走过去,在老师确认过人之后,在人群之中当场将两位男同学抓获。

两个人挣扎着、呼喊着,可是连老师都帮着警察的情况下,学生又敢说什么,毕竟他们什么还都不知道。

人带走了,看守他们的枪便也收起来了,众人这才松了一口气,却又开始窃窃私语地猜测起来。

凝视着在大雨中渐渐消失的两个同学,辛雪怡脸上也没有过多的反应,心里却不再像之前那样平淡,手悄悄拉拽了一下徐英豪的胳膊,等待他回头靠近过来,小声地询问起来:"英豪,同死去那个人打架的那位学长现在怎么样了?他又是什么人?"

"不清楚,对于他的消息很是保密,打听不出来。"徐英豪回道,沉思了片刻之后,转而开始猜测,"不过,日本人能暗杀他,说明他定是反日人员了。"

这样的回答让辛雪怡心紧张起来,却又欣喜。

片刻后,校长再一次站出来主持大局:"同学们,都不必惊慌,这两位同学犯了一些小错,等他们认错之后,自然会放了他们。好了,今天的课停了,大家回宿舍换衣服、梳洗去,别生病了。"

推开宿舍门的一瞬间才知道,所谓的搜查简直堪比那些地头蛇收保护费的场面,宿舍的东西被扔得各处都是。事实已经证明徐英豪所说的消息是真的,辛雪怡便也只是坐回位置去收拾东西。

孟菲却是不依不饶的,先震惊过后跑出去大喊,"有没有搞错啊,抢劫啊,把东西弄得这么乱。"

"我们也是,到底什么情况,有人管吗?"等到其他宿舍的同学一起回应,孟菲这又回到了宿舍关上房门,嘴里嘟囔着:"大家宿舍都被翻乱了,真是莫名其妙的,大雨天让我们淋着,什么都不说,东西还被翻乱。"

"行了,你别指责了,赶紧收拾吧。"辛雪怡收拾东西回答道。

"不过,被带走的那两个同学到底是什么情况?他们犯了什么错误?"孟菲一边整理着,一边继续询问着。

"学校不会告诉我们的,等之后的传言吧。"辛雪怡回答道。

两天的牢狱之灾，316并没有好到哪里去，脸上多少还是带了一些伤。警卫长将从学校带回来的两个学生分别关押进行审讯，也带着316——去进行了辨认，316却也一个都不认识。

李铭的身份揭穿了，也让316想明白了以前的很多事情，可是这一切的种种让陈庆安越发对316产生了怀疑。本该放人的时间，硬是将他又押回了审讯室。

"不想再给你那漂亮的脸蛋上多添几道疤痕，就老老实实地交代。你为什么要杀李铭，你怎么知道他的真实身份？"

"我并不知道他的身份，我只是正当防卫。他突然从我背后冲过来，我就下意识地一个过肩摔，直接甩出窗户了。我脖子上还有他刺伤的痕迹。"316伸手触摸着自己脖子上的伤痕。

陈庆安一副笑面虎般的模样，坐在审讯桌上，凑近到316的耳边说着。"那我换个话题问，他一个日本间谍为何一定要冒险杀你，我不信你是干净的，上面是什么人不如一起交代了。"

316认真思考了一下，挑眉一脸认真地回道："忌妒我的美貌。"

陈庆安嬉笑着，缓缓取下右手上戴着的手套，回头过来就是一巴掌，狠狠地扇打在了他的脸上，嘴角瞬间被打出血。

316不以为然，继续挑衅："怎么，你也忌妒我？"

陈庆安气得瑟瑟发抖："好，我跟你耗着，看你的皮能有多厚。"

"陈警长，我是学生，事情已经查明，我没有伤害他，我也并不是日本奸细,您这里恐怕也留不住我了。"

陈庆安本想再回扇一巴掌,敲门声音打断了他,无奈之下,陈庆安恢复自己的威严,戴上手套,将来人放进来。

进来的时候,是被他亲自送进来的,出来时自然也要他亲自相送,这才叫礼尚往来。还是很有礼貌地和陈庆安道了一个别,转身跟随着校长和老师离去,那一刻316嘴角却露出了一个得意的笑容。

对于他的未来之路,316一直都很明确,也从未有过任何的迟疑,所做的所有努力都在朝着一个方向去走,虽然这条路太辛苦,太危险了,可总该有人去做,只是不知道自己这个决定会不会得到支持。

忙东跑西的整整五日,终于将离校的所有手续办完,316从老师的办公室一脸喜悦地出来,李岚便急匆匆地冲了过去,拉着316快速地走到了角落。

一把夺过316手中拿着的东西,打开快速地翻看起来,还未曾翻看到最后一张,便被316不满地夺回。

"你要去哪儿?"

"不关你的事。"316收回自己的东西,转而向楼下走去。

李岚强忍着心中的怒火,追赶上去:"跟我去上海吧。"

"不去。"

李岚急迫地地拉着316的手哭喊着:"你到底想怎样,一定要去送死吗,我们的力量太卑微了,他们几个人已经死了,我真的怕了,我不敢再冒险了,我们去上海吧?"

"当初让你退出暗杀你害怕,现在给你机会去战场你害怕。李岚,你是你,我是我,我们没有关系,我不会指责你,

你害怕你可以躲开，我不会躲的。"

"我担心受怕还不是因为在乎你，我不愿意看到你命丧鬼子的手，你一个人杀不完国内的鬼子的。跟我回上海吧，我们不一定要上战场才能救国，我们还可以通过别的途径去救国啊，跟我回上海结婚。"

"就算我不去战场，我也不会与你结婚，李岚，我们的路终究不同。"

"有什么不同的，在这战乱的年代，你能有多少依靠，愿意陪着你的除了我还有谁。"

"执着和文字。"

刚到宿舍门口，便看到了两个熟悉的身影已经在等待了，316一脸惊喜地赶上前去打招呼。"老师，主编，你们怎么来了？"

"本来是应A报的李主编之邀前往上海的，结果途中得到消息让我们二人转到北平来，我们便改了道到了北平，趁着他还没到，便先来看看你。"万叶清说道。

"老师，主编，先去我宿舍休息一下吧。"316邀请着。

"不必了，别打扰其他同学。我们随便找个空地聊聊吧。"万叶清说着。

"不会，舍友都毕业离校了，这两天宿舍只有我一个人。老师，林主编，走，进去喝杯水吧。"

在316的极力邀请下，万叶清和林庆祥两人一同跟随着316进入了他的宿舍。林庆祥和万叶清分别坐于左右两张架子床的下面，316提起桌子上的热水壶，从抽屉中取出两个杯子倒满了水，给两个人递了过去。

"这一转眼，你也要毕业了啊。时间过得真快，我记忆中还是你儿时的样子。"万叶清不禁感叹着，转而放下定眼询问道："你决定好去向了吗？"

316不假思索地回道："决定了，我要上前线。"

对于自己的学生，万叶清再清楚不过了，对于这样的决定，自然也不会震惊，只是一旁的林庆祥难免还是有些不舍，316虽然不是自己的学生，却也自小便相识了，对于他的文采和学识还是很欣赏的，一心希望他可以以文救国，而不是抛下文采去到危险的战场。

"我不赞同你这个决定，救国有很多种方式，并非所有人都要走上前线的，你的文采不应该如此去用，你需要的是拯救国人的思想。"

"林主编，若是以前我或许还认为我的文采很不错，现在我不是已经为你们找了一个文采比我更好的人吗？有她在，我便可以全身心去前线。"

"316，你再想想，你真的不适合上前线。"林庆祥依旧劝解着。

"林主编，我已经决定好了，不会改变的。国家危难之际，没有人不适合，只看敢不敢。"

"庆祥，我知你也是惜才，既然他已经决定了，你也别再阻拦了，支持他的决定吧。我作为他的老师，我更舍不得。"万叶清随即帮着316劝解起来。

拧不过316，再加上有万叶清的劝说，林庆祥也不再坚持了，只能叹息地点头答应。

见到林庆祥点头，316便也安心下来，毕竟他也不想让关心自己的人失望，转而随口询问道："老师，她怎么样了？"

从他回到学校不久，老师便寄给了他一份刊登着辛雪怡作文的报纸，收到那份报纸对于316来说是莫大的喜悦。

从第一次看到她的文字，便深深地被她的文字吸引，回到学校将她所写的那篇作文默写了下来，放在了平日随身携带的书中，却不知道什么时候那张作文纸丢了，本想再默写一篇出来，老师却将她新的作品邮寄了过来。

至此隔一段时间老师便会寄过来一份新的，316将那些报纸全都好好地收藏起来，作为自己的精神支柱，在烦躁、愤怒之时便会拿出来阅读，每一次看到她的文字，莫名都会心情舒畅。

"她？"

听到这个字眼，万叶清将手中的水杯放在了桌上，亦是一副操心的情绪说道："你说的是辛雪怡吧。你离开数月后，我和林主编便带着她写的作文找去她的学校见了她，小姑娘挺伶俐的。"

"更多是耐性，很能磨人。"林庆祥有所提示地补充道。

万叶清也不禁被林庆祥的话引得摇头嬉笑，316却是一脸疑惑，等待着老师接下来的话。

万叶清继续说道："雪怡之后便也一直在我们报纸上发表作文，还有很多获奖了。316，雪怡知道我们与你相识，便一直打听你的下落，当时也是为了你的安全，便没有告诉她，之后她便借着问稿、送稿、取报等等各种理由时常来报社纠缠我们。"

被时光抹掉的名字

316眼神中流露出说不出来的喜悦,这些年都有关注她发表的每一篇作文,这几年过去了,他已经完全变成了她的粉丝,却也是因为辛雪怡的文笔,他才有勇气上前线去战斗。

第四章　毒瘤

不过那年也只是匆匆一面，还是在那样危及的情况下相遇，总担心给她心中留下伤害，却没想到她还一直惦记着自己，并未将他遗忘。

"那之后呢，老师将我的地址告诉雪怡了吗？"316询问道。

接着万叶清的话，林庆祥继续说道："最终你老师还是被她磨服了，便将你的地址在我不在的时候委婉地告诉了她。"

万叶清哀叹一声回道："当初将你的地址告诉她，也只是为了圆她一个执念，让她静下心来来好好学习，却不承想她在知道你的地址后，便报考了你所在的学校，一路追寻过来。"

"我所在的大学？那不就是这里，老师，你的意思是她也在这里？"316震惊地再一次确认着。

"是啊，她也在这里上大学，学的英语，今年刚入学。"万叶清回道。

"说起来，这雪怡也是一个硬脾气，她本是家中的独女，自小到大所有的事情都由她父母安排，却单独为了这次报学，

被时光抹掉的名字

和父母闹了起来,被她爹打得在床上整整躺了两日,最终逼得她父母同意下来。"林庆祥看着316说着,脸上的笑容和担忧不断地转换,"不过,就算她不知道你的名字,你们既然在同一个学校,怎么她从来都没来找过你吗?"

"临近毕业,这学期也没有什么课程,我便在北平这边的报社做起兼职,所以这学期很少在学校,也是最近要离校,所以返回了。"

"既是如此,在离校之前,你也去见见她吧。"

万叶清也是从相识一路看着两个人执着成长,对于两个人的心意却也比别的人看得透了一些,无奈这个时代不提供他们机会。

送走了老师和林主编,316便马不停蹄地去寻找辛雪怡,对于她也在自己所在的学校这件事情,316不知该是欣喜还是悲伤。

当初的一面之缘,没想到让她如此执着去寻找自己,他不记得当初有承诺过她什么,她为何如此执着一定要找到自己,他想让她亲口告诉自己这个答案。

并非休息日,大多数班级还是正常在教室内上课,他们学校说小也不小,可是学习英语的人也并非很多,加起来也只有一个班级的三十来号人而已,可就算将概率降低到如此之小,缺少那么一点缘分和机会的人,还是不容易相遇的。上课的教室空荡荡的,不只是学生,连老师都没看到,316便赶往了女生宿舍,在楼下的管理室询问看守的老师。

"老师,请问辛雪怡同学在吗?麻烦老师帮我叫她一下吧。"

被时光抹掉的名字

"你是她什么人啊?"

"同乡,她家中父母让人捎带一些东西到我这里,我来送给她。"

"噢,东西就寄存在我这里吧,她们班出去采风了,后天才返回。"

"后天。"316眼神中流露出些许的失落,本以为在自己离开之前,至少可以见一面,却没想到还是要错过了,而这一别或许便再也见不到了,不知为什么,心中涌上了些许的失落。

向看守的老师借了一支笔,在带过来的报纸上写下了自己出发的时间和地点,现在也只能借助这样一个本方法去祈求最后一面。

将留好言语的报纸从窗口递了过去,抬眼看了看女生的宿舍,他也是第一次来女生宿舍,男女生宿舍的建造没什么不同之处,管理方式上也是一样,醒目的黑板报上写着每一层的优秀宿舍和社长,而辛雪怡的名字便就在最左侧的角落里。

三日的外出实习,在来之前说的是聆听知名国外教授的课程演讲,增强学生对国外文化的了解,有助于英语的学习,可是到了之后才发觉这一切不过是外国人文化的自我吹捧。

在外国人办的工厂跟随着参观了一番,便被带到了一处并不怎么大的屋子,进行理论洗礼。

听得一脑子摸黑,所有的同学仍然表示着尊重,瞪大着眼睛随着台上来回摆动的人。台上的一脸狂傲之气,喋喋不休地在窗外阳光的照耀下唾沫齐飞。

辛雪怡在人群之中也不知道什么时候便打了盹儿，一个猛头撞到了旁边徐英豪的肩上，被他抬手拖住了下颚。

"对不起。"

辛雪怡立刻重新抬起头，坐端正了。

徐英豪看着她摇了摇头，小声回道："别说你了，我都快听不下去了，说什么文化交流促进学习，说了这么久都是在吹嘘他们的好。"

辛雪怡摇头说着："我完全跟不上。"

"没关系，我也是左耳朵进右耳朵出的。"徐英豪指着自己的耳朵，左右摇摆着头，惹得辛雪怡偷笑起来。

本来人数也不算多，讲述的外国老师还是站在众人之前，对于底下人的动作看得一清二楚，演讲的人转而改变了话题，用英文开始讽刺起来，大概的意思就是说来之前就有听过中国乃是重视礼仪的民族，有着几千年的历史，现在看来都是虚话，东亚病夫，实力空虚不敌外来敌，大好的文化如此被人侵夺却也一种方法。

作为刚刚进入大学的新生，除了带有一些幼稚之气，便是不谙世俗的冲动和那股霸气侧漏的爱国情怀了，过分吹捧自我文化，大不了他们便是私下嘀咕一些碎语，可是若是有一丝诋毁国家的意思，在座的同学便不答应了，纷纷起身七嘴八舌地窃窃私语起来。

辛雪怡左右张望着，看着周边不再安宁的气氛，拉扯着徐英豪的胳膊小声询问起来："大家都怎么了？"

眼神直视着前方的外文讲师，徐英豪也是一改原本的调皮，神情严肃地说："他在骂我们是东亚病夫，活该被日本人侵占。"

"什么？就觉得他开始骂人了，欺负我们听不懂英文是吧。"身后坐着的同学开口怒斥着，猛然间站起身来指着外国讲师谩骂起来："你个洋鬼子，看不起我们还来谈什么交流学习，滚回你们的国家去，别脏了我们的土地。"

旁边的其他同学也都开始躁动起来，纷纷跟随着站起身来谩骂，呼喊着让他"滚回去"。

外国讲师一脸懵懂，根本听不懂中文的他，只能从众人脸上分辨出愤怒，却也不知道他们在骂些什么，还一脸好奇地询问着一旁的助理："他们在说什么？"

助理显然是听明白了，只是不知道该如何处理这样的情况，和外国讲师交代了一番，快速地离去找人。

学生的愤怒显然并没有因为他的不懂弱下来，反而更加激动，徐英豪带领着众人中英文结合在一起直接和他怼了起来。

"你知道你这种假仁假义的人，何配为人师。"

"Areyou..."

"蠢驴？"

刹那间底下的同学全部站起身来，配合着徐英豪的英文喊着后面的中文："蠢驴、蠢驴。"

外国讲师也是被逼急了，用英文呼喊着："安静，你们这群东亚病夫。"

"用我们中国话送你一句话：哪儿凉快哪儿待着去。翻译成英文叫——""Beetle Off！"在场的同学异口同声地喊道。

三日的学术交流，第一天基本都在争吵与混乱中度过了，也不知道学校和合作方怎样协商的，在休息了一日后，第三日他们又转到了外国人所办的厂子里面进行参观，却也只是闲转了半天，学生的情绪无法控制，校方最终还是提前结束这次的学习，将所有人带回。

刚走进宿舍，看守的老师便将辛雪怡叫住了，将316留给他的报纸递了过去，嘴里还不忘打趣几句，"做宿舍管理员多年，送到女生宿舍的东西也不少，只是这送几张报纸的还是第一次。"

"老师，看来也是喜欢有故事的人。"

"不能相信。"

"没关系，老师，若是想听故事，我可以写给老师。"

和老师打趣了几句，辛雪怡接过报纸翻看了几下，并未在里面找到什么特别的东西，而报纸也都是自己之前在上面发表过作品的那几期。

带着报纸返回了宿舍，可却也在宿舍门刚关闭没几秒钟的时间再一次打开，辛雪怡满脸欣喜的笑容，怀着万分激动的心情拿着报纸从宿舍急忙奔跑出来，满脸的喜悦掩藏不住：他终于有消息了。

没有留下名字的一个地址，可是辛雪怡非常熟悉留在报纸上的那个字迹，从拿到他的那个信封，从认出那个字迹，辛雪怡便一直在模仿他的字迹，以至到现在她已经快要忘记自己原来的字迹是怎样的，只记得他的笔迹。

辛雪怡一脸喜悦，激动地从宿舍跑了出来，迎面却撞上了前来寻找她的万叶清和林庆祥两人。

辛雪怡抓着他们的胳膊，将写着字的报纸展示给他们看，迫不及待地便将这个好消息告诉他们："万主编，林主编，我找到他了，我找到他了！你们看，他给我留言了，我能见到他了。"

面对如此激动喜悦的辛雪怡，万叶清和林庆祥却怎么也笑不出来，露出一副苦涩的表情，相视点了点头，万叶清将激动得无法安静下来的人抓着乖乖地站在自己的面前。

"雪怡，这消息本来不该告诉你的，既然他给你留字了，我们便也不再阻拦了。他要上前线了，刚才已经去了火车站，你要是想见他，我们现在送你过去看能否见到最后一面。"

一瞬间从甜蜜的天堂坠落到了苦涩的地狱，辛雪怡心中堵塞上说不出来的苦，她想询问为什么可是又不能，只能抓紧每一秒的时间赶去追逐。

到达火车站的时候，载着316的那辆火车已经开始发动了，不知道他坐在几号车厢，也不知道他的名字叫什么，所以无法呼喊，告诉他自己来了，辛雪怡只是疯狂地追赶着火车，不断地奔跑着，寻找着趴在车窗上与家人和朋友道别的人中是否有自己在寻找的面孔，可惜她的速度怎样也赶不上火车的速度，冰冷的铁皮带着她追寻的人离开了，离开了她所在的城市。

双腿发软，急促的喘息让辛雪怡无力地跪倒在地上休息，蜷缩在一起的双手撑着地面，辛雪怡的视线始终落在已经消失不见车尾的铁轨上，脸上没有任何的表情。

万叶清和林庆祥两人站在不远处看着没有任何行动的辛雪怡，走上前，拍打着辛雪怡的后背安慰着："走吧。"

本以为辛雪怡会哭闹一番，逼问他们316的名字和去向，两个人还在为此头疼不知该如何回答时,辛雪怡却一反常态,在调整好自己的呼吸,让自己可以正常行走之后,便和他们拉起家常来。

"老师和主编怎么会来北平?"

"本来昨天我们就要离开的,可听到北平这边,由一伙汉奸组织的新民会机关报,叫什么《新民会报》,要出版了,便留下来观看。"万叶清说道。

"《新民会报》?没听过。"辛雪怡摇头回道。

"什么《新民会报》,不就是新民会掠夺了原《世界日报》后改组成的。那个日本人武田南阳任社长,新民会会长王揖唐担任名誉总裁。"林庆祥义愤填膺地说道。

"既是民报,那便是针对抗日战争的?"辛雪怡猜疑着。

林庆祥从包中取出报纸,递到了辛雪怡的手中。"我们专门买了一份,你自己看看。"辛雪怡打开报纸阅读起来,林庆祥继续说着:"看这份报纸,真是能气死人,他们大肆鼓吹'和平反共',还说什么'建立东南亚新秩序',最可气的是报纸上竟然还出现了黄色材料,这简直就是毒害中国读者。"

"《新民会报》主要采用日伪通讯社的新闻稿。在宣传手法上采取欺骗、造谣和恐吓的法西斯手段。这样的报纸流入到我们中国读者的手中,无异于毒害中国民众的思想。"万叶清哀叹着。

看完报纸的内容,辛雪怡沉默了。

对视一眼林庆祥,万叶清将目光转移到了辛雪怡的身上,"雪怡,他已经上前线去护卫祖国,我们也不能坐以待毙,我们必须以我们的力量转变国民的思想，去抵抗这些危害中国的信息。不能让《新民会报》这条毒蛇祸害中国民众的思想。"

"万主编，我自然明白《新民会报》传递出来的信息的危害，可是我也不能一把火去烧了《新民会报》。"辛雪怡半开玩笑地说道。

"若是能烧得干净，我和万主编昨日已经动手了。"林庆祥眼中一阵火气，并不承接她的玩笑，怒然回道。

辛雪怡脸上苦涩的笑容也收了起来。

"雪怡，我们来见你自然是因为我们明白，以暴制暴断不了他们的根，所以我和林主编决定依旧与他们文斗，他们有《新民会报》，我们也有《新公报》，我们想让你进入报社做记者，为中国民众报道出最真实的新闻，引导读者的思想不被《新民会报》这条毒蛇侵害。"

"记者？"辛雪怡紧收着眉头不答，她才刚来北平不到一年的时光，连自己的基础课程都未曾掌握，现在又给她压上这么重要的一个任务，她有些担心，也有些迟疑了。

看到辛雪怡的迟疑，林庆祥和万叶清相视一眼，安慰着："雪怡，我们不会逼你的，这只是我们两个人的个人建议，你考虑一下。"

送走了万叶清和林庆祥两位主编，辛雪怡又开始在校园内瞎逛，以前这样乱转是因为期盼着可以突然偶遇他，现在已经知道他离开了，却也发觉自己养成了这样一个习惯，走累了便停在男生宿舍楼下不远处休息。

"雪怡，你不回宿舍待在这里做什么？"

也不去抬头看看这个遮挡自己阳光的人是谁,辛雪怡右手支撑着下颚,左手托着右臂,歪着头脑中想着自己的事情,随口回道:"舍友闹起来了,所以出来透透气。"

看着辛雪怡并没有要起身离开的样子,徐英豪便也不管不顾别人的态度,坐在她的身边和她闲聊起来。

其实所有的一切都没有改变,一切都和以前一样,还不等辛雪怡坐上半个小时,他们宿舍的舍友便开始闹起来,催促着他下楼,随即出现在辛雪怡的眼前,辛雪怡转而便会起身离开,徐英豪追上去和她闲聊。

也是因为辛雪怡这样的一个习惯,男生宿舍只要认识两个人的,都八卦着辛雪怡和徐英豪交往的事情。为此男生宿舍管理员都已经约谈了辛雪怡好几次,辛雪怡前几次都是听他吧唧吧唧说一会儿,然后一副依依不舍的神情离开。

这次也如往常一样,徐英豪刚坐下来没多久,管理员老师便也怒气冲冲地走了过来。

"这次抓到你们两个了吧,大庭广众之下,你们两个像什么样子,赶紧各自返回,否则我将你们两个报到学校去受处罚。"

"老——"还不等徐英豪口中的"师"字蹦出来,辛雪怡便一把将起身的他重新拉坐下,自己站起身来接连好几个质问。

"老师,我跑进男生公寓了吗?我让您将他找下来了吗?我们有过分亲密的动作吗?我们说过我们在交往吗?"

老师被问得有些傻眼,瞪着眼睛,一脸痴呆地摇头:"是没有,可是你们两个青天白日的坐在这里私会,影响很不好。"

"校规里没有规定我不可以坐在这里,老师要是不愿意,便可做个牌子,以后禁止这里坐人便可,何必针对我们呢?"

也是辛雪怡本身心中也是隐藏着些许的怒火,呛得管理员老师一句话都说不出来,趁着他还没有厘清自己的思绪,辛雪怡便起步离开了,徐英豪偷笑了一声迅速地追赶了上去。

安安静静地陪着辛雪怡离开人多的地方,徐英豪这才再次开口打破安宁的气氛。

"发生什么事情了吗?你心情不好?"

"顶撞他的是我,学校要是处罚,我会自己去承认的。"

"你都说了,不是你自己要找我出来的,我是自己跑出来的,所以要受罚那也是我承担主要责任。大不了退学,正好让我上前线去采访。"

听到徐英豪的话,辛雪怡有些震惊,毕竟这已经是自己今天听到的第二次上前线了,难免还有些惊慌,停下脚步,对视上他确认着:"你要上前线吗?"

徐英豪挑眉嬉笑一下,"只是我的打算,还不知道有没有这个机会,毕竟我现在也不是党员。"

"要上前线,必须是党员吗?"

"不用,打仗也是需要有组织有纪律的,否则一团乱麻。"

辛雪怡兴奋地说着:"我也想加入,你能介绍我加入吗?"

"这个我得找人问问,如果可以,我会和你一起加入的。"

辛雪怡欣喜地点头答应,现在已经不在一个城市了,也不知道自己是否还能追逐到他的脚步,何时又才能相遇,未知点太多,多到已经在他们之间拉起了一条阻拦线,可是她还不曾站在这条线上,何谈冲破这条线去寻找他,所以这条线就从准备上前线开始。

结束了一年平淡枯燥的学习,又是同样的一年再次开始,周而复始的生活报给家中的父母,他们满是欣喜和安慰,至少知道她乖乖地在学校学习,人身是安全的便就放心了。

不知道316去了何处,在炮火连天的战场上是否还活着,而唯一能快速得到这个消息的地方便是报社。

徐英豪不知道是依靠自己还是在谁的介绍下,一直与北平《新公报》的人有所联系,在英语和入党的事情上已经请求他帮忙了,虽然说《新公报》更加有权威和有影响力,却也不想再多欠他一份情,辛雪怡便避开了《新公报》,前往了A报在北平的分社,毕竟自己之前发表了多篇的作品,还有多篇获奖的经历,所以进入A报社做一名实习记者也不是太难。

结束了学校的课程,辛雪怡便开始在街上乱窜,找题材,手里拿着笔记本快速地记录着。

舍友远远地便看到了她,喊住了她,追赶了上来,将准备逃跑的人阻拦。

"雪怡,你这跑得挺快的,我们才回了一下宿舍,你就跑出来采稿子了。"孟菲抱怨起来。

"报社这两天比较忙,学校没什么事情吧?"辛雪怡微微一笑回道。

"那倒也没什么,只不过那个人为了你的下落快将我们当成囚犯审问了。"孟菲有所提点着。

几个人说话间,徐英豪骑着自行车像一阵风一般在街道上飞驰,辛雪怡立刻拖着两个舍友躲藏。

等到徐英豪骑车而过，同学这才拍打着辛雪怡的后背，将她唤出来："好了，已经看不见了，别躲了。"

"雪怡，你赶紧找时间向他坦白吧，我们真的撑不住了，徐英豪那也是鬼精灵，每次找我们打听你的情况，都是话里套话的。"

"不管他套你们什么话，只要别说出我们报社的名字和地址，你们还是赢。"

"你还是自己回去给他一个交代吧，我们可不管了。"程家怡开口回道。

"好了，你们忙你们的事情去吧，我也该回报社了。"辛雪怡伸手揽着两个人的肩膀，将两个人送走。

有了一份事情忙碌起来，辛雪怡便也不会觉得学校那么无趣了。不过自己进入 A 报做记者的事情，却始终不曾给家乡的万叶清主编和林庆祥主编说过，一是考虑自己的能力，不足以承担起两位主编的托付；二是因为她不想让两人知晓，自己还在寻找 316 的下落。

回到报社，和往常一样和社长于墨沟通了自己稿子的事情，辛雪怡便开始帮着其他人给稿子排版，之后印刷报纸，结束之后再一次返回社长的办公室，追寻她的祈求。

"社长，最近有前线的新闻吗？"辛雪怡询问道。

"昨日有消息传过来了，稿子我也是刚看完。"

于墨说着起身从一旁的柜子内取出一份底稿，递到了辛雪怡的眼前，"你看看。"

辛雪怡接过稿件认认真真地阅读起来。

看了整篇新闻，也没有找到自己想要找寻的信息，辛雪

被时光抹掉的名字

怡眼中流露出来的是伤感,脸上表现出来的却是喜悦。

"雪怡,前线有你什么人吗?"于墨移到辛雪怡的身边,从她手中取回了稿件。"从进入报社,你就特别关心前线的新闻,可每次看完前线的新闻,又没有什么反应,所以我猜测,你是在找一个在前线的什么人。"

"这个时代,在前线的何止一个人。"

辛雪怡能给的答案也只有如此。

从报社出来,就发现徐英豪已经等待在门外了,虽然知道隐瞒不了他多久,可是没想到会如此之快就被他找到。

徐英豪看着走出来的辛雪怡,欣喜地向她呼喊着:"雪怡,你忙完了?"

辛雪怡迅速地整理好表情,走上前去打招呼:"你怎么知道我在这里的?"

"我在大街上都转了好几天了。"徐英豪拍打着自行车的后座说着,"走,送你回学校。"

坐上了徐英豪的车,双手小心翼翼地拉拽着他的衣角,徐英豪载着辛雪怡闪躲着街道上的行人。

一路向学校的方向骑去,半途之中,徐英豪似乎又想到了什么,迅速地调转了车头。

载着辛雪怡,徐英豪赶到了一处摊位前停了下来。

"雪怡,我们吃点儿东西再回去吧,这里的东西做得挺不错的。"

"时间差不多了,我们还是赶紧回去吧,学校大门关了我们就进不去了。"

"没事儿,我算准时间了,一会儿加快速度,可以赶得及的。"

徐英豪将车停好，找了一个桌子坐了下来，将旁边的位置也拉开，将辛雪怡呼唤了过来坐在旁边，这才向老板要了馄饨和驴肉火烧。

凝视着辛雪怡，思量了片刻，徐英豪将自己的位置缓缓靠近辛雪怡的身边，手中拿着筷子，时不时地敲打着，似乎在纠结什么。

"你想说什么？"看着他有话无法说出口的样子，辛雪怡先行开口询问。

徐英豪低下头去，靠近辛雪怡，小声地说着："雪怡，你换一家报社吧，要不然我介绍你去《新公报》。"

"为什么？"辛雪怡疑惑着，"我现在待的报社有问题吗？"

"男人太多。"徐英豪没好气地说道。

看着他小孩子一般又开始闹脾气了，辛雪怡觉得好笑："这个世上除了女人就是男人，你想让我去哪儿？"

"只要别在男人堆里就行，你一个女子何必如此争强好胜，躲避在我身后不就好了吗。"后面这一句，徐英豪再一次压低了声线，却也被辛雪怡听到了耳中，只是她没有办法回应，只能选择性地装作失聪。

第五章　色诱

　　载着辛雪怡返回了学校，将车停在大门口，辛雪怡从车上下来，毕竟到了学校附近，他们就算是心安理得，让他人看到恐怕难免还是要乱说一通，造成不必要的麻烦。

　　"你先进去吧，我等一会儿再进去。"徐英豪说着。

　　看了看后面推着车的徐英豪，辛雪怡点头，"好，注意点儿，别让老师把你关在门外。"

　　"雪怡。"

　　耳边伴随着冷风的一声呼喊，拉住了辛雪怡的脚步，抬眼凝视着呼喊着自己名字的人，在微弱的灯光下看着缩成一团的人，辛雪怡刹那间鼻头便是一阵酸涩，立刻迎上前去。

　　"爸，您什么时候过来的，外面天这么冷，您怎么就等在这里呢？"

　　饭是吃饱了，可是万万没有想到校门外有一人因为等待自己，在冷风中受着饥寒之苦。

　　"出来办事，顺便来看看你。"辛启微微伸展了一下麻木的身体。

　　徐英豪看到如此感人的父女相逢场景，不知道该感动还是该为自己的失误向他道歉，早上出来的时候就看到他一直在门口等待着，那时候正赶上他的自行车坏了，让他帮忙修了车，却根本就没询问他为何而来，便匆匆地离去了。

"叔叔，不好意思，早上走得匆忙都没询问您在找谁，要不然早早就带雪怡过来见您了。"

辛启微微摇头说道："没事儿，小伙子，回学校吧。"

徐英豪苦涩地笑着，瞥一眼辛雪怡暗示了一下，便推着车子回学校了。怎么都没想到第一次见面便给辛雪怡的父亲留下了如此难堪的印象。

带着父亲在学校附近的一家小旅馆住了下来，辛启本来是想看完辛雪怡就立刻赶火车返回的，却没想到一等就是一天。

这是很普通的一间旅馆，里面左右各摆放着一张床，房门的右侧摆放着一张桌子，上面除了一个热水壶，便什么也没有了。

为爸爸铺好床铺，辛雪怡提着热水壶出去，一会儿又回来，把水杯添上热水递给爸爸。辛雪怡又赶紧拿过爸爸身上的背包，放到床头边。

"行了，你也别忙了，坐下来我们聊聊天吧，都快两年没见面了。"

"噢。"还是逃不过去，辛雪怡有些胆怯地应了一声，坐到了爸爸的对面。

"说说吧，这两年你都在学校学到了什么？"

"就是普通的上课，英语水平也有所长进，基本的对话还是可以了。"

"这么晚了，怎么才回学校，学校外面也有学习吗？"

停顿了片刻，辛启盯着女儿继续询问，"那个男生是你的同学？"

辛雪怡低垂着脑袋，始终不敢抬头对视父亲，语气也越发软弱，"我没课的时候，就会在校外的一家报社做实习记者，他只是顺路接我回来的。"

"什么路得一大早就去接，到了晚上才能回来？"

"我报社也有一些事情在忙，他也有他的事情，只是在返回的路上遇上的，他便载着我一起去吃了点东西。"

一说到吃东西，辛雪怡这也才反应过来，猛然间抬头看着爸爸询问："爸爸，你还没吃饭吧，我帮你去弄点吃的。"

辛启将背包拿过来，打开取出里面的一个用布包裹着的团子，递到了辛雪怡的手中，辛雪怡打开包裹，看着里面的红薯干和土豆干。

"这是你妈给你晒的，你留着吃，吃完若是还想吃，写信给我。"

辛雪怡点了点头，将东西收了起来。

"雪怡，你的事情在上大学之前，我就管不了了，那个男生的事情，我也不多问了，你自己心里警醒点儿就行。"

辛雪怡沉默不答。

辛启将手中的水杯递回到辛雪怡的手中，拉开被子睡了进去，辛雪怡起身将水杯放回到桌上，回头凝视一眼床上入睡的人，伸手关了屋内的灯。

第二日一大早，辛雪怡便将爸爸送到了火车站，一路上，辛启便再也没有同辛雪怡说过几句话，临上车前，也只是接过辛雪怡手中的背包，让她闲着无事便给家里写信报个平安。

被时光抹掉的名字

印象中爸爸一直是一个坚强冷漠的人，对于女儿的事情所有的意见也是十分的强硬，如同他反对自己来北平上学，在临走之前都不曾原谅她亲自来送一送。可是这一次相见，父亲虽然容颜上没有多大的改变，整个性子却也温和了许多，对于她的事情也放松了条件任她自己去处理，只是，父亲每说一句话，总让辛雪怡心里莫名有些酸涩和自责。

"雪怡。"还是相同的人，相同的呼喊，相同的车，不同的是时间和地点，徐英豪看到辛雪怡从火车站走出来，便又立刻骑车迎上来。

"你爸爸已经走了？上车，回去吧。"

"你又逃课了？"

"没啊，签到了。"

徐英豪骑车追赶上辛雪怡，挡在她的身前小声地邀功："你的我让人也帮你签到了。来，上车，小哥哥今天带你游北平。"

"不去，我爸不让我跟你玩。"辛雪怡转身向大街上走去。

徐英豪骑着车一言不发地慢慢跟随在她的身后，辛雪怡此刻心中的酸涩他自然是明白的，本来也是不打算来接她，昨天的事情不管他父亲对自己的印象如何，辛雪怡必定要挨训的，这几日她自然也是不愿意看到自己的，可是一晚上都在烦着这个事情，徐英豪也无法安宁地入睡，次日天刚蒙蒙亮双腿就不听使唤地赶到了火车站等着。

徐英豪加快了车速，追赶上前，一把将辛雪怡抱上车，兴奋地高呼："我爸妈同意我找你玩。"

那一天，徐英豪真的载着她在北平各处游玩了一整天。

被时光抹掉的名字

向报社请了假,乖乖地在学校待了五日,辛雪怡将心情重新调整了一番,这才跟随着于墨主编派来的人返回了报社。

小到只能挤下包括于墨在内的五个人的一间屋子,墙围边还通过几条丝线吊着几十张报纸,将众人包围在一起。

于墨站在众人之前,靠近窗户的位置取下一张报纸。"这是《新民会报》近期发出来的几篇报道。没看过的都先看看。"

四人起身分别站了一个位置,取下线上挂着的报纸,看着上面的新闻报道,一篇看完又换了旁边的一篇。辛雪怡第二份才刚看了一半,旁边的编辑接连三声:"扯淡,这分明都是瞎扯。"

"雪怡,你看这篇报道如何?"于墨转而询问辛雪怡。

低眉再次在报纸上快速瞥了几眼报道,辛雪怡回道:"报道方式太过偏激了,会误导国人的思想。"

"《新民会报》的这种报道方式,误国误民,像一条毒蛇一般撕咬我们国民的意志力,不得不阻拦。"

"社长,《新民会报》背后有日本人撑腰,这场仗该如何去打呢?"于墨凝视着几个人,将目标最终落在了辛雪怡的身上:"雪怡,过两日,上海有个宴会,总报社让我参加,我准备带着你一起去。"

"是要写稿子吗?"辛雪怡反问着。

于墨摇头回答:"我托人打听了一下,武田南阳也会参加这个宴会。"

"《新民会报》社长?"辛雪怡惊愕着。

其他几个编辑、记者也在聆听之后开口争取着:"社长,雪怡经验不足,我们也可以陪你去啊。"

于墨露出一个笑容说着:"你们谁若是能在出发之前可以将自己弄成一个美女,我便也带你们前往。"

四个男人互相凝视着摇头嬉笑打趣起来:"社长这是要写一篇风流史。"

"天天跟你们一群大男人在一起,你们谁给过我机会。以后找人,多考虑考虑女士。你们也就不会单着了。"

几个人打趣不断,辛雪怡的脸上却是一副担忧的表情,原位呆坐着,于墨也知晓她的担忧和为难之处,收起脸上的笑容提示着:"雪怡,知己知彼,我们此战才好打。"

辛雪怡毕竟是一个女子,行此事自然也是万分危险的,于墨便也给了她考虑的机会。

武田南阳虽然没见过,可是他的品行多少还是听说过,对于新闻或许有些他们日本的独特风格,也懂得如何掌控人的思维,却也是十足的一个好色之徒、烟花柳地的常客,于墨找上自己应该也是知晓这一点,报社的其他几个编辑都是男的,也只有她行事最为方便了。

从得知自己所在的报纸开始,徐英豪对于辛雪怡的行动开始进行管束了,三天一查两天一问,对于辛雪怡报社的所有男人更是全面打探了一番,更甚的是将他们所有的报道全部看了一遍,之后在他的报道中也开始汲取了他们报道的优点。

辛雪怡并没有将前往上海的真实目的告诉徐英豪,只说是总报社有活动,需要离开3天,徐英豪也没有怀疑,只是叮嘱了几句,给了她一个地址,让她有需要前往求助便可。

被时光抹掉的名字

经过一夜的奔驰,于墨和辛雪怡在次日一大早赶到了上海站,和总报社已经取得了联系,他们派了一个叫李岚的编辑过来迎接他们,安排接下来的事情。

李岚先带着他们去了暂住的酒店,将一切安顿好了之后,便又带着他们前往服装店内挑选衣服。于墨的装扮和气质自然是没有任何的问题,辛雪怡却是一身的学生气和土气。

李岚为辛雪怡挑选了几套比较时尚和性感的衣服,帮她一件一件换着,从来都没有穿过如此暴露和紧身的衣服,一时之间却也让辛雪怡有些羞涩。"什么人会穿成这个样子啊,也太暴露了吧?"

李岚看一眼旁边等待的于墨,摇头微笑着上前帮着辛雪怡整理衣服:"我看这身装扮最好,和于社长最配了。"

于墨走过来上下打量着辛雪怡:"就是缺少一股风骚劲儿,要不然别人也不会相信是我的新宠啊。"

衣服挑选好了,三个人便又转到了首饰店,为辛雪怡购买首饰,之后返回到酒店内,李岚开始训练起辛雪怡缺失的那股"风骚劲儿"。

看着辛雪怡走动的样子完全和身上的衣服、妆发不搭,李岚摇头打断了她。"雪怡,不行,你这完全没有那种味儿,一看就知道你另有目的。"

"那我该怎么办,完全不知道问题在哪儿。"辛雪怡吐了一口气,有些无奈了,第一次觉得有些事情可能自己还真学不来的。

李岚站起身来,在辛雪怡的身上打量了一番,上手将她身上的衣服在拉了拉,让她暴露得更加明显,牵过她的手将她推倒在一旁的沙发上。一手圈揽着她,靠近在她的身前,一手挑起她的下颚:"雪怡,你有喜欢的男生吧。"辛雪怡瞬间有些羞涩起来,李岚看着更加欣喜起来,转而坐在了她的腿上,伸手环抱着她,"这就对了,将我想象成你喜欢的那个男生,去勾引他。"

演示结束后,李岚和辛雪怡互换了位置,李岚坐在了沙发上,随即让辛雪怡先行学着。凝视着眼前的人,慢慢松开紧着的那口气,心里默念着那个人的名字,勾引他,自己可以做到的。

这边的训练正走得起劲儿,隔壁房间316手下迅捷地搭配好带过来的枪支,将枪口对准了传出吵闹声的墙面,做出了射击的动作。

316那年前往前线参加作战,之后便也一直在前线对战和训练,也是半年前,因为上海的一些动向,临时接到任务返回了上海。日本人在前线遭到我国国民的抵抗,损失惨重,却也不甘心,便又开始着手在中国建立"细菌部队",打探到有关传送"细菌部队"研究资料的一名日本军医,落地上海参加此次的宴会,316和其他同志便快速地进入作战准备之中。

整个房子的隔音并不是怎样的好,特别是在所有人都安静下来,唯独辛雪怡和李岚一会儿一个嬉笑、一会儿一声闷骚的呼叫声,引得旁边的研究着行动计划的人也不得安宁。

"隔壁,叫得可真欢。"

"怎么,想妻子了。"

"说笑了,连女友都没有哪里来的妻子。"

两个人说着说着,便将视线落在了练习枪的316身上。

"316,你可是有女友的人,何处人士?不介绍介绍?"

迅速地将枪收起,又开始试验其他手枪,316的视线始终不曾离开过手中的武器。

"你从哪里打探出我有女友的事情?有人告诉过你这件事情吗?"

"还用打探吗?你看报纸,唯独将一个叫辛雪怡的记者写下的导报裁剪下来,整理在一起,不是你女友的,你会这么细心吗?"

突然从别人口中听到辛雪怡的名字,多少还是有些震惊,玩着枪的手也抖了抖,动作更是缓慢了下来,将他的话认认真真地听完。

"她并非我女友,我只是仰慕她的文笔。"

"仰慕不就是喜欢吗?意义一样。在上海吗,什么时候让我们见见?"

手下的枪快速弄好,再一次举起将枪口对准了墙壁,手扣动了扳机,射出空弹。

从未参加过如此大的宴会,一踏进大厅辛雪怡便被眼前的壮丽震惊,挽着于墨胳膊的手更是紧了紧,尝试着掩饰自己的紧张。

知道她有些紧张了,于墨起身端过一旁的酒杯送到了嘴边喝了一口,小声在她耳边嘀咕安慰了几句,辛雪怡这才松了一口气。

跟随着于墨在宴会上转了一圈,找到了人群之中跟人说话的武田南阳,"我去了"提示一句之后,辛雪怡便朝着目标走了过去，坐在了旁边的空位上，呼唤过向她走过来伪装成服务员的316。

"小姐，有什么需要？"伪装后的316低头服务着。

"酒。"辛雪怡简单直接地回道。

"慢用。"316将酒杯送到了辛雪怡的手中。

也是太过紧张，所有的关注力全部集中在不远处的武田南阳身上，再加上316脸上稍微做了一些伪装，辛雪怡完全没有认出来。

而对于辛雪怡，初次见面不过12岁的模样，如今却已经是17岁的妙龄少女，如今再加上这般打扮，316丝毫没有认出来。

说是靠近，其实他们也都心里明白，乃是暗杀武田南阳。一口酒水下肚，辛雪怡深呼一口气，用力控制住自己发抖的手，伸手将肩膀上的配饰往下拉了拉，露出光滑的肌肤，手下故意将酒杯滑落，掉落在地上，将武田南阳的目光成功地吸引过来。

武田南阳唤过身边跟随的下人，打听了一下辛雪怡的身份，继而脸上露出一个笑容和旁边说话的人说了几句话，端起桌上的另外一杯酒起身走了过来，对着收拾着地上碎片的316，用不怎么流利的中文训斥道："做事这么粗心，还好没有伤到这位美丽的姑娘，还不快滚。"

316接连点头，快速捡着地上的碎片。

等待"服务员"离开，武田南阳再一次换上笑脸，将自己手中的另外一杯递上，"不嫌弃的话，我替刚才那个笨蛋向美丽的姑娘道歉。"

被时光抹掉的名字

辛雪怡并没有接武田南阳递过来的酒,低头看着跪在地上的服务员,"别捡了,重新给我拿一杯吧。"服务员起身快速地离去,辛雪怡一脸不屑的神情瞥一眼在自己旁边坐下的武田南阳,却也有意微微露出双腿询问道:"先生是何人啊?"

武田南阳嬉笑着坐在了她的身边,放下了手中的酒杯,用不怎么流利的中文回道:"鄙人和于墨先生乃是同行。"

"你认识我家于先生?他说他是上海的一家什么报社的社长,先生既然是他的同行,那也是报社的了?"

武田南阳的眼神在辛雪怡的腿上扫描了一圈,嬉笑着点了点头,"是,我也有一家报社。"

"我不信,我们家于先生至少外表看起来还算是有一股书生气,你看起来更像是……"接下来的几个字,辛雪怡靠近到了武田南阳的耳边,将声音压了下来这才继续说道,"玩枪的。"

武田南阳被辛雪怡的话惹得一阵嬉笑,举起酒杯往嘴里送了一口酒,抬起自己的手看着,"小姐,您看我这手它只能拿得动笔啊。"

辛雪怡抓着武田南阳的手,前后翻看一番摇头回道:"我平日也有看报,那我可得向您请教一下了,您用您这双手写出来的报纸有什么不同吗?"

武田南阳反手将辛雪怡的手握在手中,抚摸起来,"我这只手可是很金贵的,需要你细细地观察。"

在武田南阳和辛雪怡谈论报纸的各类的事情,同武田南阳说话的小野寺明在一个人的提示下也起身离开了,316随即也跟了上去，小野寺明走上二楼的一间屋子，同屋内的两个人窃窃私语地说着什么。

拐角的楼梯上传来说话的声音，316立刻端好手中的酒杯，向楼梯间走过去，辛雪怡挽着武田南阳的胳膊有说有笑地从楼梯上走上来，316立刻退让到一旁低下头去。

走到316身前，辛雪怡突然停下脚步，对着316吩咐着："送一瓶酒上来。"

"好的，稍等片刻，我便送过来。"316点了点头，回应了一声，让辛雪怡和武田南阳走过去，推开一旁的房门，走进去之后，316再一次返回到了屋子前看了看，片刻之后又转到了附近的另一间屋子前，左右环视后从身上取出早已经准备好的铁丝，将房门打开，悄悄地走了进去。

在屋内扫视一眼，可能存在的地方快速地翻找着自己想要的资料。门外钥匙的声音响起，316刹那间整个人滑开了，在房门打开的一瞬间，立刻躲避在一旁摆放的沙发后。

小野寺明提着包裹推开门走进屋内，将手中的包放在了桌上，拿起桌上的酒杯，坐到了沙发上悠闲地品起酒来。

316缓缓地爬起身来，手下的拳头向小野寺明挥动，无奈小野寺明在进房门前已经探查到有人进入了自己的屋子，刹那间将316的攻击拦下，一个过肩摔将316摔倒在了地上，手抓起准备好的枪对准了他，用日文询问道："你是什么人？"

316凝视着指着自己的枪口，缓缓地坐起身来举着双手，一脸无辜的神情用中文询问道："你说什么？我听不懂，我是这里的服务员，我走错地方了。"

小野寺明以嘲笑的语气说着："中国人，该死。"

在他手里的枪支刚准备扣下的时候,窗户外一颗子弹穿越而过,将小野寺明右臂打伤,316趁机一脚将小野寺明的枪踢飞,将他整个人摔倒在地,又移动到旁边摆放的留声机前,播放出动感的音乐,在音乐声中与小野寺明争夺着生死一线。

武田南阳太过嚣张得意,辛雪怡口中一直将他和于墨进行对比,逼得武田南阳透露出自己隐藏的报道秘密,辛雪怡便以深刻聆听武田南阳报道的缘由,和武田南阳一起上了楼,刚一进屋子,武田南阳便暴露出自己的本性,对辛雪怡动手动脚,辛雪怡小心翼翼地以各种理由推辞躲避,随后伴随着窗户的破碎声音和紧接着而来的音乐声,为辛雪怡带来了片刻的时间。

"社长,这音乐不错,不请我跳支舞吗?"

"那还要看小姐是否愿意赏脸?"

辛雪怡微微一笑,向他伸出了手,这间房间内舞着,那边屋子内却打成一片血红之光。316最终用破碎的玻璃碎片割断了小野寺明的喉咙,在他包内找到了要寻找的东西,随即而出。

刚走出屋子,门外一个服务员推着餐车走了过来,316快速地整理好自己的衣服,看着他餐盘中的酒瓶,迎上前说着:"交给我吧,这些人真不好伺候,送个酒,你看我被折磨成什么样子了。"

"生气了?"服务员疑惑着,"那你还敢去?"

"少挨骂一个是一个,做完这次我就不干了,忍一忍就行,你快下去做别的事情吧。"

送走了服务员，316推着餐车停在了辛雪怡所在的房门前，喘息一口气敲打着屋门。

"您要的酒送过来了。"不等回应，316拿起餐桌上的酒瓶，便推开了门走了进去。

屋内武田南阳抱着挣扎的辛雪怡，不断地抚摸着她，看到闯进来的人，瞬间上火。

"混蛋。谁让你进来的。滚——"还不等武田南阳谩骂结束，316手下的酒瓶便直接砸在武田南阳的头上，随后将手中剩下的瓶子的残留直接刺进武田南阳的脖子内。

辛雪怡惊吓得连手中悄悄拿起来的烟灰缸都掉落在了地上，凝视着眼前突然闯进来的人，下意识地退后躲避，用惊恐的声音说着："你是谁，你把他杀死了。"

捡起地上坠落的辛雪怡的外搭，为她重新披到了身上，316哼笑着："第一次执行任务，哪个组织的？"

"你不是什么服务员，你是什么人？"辛雪怡用胆怯的语气询问着。

"中国人。"

简单干脆的一个回答，316取过武田南阳摆放在旁边的衣服，伸手脱下自己身上的衣服，辛雪怡将自己包裹得严严实实的，谨慎性地看着他，"你干吗脱衣服啊？"

"衣服上沾了血，自然要换。"

换好了衣服，316迅速地在屋内一番寻找，将武田南阳带过来的东西全部搜出来翻看着。

见来人并没有恶意，辛雪怡这才安心下来，好奇地上前一同看了看。发现乃是武田南阳得到的一些前线消息和准备好的新闻稿件，还有一封武田南阳写给上司的信。

"这些是我的，"辛雪怡急急忙忙地取过316手中的东西，收起来。

看着辛雪怡的样子，316不禁摇头笑道："你们组织也是心大，竟然会派你一个完全没有训练过的新手来执行任务。"

"你嘲笑我。"辛雪怡恼怒道。

316刚准备回话，门外敲门的声音响了起来，呼喊着武田南阳的名字，在辛雪怡开口之前316便堵住了她的嘴，门外的敲门声音再一次响了起来，316看一眼倒在地上的武田南阳，回眼看着眼前的女人，放下自己的手，嘴角露出一丝笑容。

"你现在可以出声音了。"

"我出声音他不是就会发现吗？闯进来我们就死定了。"

"那你就发出一个不会让他闯进来的声音。"

"什么样的声音他不会冲进来。"

知晓她完全没有听懂自己的意思，316靠近过去在她耳边小声地提示了一句："床上能发出什么声音？"

辛雪怡诧异中带有羞涩，羞涩中带有为难，摇头回道："我不会。"

316无奈地笑着，怎么也没想到会有组织派一个什么世面都没见过的新手前来，一点儿危机反应都没有。"你就大声地喘气，哀号。"

听着316的话，辛雪怡便慢慢地尝试起来，得到316的肯定，在他的提示下辛雪怡便又开始哀号，门外的敲门声音慢慢地小了。

"有效果哎。"辛雪怡欣喜着。

"跟我学，"316提示之后，靠近到辛雪怡的耳边小声地说着，"讨厌，别这样。"

虽然有些不乐意，可是辛雪怡也不得不跟随着他，娇滴滴的姿态中，带有一种骚气的声音响起来。"讨厌，别这样啦。"

显然他们的计划成功将门外的人逼走，看着辛雪怡一脸的羞涩和懵懂，316不由得嬉笑。

"你笑了。"辛雪怡生气地斥责。

"好，我不笑了。"316走到房门前，透过门缝看了看外面的情况。"我们走吧。"

确定门外的人走了，辛雪怡这才松了一口气，316整理好衣服，拉着辛雪怡走出了屋子。

"准备好了吗？"将她的手搭在自己的胳膊上，316一边小声地在辛雪怡耳边提醒着，"别再发抖了。"

"不会拖你后腿的，放心吧。"辛雪怡自信地回道。

两个人挽着手正大光明地下了楼。

楼下的众人在音乐的带动下聊天、跳舞，丝毫没有注意到楼上的情况。316挽着辛雪怡从楼上走下来，伸手抓过她的手拉拽着她走进了舞池内，与她共舞。

第六章　交锋

一曲快要结束了，辛雪怡随着316舞动，316放开了握着辛雪怡的手，辛雪怡带有一丝丝的不舍去抓那只手，却在旁边人的影响下，手还是从他的手中慢慢地滑落而出，辛雪怡焦急地回头去寻找那个人，看到的却是更多陌生的脸。

"雪怡。"一声呼喊，于墨从人群之后走了出来，将辛雪怡拉到身边。"你没事吧？"

"我没事。"回头将目光锁在于墨的身上，辛雪怡摇头，又重新挽上于墨的手小声提醒道，"社长，武田南阳死了，我们必须尽快离开了。"

于墨点了点头，带着辛雪怡迅速地出了酒店。

李岚不知道去了何处，车也被她开走了，于墨焦急下，先行叫了一个拉车，带着辛雪怡随即离开，一路并未返回所居住的宾馆，直接前往了火车站。

等待安然坐上返回北平的火车，于墨这才安下心来。在车上辛雪怡将发生的事情告诉了于墨，拿出来的东西也都交给了他看，取回来的东西乃是武田南阳新收集到的一些资料和准备的下一篇新闻报道，再有便是他和日本人关于控制国人思想的一封信。

看到那些报道和信，于墨气愤难耐，对武田南阳和《新民会报》的做法斥责不断，对辛雪怡连连称赞，转而又开始担心那个暗杀武田南阳之人。辛雪怡脑中却始终在想着那个突然出现，又突然离开的人。

"那个帮助你的人，可有打探到是什么人？"

"不知道，应该是来执行什么任务的，意外中帮了我吧。只是——"辛雪怡说着迟疑起来，脑中一次次地回忆着那张脸，可是越想却觉得那张脸很是熟悉。

一旁的人不再言语，于墨抬手轻轻在辛雪怡的肩膀上拍打了几下，将她唤醒过来。"还有什么事情吗，雪怡？"

"没有了，社长。"辛雪怡摇头，将视线落在了窗外的楼房上，心里莫名的期盼起再一次的相遇。

316带着辛雪怡在人群中舞动的时候，李岚便已经认出了他，在他撤离出去之后，便迅速地跟了出去。两人同时被杀，整个上海也摇摇欲坠，开始大力追查，李岚将316藏在自己的车内，躲避过来往的巡查，一路向自己家的方向而去。

316自从上了车便也一句话不曾说过，脸上的表情也是一般的熟人相识，李岚开着车，也只是偶尔看看身边的人，却也不知道如何开口。

"就在此地吧，停车。"车子驶出了人多的地区，316要求着。

"这么多年未见，看着你安好，我也便放心了。316，你别回去了。"

"李岚，我的答案还是不变，停车，我还有事情，就此别过了。"

被时光抹掉的名字

李岚却依旧没有停车的意思,手下紧握着方向盘,脚下踩着油门更是加快了速度,"你说你喜欢文字,我现在做了报社的编辑,每天都在和文字打交道,316,我已经实现了你的心愿,你回来吧,跟我结婚。"

"李岚,这不是我的心愿,你不要在我身上白费时间了,我是不会就此停下,与你结婚的。"

"到底为了什么?你一定要找死啊。"

"我并非找死,只想让我们自己的家园恢复和平,笔下的文字不会只有期盼和怨恨。"

"那我们结婚之后,我和你一起上战场,这样可以吧?你想要什么我跟你一起去完成总可以了吧。"李岚撕心裂肺地哭喊起来。

"不必,我所仰慕的并非你的文字。"316不等李岚停车,便快速地打开了车门,一个转身跳下了车,安然落地之后,起身迅速地离去。

李岚急切地踩下了刹车,将车停下,手忙脚乱地冲下了车,望着四周的空荡荡的一片,痛苦地哭喊着:"护不了小家,何以护大家,你仰慕的不过是一场空。316,此生除了我没有人会记得你的名字。"

整个北平的报社因为武田南阳的死,微微有些安静了下来,于墨考虑到辛雪怡的安危,让她暂时留在了学校不许再经手报社的事情,如此的安排却也让徐英豪有些欣喜和疑虑,其实更多的是摸不着头脑,对于上海的事情她只字不提,徐英豪向报社的其他同事多少也打听了一番,不过说法也是众多。

一节课下来，徐英豪什么都没听进去，只是隐隐地听到了老师的"下课"两个字。

"回宿舍吗？"辛雪怡快速地收拾着自己的东西和两个舍友说着。

"去图书馆吧。我还有……"程家怡提议着。

还不等程家怡的话说完，辛雪怡快速地打断了她的话，回道："行，没问题，赶紧走吧。"

"着什么急，我东西还没收拾好。"一旁的孟菲说着。

"那我先回宿舍了。"辛雪怡在徐英豪赶到的时候快一步冲出了教室。

凝视着站在身边的徐英豪，程家怡和孟菲尴尬地笑了笑，岔开话题说着图书馆的事情，丝毫不给徐英豪问话的机会。

辛雪怡早就知晓徐英豪不问出一个三五七来，肯定不会罢休，便提前和室友们打过招呼，让她们帮忙缠着徐英豪，自己则是能躲避一次是一次。

可是没过一个星期，上海报社又传来了新的消息，316那一击并没有杀死武田南阳，武田南阳还是被抢救回来了，在上海的医院脱离了生命危险后转而被送回了北平，这也是武田南阳强烈要求的。

于墨主编也是一个雷厉风行之人，最是疾恶如仇了，特别是看到武田南阳和日本人的信，知晓日本人想要通过他们的报纸，掌控中国人民的国民思想，注入日本的思想，于墨很是气愤，在武田南阳回到北平医院的当日，便前后让辛雪怡等人三篇报道直批《新民会报》。

这三篇报道打得《新民会报》措手不及，却也没有造成多大的伤害，伴随着《新民会报》的反击，整个北平便再也不那么安宁，谩骂和指责在众人的口中接连不断。

　　《新民会报》和 A 报的开战，自然也引起来其他报社的关注，辛雪怡从一开始也没有要让其他报社旁观他们恶斗的意思，在她那把火烧的街上已经开始自发组织游行，抵抗《新民会报》的时候，辛雪怡便又含沙射影地呼吁其他报社一同发声。自然这把火也就烧到了徐英豪的身上，作为代表找到了辛雪怡。

　　公事而来，辛雪怡在于墨社长的介绍下，再一次与徐英豪认识了一番，真的不想看到他，无奈自己的报道又惹上了他，等到社长离开之后，徐英豪伸手将辛雪怡拉坐在旁边。

　　"现在有时间可以好好聊聊了吧。"

　　"对于报道的事情，我抱歉，我并非针对你们报社。我只是在呼吁所有的报社，挽救国民思想。"

　　"我知道。我不反对你的做法，你的报道我也看了，写得很好。"

　　"那你来我们报社做什么？"

　　"等你下班，然后吃饭，然后带你去一个地方。"

　　问了徐英豪好几次，他只是含含糊糊的什么都不说，下班自然是不能等到的，和于墨社长说是采访，便跟随着徐英豪出去了，徐英豪骑车载着辛雪怡吃过饭直接前往了医院，两个人小心翼翼地在医院走廊上走着。

　　"来医院做什么？"环视着两边，辛雪怡询问道。

　　"自然是来看武田南阳。"徐英豪回道。

听到这个名字,辛雪怡立刻停下了脚步,"我不去。"转身便离去。

徐英豪追赶上去将她拦住,"你害怕什么?我们只是去采访而已。"将辛雪怡拉着继续走去。

"英豪,我真的不能去。"辛雪怡有些焦急地推开了徐英豪的手。

"你们见过面了是吗?"徐英豪猜测着,看了看旁边来往的人,拉着辛雪怡走到了一边的角落里,徐英豪继续猜测着,"武田南阳被刺杀与你有关?"

"是,他变成这样,是我造成的。我现在不能见他。"辛雪怡用颤抖的声音回道。

"你不能见,我却要见一见,关于上海的事情,回去之后,你必须对我完完全全讲明白。"徐英豪坚持着。

还是带着辛雪怡前往了去寻找了武田南阳,并未让她靠近病房附近,只是躲避在一旁等待着,徐英豪自行前往,病房外有日本人看守着,徐英豪一脸镇定自若走上前去,用日语和门口看守交流了几句,他们在徐英豪身上检查了一番,便将徐英豪放了进去。

听不见里面的说话声音,也看不到里面的情景,辛雪怡焦急地等待着,差不多等了半个多小时,徐英豪这才走了出来。

辛雪怡便迫不及待地走上前,拉上徐英豪出了医院。"英豪,武田南阳的事情你别插手了,太危险了。"

凝视着她焦急的样子,徐英豪握紧了拉着自己手的手,摇头安慰:"你放心,我一个拿笔的人,能把他怎么样?我就是采访而已。"

"有什么报道一定要采访他？"辛雪怡质问着。

"毕竟也是报社的社长，自然有很多话要说。"徐英豪自信满满地说着。"走了，别担心了，回去了。"拉着辛雪怡回到了自行车前，将一脸忧愁的人强行拉上车，载着离开了。

倔强不过徐英豪，在他的再三逼迫下，辛雪怡将上海之行的事情告知给了他，徐英豪得知后更是气愤不已，特别是武田南阳骚扰辛雪怡的事情，更是愤怒难忍，任凭她怎么劝解也不肯罢休。

将辛雪怡送回了报社，徐英豪便再一次匆匆离去了，自此三天的时间辛雪怡再也没有见到过他一面，向同学打听过他的消息，在宿舍楼下也并未等到他，辛雪怡担心他私下做什么事情，便又找到了他的报社去，果真还是在报社找到了他。

也是不管不顾别人的异眼，从报社将徐英豪拉了出来。

"英豪，你到底在做什么？"辛雪怡询问道。

"我没做什么，报社最近忙，所以没回学校。"徐英豪摇头嬉笑着回道。

"真的吗？你之前可是很生气的，你真的不会对武田南阳做什么吧？"辛雪怡还是一脸的不相信。

徐英豪一脸宠溺地伸手捏了捏辛雪怡的脸，避开了她的话题，"雪怡，走去你们报社，我有事找你们社长。"

徐英豪拉着辛雪怡向他们报社赶去，一路上因为报道清醒过来的民众举旗游街呐喊抵抗着《新民会报》，支持国人报道，一行人马将道路堵住，让辛雪怡他们的道路难行，徐英豪紧紧地拉拽着辛雪怡的手，跟随着人群慢慢行走着。

辛雪怡还是第一次见到这样的游行，是惊喜又是意外，跟随在人群之中，心里也有着莫名的激动，左右环视着旁边呼喊着口号的民众和学子。她当初写这些报道，也只是为了让国人不受《新民会报》的影响，以一个正确的观点来支持前方的战事，看到现在的情景，却也让辛雪怡有了些安慰，更加有了动力去坚持下去。

一路艰难地走过游行的人群，回到了报社，徐英豪此行来还是为了辛雪怡的报道，一路上看到游行的人群，徐英豪虽然脸上乃是一副欣喜的笑容，可是心里也更多的是担心，辛雪怡的报道太过直接。

向于墨表明自己的观点和态度，他也是赞同的，他们的思想战打了很久了，接下来便是重要时刻，要怎么打必须好好思量一番，否则便会前功尽弃。

三个人沉默了片刻之后，徐英豪将目光锁在了身边的辛雪怡身上，开口劝解着："雪怡，这新闻你不能再写了。"

"不写，那我们积攒起来的热度便会浪费了。"辛雪怡回道。

"不必了，热度已经够了，可是还缺一把火。"于墨说着。

"放火的人，我已经找好了，下一篇新闻我来写吧。"沉默片刻后，徐英豪再一次开口。

于墨多少也是猜到了徐英豪的目的，对于他的目的，只要铲除《新民会报》这根毒刺，无所谓是他们报社还是别的报社人去做这件事情。至于辛雪怡这边，她怎么都没有想到徐英豪会直接跟社长提出此事，直接挡住了她接下来的行动。凝视着徐英豪，辛雪怡迟疑了半刻便点了头。

新闻的事情交给了徐英豪，辛雪怡便趁机返回了学校，等到次日徐英豪的稿子完成，报社的人找到了学校，将辛雪怡唤了回去，仔细地阅读了徐英豪的稿子，这把火点得并非一般的大，真的是熊熊烈火，这也是辛雪怡在答应徐英豪由她写稿之后，又瞒着他向主编要了审稿的权利。

"主编，这篇稿子还是以我的名义发出去。"

"这恐怕不太好吧，这篇稿子是徐英豪亲手交到我手中的。"

"徐英豪并非我们报社的记者，他只是我请过来帮忙的同学，报社之前的新闻都是以我的名义发出来的，现在换人读者也很难认的，我们想要的效果也就达不到了。"

应了辛雪怡的建议，稿子还是以她的名字发出去的。在稿子同那封武田南阳的密信发出了不到两个小时内，武田南阳在医院被人暗杀，《新民会报》被愤怒的北平群众攻破，报社的众人连同报社皆被炸伤毁坏，这一战辛雪怡他们胜利了。

北平的思想战已经开打，前线的实战也在316送回那些资料之后先行派遣了一支小队进行偷袭。

漆黑的夜晚，冷风和雪花共舞。316和八个同志一起连夜从河中游过，悄悄地避开巡守的日本兵，爬上了岸。带领的班长李艋让七个同志分成三路，316作为冲锋队走在前面，在同志们的帮助下，以矫健的动作爬上了瞭望台，一刀杀死了日本兵，让其他同志安全通过。

在李艋的示意下,所有的同志快速地分开行动,偷袭的乃是日本人的炸药库,316他们的行动必须谨慎,也是尽量利用手下的刀解决每一个敌人,更加深入地去寻找他们的目标地。

316手下的枪小心翼翼地守护着瞭望台下的同志们,却在无意中被不知何处而来的子弹打中了肩膀,再一次爬起身,隐藏在各处的日本兵已经开始对他们进行射击。316快速地寻找着隐藏在各处的狙击手,一个接着一个将他们击毙。

伴随着316几个人的枪响,整个军营也不再安宁。见眼前的情势已经对他们不利,"撤退!"李艋一声呼喊,其他同志开始撤离,却也有些来不及了,一个接着一个被隐藏的枪打中,李艋焦急下冲了出来,手中的枪对着四周射击,将所有的枪口吸引到自己的身上,协助着其他同志撤离。

一颗炸弹落在了瞭望台下,一声爆炸声响,将316整个人一起炸飞落入了河水之中。李艋仰天一声大笑,在彻底倒下之前,将身上的炸弹扔向了敌人的炸药库,接连几声爆炸声响,将整个军营夜晚的天映红。

一把大火让《新民会报》停刊,不再继续毒害国民思想,却也将辛雪怡的性命推到了危险点,徐英豪一路仓皇地从报社出来,骑着自行车拼命地向辛雪怡所在的报社赶过去,连一口气都来不及喘息,便急匆匆地冲进报社内大声呼喊着"雪怡"的名字。

"怎么了?"众人疑惑着出来围观,徐英豪焦急地抓着一个问一个,"雪怡在哪儿?"

"不知道啊,今天还没看到她。"

"她回学校了。"突然出现的于墨回答了徐英豪的疑问。

徐英豪再一次冲出了报社,骑上车向学校赶过去。

大街上锣鼓、爆竹声响彻耳边,游行的队伍比起之前看到的更是壮大了,也更加热闹了许多,辛雪怡满脸欣喜手中拿着几张报纸,站在路边观望着,人群之中,舍友程家怡、孟菲、陈青向街边的辛雪怡呼喊着,辛雪怡伸手向三个人招了招手,在程家怡的带领下,三个人从人群中挤了出来。

"雪怡,你忙完了?"孟菲欣喜地拉拽上辛雪怡的胳膊询问着。

"忙完了,我准备回学校啊,你们在干吗?"辛雪怡询问起来。

"当然是庆祝啊,《新民会报》停刊了,雪怡你们这一战打得漂亮啊,你现在可是学校的风云人物啊。"程家怡称赞起来。

"是啊,雪怡,你现在也是我们宿舍的女战士。"其他舍友也跟随着一起说着。

"来吧,我们的美女战士,一起过去玩。"说着程家怡强行拉着辛雪怡走入人群之中,几个人跟随着游行的队伍,一起跳着、喊着。

辛雪怡还是不太喜欢这样的热闹,这一场仗她的本意只是想让国人的思想有所改善,不是给她们作为一场比赛的胜利喜悦来庆祝的,更多的还是希望思想上可以有所改善。

徐英豪骑车追赶着游行的人群,被尾随的人阻隔了去路,焦急之下扔下了车子,推开人群寻找着辛雪怡。辛雪怡被舍友拉着向前,人群之后的徐英豪找到了辛雪怡的身影,呼喊

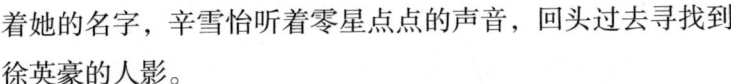
被时光抹掉的名字

着她的名字,辛雪怡听着零星点点的声音,回头过去寻找到徐英豪的人影。

"我听到有人在叫我。"

程家怡、孟菲她们回头看了看,一个人挨着另一个人,哪里能分得清谁喊的。"走吧,你幻听了,大家现在都在喊。"拉着辛雪怡继续向前行进。

"雪怡!"徐英豪一声声呼喊着,推挤着身边的人向她靠近过去提醒着,"雪怡,快走。"

"是英豪。"耳边的人声和锣鼓声吵闹着,辛雪怡在人群中找到了徐英豪的身影,却也只看到徐英豪在对自己说着什么,可是根本就听不清楚说话的内容。"英豪?"辛雪怡想要靠近到徐英豪身边听他所言的话,可手被程家怡她们拉拽着继续向前走着。

徐英豪加快了速度,推开人群追赶着。人群之前,一个陌生的男子,眼神紧紧地凝视着辛雪怡的方向,手下的枪从袖子中露出来,加快了速度向辛雪怡靠近过去。

徐英豪眉头拧紧,挤开了身前的人,靠近杀手的身后,凝视着他片刻,故意将身边的人推了一把,让他猝不及防地撞到杀手的身上,一把将他推倒在地,徐英豪趁机一脚踩到了他拿着枪的手,趁机将掉出来的枪踢开。

费了千辛万苦,终于走到了辛雪怡的身边,徐英豪二话不说推开了程家怡她们拉拽着辛雪怡的胳膊,"雪怡,快走。"一声提点之后,便拉拽着她走出人群。

避开了一个,却没想到还有其他之人也在暗中活动。看着向辛雪怡腰间刺过来的刀,"小心。"徐英豪一声提醒,将辛雪怡拉过身边,让刺向辛雪怡的刀刺了一个空。

辛雪怡凝视着从自己身边擦肩而过,再一次混入人群之中消失不见的人,还没反应过来,被徐英豪再一次拉拽着胳膊离去,却也还是没走几步,消失不见的人再一次出现在两个人的身前,向两个人慢慢地靠近。

"向后走。"徐英豪一声提醒下,辛雪怡转身向相反的方向而去,徐英豪立刻跟了上去,可是在走了几步之后,徐英豪一把将辛雪怡拉向右边位置,让刺过来的刀刺入了自己的腹部。

"英豪!"辛雪怡一声惊恐的呼喊,惊恐的神情凝视着腹部鲜血直流的徐英豪,在他倒地之前冲过去,将他扶住。

"雪怡,快走。"徐英豪忍受着腹部的疼痛,抓着辛雪怡的肩膀提醒着。

辛雪怡抬眼凝视着前后向他们靠近过来的人,将徐英豪的胳膊架在脖颈之上,推打着旁边的人开口高声呼喊着:"有《新民会报》的奸细,快抓住他,《新民会报》的人卷土重来了。"

周围的人听到呼喊声,随即将两个人包围,不由分说地便开始拳打脚踢。辛雪怡趁机扶着负伤的徐英豪退出了人群。

对于杀手的信息根本就不清楚,也不知道他们还在哪里派了人在等着辛雪怡,不敢前往医院人多眼杂的地方,带着徐英豪返回了报社,于墨社长亲自开车去接了一位医生过来,好在徐英豪的伤并未伤及要害,医生将刀拔出之后,为徐英豪上了药,包扎了伤口。

整个过程辛雪怡都心惊肉跳的,紧紧地守护在徐英豪的

身边，徐英豪或许也是为了在辛雪怡面前表现出自己坚强的一面，在纯白的面色上仍然挂着一丝笑意，和辛雪怡闲扯打趣着其他话题。

"雪怡，我要是这么死了，你可就是孤家寡人了。"

"你别贫了。"辛雪怡凝视着他的伤口，"留了这么多血。医生，这个伤口会不会给他留下什么后遗症？"

"留不留得下，你也得照顾我，我这伤可是为你受的，你可不能过河拆桥。"徐英豪仍然打趣着。

"我把你直接扔河里喂鱼去。"辛雪怡气愤地和他顶着嘴。

包扎好伤口，医生将东西收拾好，辛雪怡扶着徐英豪躺在了床上，医生将徐英豪要换的药给他留了下来，需要口服的药，也写了单子给于墨，于墨让人去送医生继而跟随着去取药。

徐英豪因为失血的缘故，虚弱不堪，辛雪怡守护在旁边小心翼翼地照顾着。

在辛雪怡将负伤的徐英豪带回来之后，于墨已经将事情的来龙去脉猜测了大概，凝视着辛雪怡和躺在床上喘息的人，于墨思量了片刻后提醒道："雪怡，你不能在北平待了，他们不会善罢甘休的，马上走。"

"现在走，我能去哪儿？英豪受伤这么严重。"

躺在床上的徐英豪微微起身，虚弱的语气说着："不，雪怡，你现在必须走，去上海，我会跟你一起退学。我托人联系一下上海《新公报》，于社长也麻烦你为雪怡写一封推荐信。"

被时光抹掉的名字

于墨点头答应:"这是个好办法。我现在就写。"转回走回到桌前,拿出纸笔开始写起来。

辛雪怡抬眼对视上徐英豪,心里有着说不出来的苦涩和亏欠,所有的麻烦都是自己惹出来的,却让徐英豪为自己受伤,现在又要为了自己退学转移到上海,他的命运从这一刻开始也被自己改变了。

这一次说白了是到上海逃难,也不知道还有什么人在等着暗杀辛雪怡。徐英豪的伤不宜走动,可是为了保住辛雪怡的命,也只能先行忍耐。

为了护送两个人安全离开,于墨分别安排了三波身形和辛雪怡、徐英豪相同的男女,从报社内走出引开蹲守的人,于墨自然也跟随着一队人马离开了,在所有人走了之后,外面的声音也安静了下来,辛雪怡带着徐英豪从报社前门光明正大地离开。

辛雪怡扶着徐英豪坐上了早就准备好的黄包车,一路赶到了火车站,夜晚的火车站除了冰冷一些,倒也还是有些热闹,地上横七竖八地躺着无家可归的人,或是等待着乘车的人,也是为了掩人耳目,辛雪怡和徐英豪身上穿着长袍大衣,脖子上围着围巾,头上戴着帽子,很难认出男女。

看准了一个座位,辛雪怡扶着徐英豪走了过去,"你先坐着,哪里不舒服告诉我,我去查看一下情况。"

徐英豪手拉拽准备离开的辛雪怡,一手抚摸着受伤的腹部,依靠在她的肩膀上,虚弱的声音在辛雪怡的耳边小声地提点:"你别走动了,这里人多眼杂,没上车之前别太招摇了。"

抬眼看了看四周来回走动的人,将徐英豪身上的大衣为

他披好，伸过去干干净净的手，收回来的却是一只鲜红的手，伸手揭开他腰间的大衣，掰开他的手，伤口已经裂开，血从衣服内渗出来，连同外衣都染红了。

"伤口裂开了，你怎么都不说，我替你重新包扎。"辛雪怡着急道。

阻拦住准备起身的辛雪怡，徐英豪摇头嬉笑打趣着："这里人这么多，你准备在这里把我衣服脱了吗？别这么开放，等上了车，你一个人慢慢看。"

"你还嘴贫。"辛雪怡气不过地斥责着，抬眼看着走入等候厅的几个人，贼头贼脑地探视着整个大厅，一个个检查躺在地上的人。

"他们找过来了。"辛雪怡小声地提醒道，将徐英豪身上的大衣再一次为他遮盖好，将他脖子上的围巾拉上去遮挡着脸，压低了自己头上的帽子静静地坐着。

第七章　未婚妻的纠结

因为被打扰，被骚扰的人有些怒火中烧，对着来人咒骂着。辛雪怡聆听了片刻，将徐英豪扶坐好，微微向旁边打瞌睡的人靠过去，悄悄地拿走了他放在旁边的水杯，靠近到另外一个的人身边，将手中的水向旁边躺着的一个大汉身上洒了过去，随即快速地离去。

大汉被水浇得猛然间坐起身来，对着身边的杀手便是一脚踹了过去"混蛋"，转而起身拉拽着他谩骂起来，"这个混蛋，敢泼我水，看我好欺负，找打是吧？"将所有人的视线集中过去。

"怎么了，"其他几个杀手也立刻赶了过去，拦在自己家兄弟的身边询问着。"这个混蛋，找事儿。"

那人被打得急了，根本不听其他人的话，推开他们就打，两边人越打越热闹，也渐渐将其他人都引了过去。辛雪怡趁机取出身上的钱财，从人群中走过，将钱散入人群之中，引得围观的众人瞬间疯狂地冲上前抢夺起来。

回到徐英豪的身边，辛雪怡将水杯放回原位，背上包扶起徐英豪，"走吧，我们上车。"

徐英豪一手扶着腰部，依靠着辛雪怡，回头瞥了一眼身

后的混乱的场面,苍白着脸颊说道:"够热闹的。"

"钱撒得我肉也疼。"辛雪怡跟随着一起打趣着。

"反正也是你们社长的钱,到了上海换我养你。"徐英豪回道。

安然上了火车,终于出发了,辛雪怡他们也暂时安全了。找到了他们的车厢,辛雪怡扶着徐英豪躺在了床上,用杯子打了水过来,将徐英豪身上的大衣脱下扔到了自己床铺那边。

"英豪,你的衣服脱了吧。"辛雪怡从包内取出药和纱布,看着躺在床上脸色越发苍白的徐英豪焦急地说着。

"我连坐起来的力气都没有了,现在没其他人了,你可以自己动手脱了。"徐英豪明明脸色苍白,声音虚弱,却还是不忘打趣辛雪怡。

虽然有些气愤,可是被徐英豪这样打趣瞎闹过,让辛雪怡急迫、紧张的心也渐渐松懈下来。

坐在了床边,将徐英豪身上衣服的扣子一个个解开,裸露出肌肤,徐英豪本身就非常地瘦,身上虽然并没几块腹肌,却也并没有多余的肉,几乎可以看到皮肌肤包裹的骨头。

辛雪怡用水杯接过来的水和手帕帮他清洗了身上的血液,重新给伤口上了药,包扎好,又将他的衣服重新穿好。取过一旁的被子盖在了身上,转而拿过床上的大衣也盖在了身上。

"你好好休息吧。""疼,睡不着,你唱首歌哄哄我。"

凝视着他沉思了片刻,辛雪怡时隔多年,再一次唱起了那首振国振民的《黄河大合唱》,不一样的是这一次是独唱,歌声是那样孤单,是那样悲凉和清脆。

被时光抹掉的名字

从火车站出来,辛雪怡找了一辆黄包车,载着徐英豪,按照他所说的地址赶了过去。也不知道为何徐英豪对于上海会如此的熟悉,若说是家乡,记得他曾说过自己出生在武汉,可是对于上海来说,似乎也像自己的家乡一般的熟悉。

住宿的地方,徐英豪让他的朋友帮忙,给辛雪怡在一条古巷内找了一间房子,前两日因为徐英豪的伤势太过严重,便也和辛雪怡挤在一起,由辛雪怡亲自照顾着,等到伤势好转一些,伤口不会因为一些简单的走动再裂开,徐英豪便在他的朋友张咏的帮助下,搬到了他的家里去。

这个朋友的家在何处,辛雪怡并不知道,徐英豪也没有告诉过她,因为每天都会过来看望辛雪怡,她便也不去关注。

徐英豪因为养伤,便推迟了时间去《新公报》报到,辛雪怡先行进入了《新公报》做起了记者的工作。

退学的事情全部交给了于墨社长,他们宿舍内的所有东西也都被于墨派人取了回来,等到那边的事情平稳一些,于墨便给《新公报》发了一封信,继而转移到了辛雪怡的手中。

并未将自己退学的事情告诉给家中的父母,也不想他们担心自己,便让北平的于墨主编帮忙,每月将家书写好寄到北平,再由于墨从北平寄回去,爸妈寄过来的信和东西于墨也都转寄到了上海,只不过这次寄过来的还有万叶清主编的一封回信。

迫不及待地将信打开,篇幅并不是很多,整整齐齐的一张纸上大半张纸被字占满:

雪怡,你的信我都收到了,作为老师,我该称赞你新闻写得很好;作为中国子民,我会斥责你缺乏救国思想。你有才、有勇气，却唯独缺乏奋进的动力。你的内心充满着对美好的幻想，可是你的文字表现出来的是对这个时代的怨恨，你所追求的这个时代给不了你，你却可以改变这个时代。

现在的我已经是风烛残年，有心救国、无力回天。我此生只有316和你两位学生，316被我送上了前线，你被我逼到了后方。作为老师，我是失败的，作为中国人，我自豪。

我收到了你10封信，每一封你都会询问316的消息和下落，我从来都没有给你回过信，你自然也明白我的态度。你的信我全都转发给了316。雪怡，你生的时代没给你选择，所以你要先救国。

落款是：万叶清。

老师的一字一句戳在她的心口，让她泪流满面。这些年来，老师是懂她的，却也是将她身上所有的优缺点看得最为清楚不过的，一直逼迫着她前进。

"雪怡。"屋外徐英豪的声音喊了起来，迅速地大口深呼吸几口，回了一声"来了"，手将信收回到信封内，压在了床铺下，仰头将眼眶内的泪水逼了回去，伸手微微按压鼻头，让酸涩慢慢消退，辛雪怡走到了屋门口前打开了房门，将门外的人放了进来。

"雪怡，哭了，发生什么事情了吗？"

徐英豪的观察力太过缜密了，辛雪怡觉得自己隐藏的已经很深了，却还是被他看了出来，看出来他也不会装傻，直白地询问。

重新整理了脸上的表情，辛雪怡摇头回道："不过是家里来的信。"

被时光抹掉的名字

抬手托起她的脸颊,将她眼角的泪水擦干,徐英豪张开双臂,拍拍胸膛说着:"家的怀抱,要不要感受一下?"

他永远都知道怎么哄她开心,也永远都知道在她不开心的时候该说什么、做什么。

带着辛雪怡去一家餐馆吃饭,却没想到张咏正在餐厅内相亲。显然张咏也发现了走进来的两个人,羞涩地遮了遮脸,各家还有两个大人陪同着,所以也不敢大动作让人发觉。

点了菜,给辛雪怡倒了水,一只手支撑着下颚,凝视着她傻笑起来。辛雪怡抬眼望了望和张咏对面坐着的姑娘,坐姿端庄,模样也是端庄大气。

"张咏经常这样相亲吗?""是啊,张咏母亲的祖上乃是清政府有名望的官,家道中落,他的母亲又是一个很传统的女人,一直想让他早早地成亲,所以一直在给他安排相亲。"

听着他的话,辛雪怡突然来了兴趣,将视线落在了徐英豪的身上,饶有兴趣的询问起来:"英豪你呢,你家中父母是做什么的?你不是说你出生在武汉吗,为何对上海会如何熟悉?"

徐英豪一手撑着脸颊,眼神中尽是宠溺:"生在武汉,长在上海。我父母自然也在这里了,你要见的话,我们现在就去见。"徐英豪说着起身便拉起了辛雪怡,辛雪怡焦急地拉拽着他不肯起身,阻拦着。"英豪,先别去打扰他们了,大家都忙,你看我们饭菜也差不多上来了,吃饭吧。"

说话间,服务员将饭菜给两个人送了上来,徐英豪这才哼笑着放了手,知道她现在不敢去见他的家人,所以也一直不曾将家中的事情告诉给她知晓,让她徒增烦恼。

吃过饭，听着那边的笑声也聊得差不多，徐英豪便站起身来，知道他要做什么，辛雪怡着急地伸手拉上他的胳膊阻拦，"你不许去闹事。"

"放心，我们每日挤眉弄眼，也总得让我兄弟以后举案齐眉。"

辛雪怡没好气地怼了他一眼，徐英豪提着水壶装模作样地向张咏所在的座位走了过去："张咏，陈阿姨，你们也在这里吃饭啊。"

张咏没好气地瞪了瞪他，身边的妈妈倒是亲切地起身和徐英豪打着招呼。"英豪，你自己来这里吃饭啊。"

"不，我和我未婚妻来的。"徐英豪说着看看身后独自一个人坐着吃饭的辛雪怡。

"你有未婚妻了，我昨天刚见过你娘的，你娘还让我帮忙给你介绍女生呢。"

徐英豪对视着张咏尴尬地笑了笑"我们这不是也昨天才刚定下来嘛。"

那边话说得起劲儿，这边辛雪怡完全不管不顾地吃着自己的东西，喝着水。吃饭的二楼楼上，突然一个身影从楼上直接滚落而下，直接砸在了辛雪怡的脚下。在场的众人都来不及反应，辛雪怡更来不及起身，那人起身手下抽出一把枪架在了她的头上，将她作为人质逼退着来人。

"退后，全部给我退后。"

"雪怡。"回眼望着被挟持的人，徐英豪着急地冲上前，推开人群担心地阻拦着，"都不许轻举妄动，她可是《新公报》的记者。"

被时光抹掉的名字

一听《新公报》的记者,追赶的人也不再逼迫了,只是慢慢地围堵着,那人挟持着辛雪怡随即渐渐地向屋外退出。

那人挟持着辛雪怡出了大门便被一辆早已经等待的车接走,徐英豪本想去追赶,被张咏给阻拦了,正所谓关心则乱,徐英豪遇上辛雪怡的事情多少已经失去理智,辛雪怡被挟持的时候给他们留下的信号根本就没看到。

张咏也是在辛雪怡过于异常的反应下,这才察觉有问题,返回她坐的位置,看到她用水留下的"不"字。

一路驱车安然逃离了追捕,等待安全之地,那人才将辛雪怡放开,连声向她道歉。

"抱歉,我们不会伤害你的,刚才也是情急。"

"你们安全了,便也不用再带我了,赶紧走吧,我自己会找车返回的。"

"你不是记者吗?不好奇我们的事情吗?"

"我好奇的只是新闻,你们不是我追求的新闻对象。"

并没有问他的身份,也没有问他们发生了什么事情,就像自己义无反顾地选择去救他一样。

车行驶到安全的地方,将辛雪怡放了下来,辛雪怡便又换了一辆新车返回。刚一踏地,等待在家门口的两个人便着急忙慌赶上前。

"雪怡,你太冒险了。"

看到辛雪怡平安返回,徐英豪悬着的一颗心也算是终于放下了,上前拉着她先是好好仔细地检查了一番,确认她没有受伤。

辛雪怡没问,张咏却也早早就探知到了这些事情的来龙去脉，早前一些新文化教育和普及工作者，代表国人发声，极力拯救国人思想，可也就是这些人的思想教育让南京政府害怕，所以暗中纷纷进行处理。

南京政府的行动，316他们早早就暗中收到了消息，在上海开始解救这些人，从派去的同志手中接过被解救出来的人，在他的执意之下，又趁着夜色将人送回了驻扎地。

推开门进屋，偌大的印刷厂围着十多个人，正在商议着号召在日本纱厂工作的中国人大罢工。此事也并非第一次说了，之前还有一些顾虑，这次众人也终于团结起来，纷纷支持罢工。

"王老师，李主编。"推开人群，316和许伟护送着他走进人群。

看着安然返回的人，领事的王沫和李新海欣喜地迎上前，"李辰，太好了，你安然无恙便好。"

"王老师，李主编，是这二人救了我。"李辰向众人介绍着316和许伟，不过对于他们的真实身份，却也是放小了声音，在二人耳边说给了他们听。

两个人听后先是震惊，转而又是欣慰地点头，对着两人微微屈身感谢。

316摇头将两个人扶起，抬眼看了看周围之人，将两个人引到一旁，避开众人和两位先生私谈起来。

"两位先生，我们奉上面的命令，带你们离开上海避难。南京政府恐怕不久就会行动的，你们不能再留在此地了。"

两个人相视摇头，李新海回道："感谢两位的好意，也感谢你们组织的好意，不过我们不能离开，我们的使命还没完成，上海这里的战还没有打胜。"想到他们会直接拒绝，316和许伟也只是将上面的意思先行转达。王沫和李新海将接下来的行动传达给众人，让众人开始行动，316和许伟劝解不下，也只能先行跟随着众人。

因为上一次冲动的举动，辛雪怡的工作也被强行停了几天，却也只是两天，辛雪怡便自行给自己开始找新闻去做了，而且这一次采访的人也是316的偶像，这是她来上海后一直在期盼的采访，在经过多次拜访之后终于得到了回应。

整整半天的时间都在偶像的家中进行采访，辛雪怡也完全感受不到身上的疼痛。走出门口后，回头凝望着他的公寓，心里的激动久久难以平复。

慢慢悠悠地摇晃回报社，正面却迎上徐英豪和张咏一起从报社出来。

"雪怡，你今天去哪儿了？这么久才回来。"在报社没有找到她的张咏先行询问起来。

"去拜访了一下周辰老先生。"一听到周辰先生，张咏先行炸锅了，兴奋地拉拽着辛雪怡的胳膊呼喊着："周辰先生可是当下的一位文豪巨匠，有这么好的采访机会，你竟然独自吞了，雪怡，你不仗义啊。我可是很仰慕周辰先生，一直想找人介绍我去拜访一下他老人家，没想到你倒是和周辰先生畅谈了一天。"

徐英豪挤出一个非常热烈的笑容，起身拿着凳子，一把打掉了张咏的手，坐在了两个人中间回道："周辰先生也是很忙的，不是什么人都能见的。你还是先过好自己的日子吧。"

辛雪怡望着张咏尴尬地笑了笑，微微向旁边移动了几下

凳子，回道："我也是借着社长的面子罢了。"

"要不然，我也去你们《新公报》吧，让你们社长卖给我这样一个面子。"张咏打趣起来。

"你这么一个大金刚敢来，我们社长不敢收。"徐英豪回着。

三个人凝视着嬉笑过后，辛雪怡继续说着。"不过是借了《新民会报》那篇报道的光，周辰先生看了我的报道，所以才给了这个机会，先生他的情况也并不是很好。"

这样一个让人敬佩的人，却也逃不过命运的安排，不过相对比较好的，便是在他离世之后，因为他的作品，后人至少不会忘记他的名字。

三个人沉默了片刻，辛雪怡再一次开口打破沉静，"对了，你们两个一起来，是有什么事情吗？"

张咏和徐英豪对视一眼，眼神明显夹杂着一些复杂的情况，脸上的笑容也收了起来，张咏开口解释道："我无意中探知到几家上海纱厂工人准备进行罢工的行动，所以去找了英豪。"

徐英豪点头补充道："这是一条大新闻，我已经得到了社长的肯定，准备接手采访这个新闻，所以来找你，你应该也想去吧。"

辛雪怡丝毫没有犹豫地点头答应。

为了呼吁工厂的工人一起反抗，王沫和李新海接连几场慷慨激昂的演讲，让纱厂的工人纷纷响应，停下了手中的工作，坐在了工厂的大门口开始了罢工，围堵着来往运输的车子也不能正常运输。

日本厂商和上海的商会一番商议下，让商会理会长米英然前往调解此事，可是米英然调解的方式太过偏激，和工人发生了口角，在辛雪怡他们得到消息赶到的时候，双方已经开打了起来。

场面一度陷入混乱之中，工人和士兵搅成一团，地上的血和受伤的工人不断地增加。

辛雪怡着急忙慌地便往打斗的人群之中冲过去，被徐英豪又匆匆给拉拽了回来。"别冲动，这架可不是你我的能力可以劝的。"

辛雪怡完全不听指挥，继续挣扎着，"我知道，所以趁着现在这个机会我先进工厂里面去看看。英豪，你在外面守着。"

"工厂里面现在不过是一个空壳子，有什么好看的，精彩的都是这里。"紧紧地拉拽着辛雪怡，徐英豪将目光落在了打斗的人群之中。

虽然工人是中国人，可毕竟也是日本人自己的纱厂，利益属于日本人，所以在此战上日本人并未曾对工人们下杀意，双方的争打也并没有使用枪械，理会长米英然站在人群之后指挥着众人，很明显是有教训工人的意思。

"英豪，我就进去看看。"辛雪怡依旧还是有些疑虑，在徐英豪松懈的时候，甩开他的手，从人群之后冲了过去。

来不及阻拦她，却也知晓现在外面才是最危险的，徐英豪便任由她离去。围着罢工的众人观察着，手中的照相机开始拍照进行采访。

所有的工人都在厂外，厂子里面便也安静下来。辛雪怡参观着厂子的机器，在工厂内四处游荡。

外面的情形不管结果如何都是外因，辛雪怡不想只按照他人设计的新闻去报道，她要报道的新闻是那些被隐藏的内幕和真相，她要以此让国人沉睡的意识苏醒。

工人们的罢工行动已经开始，316和许伟先一步守护了王沫和李新海的安全，本想带着他们趁机撤离，却没想到外面直接动起手来，王沫和李新海担心工人们的安危，便不肯离去，四个人一直躲在厂子内商议着下一步的行动。

辛雪怡一路游荡着找到了他们的位置，听到里面的人谈话声音，便也迅速地躲避起来，聆听着里面的对话。

这边的罢工行动已经开始，可是效果明显还不如他们之前预想的那般。王沫和李新海显然还是有些不甘心，费力让所有人冒险，便也不能白白将机会浪费。

"别的厂子情况不知道如何了，我们还是要尽量保护工人不受伤才是。"李新海担心起来。

"'九一八'事件发生这么长时间了，南京政府并没有做出任何反应，所以不能依靠他们，要救国还是得靠我们自己。"王沫回道。

"对，抗日救国是我们中国人的使命，我们不能再退缩了，现在这股浪潮已经被推出来，我们必须站出来号召国人抗日。外面应该来了记者，不如我们借用记者的力量直接呼吁广大民众抗战。"

316和许伟只是作为他们的安全守护人，所以并不参与发表任何的意见，四处观察着周围的情况，以防危险靠近。

躲藏在角落的辛雪怡尽量让自己不发出任何的声音，连喘息声音都努力地控制着，却不知是哪里出了错误，还是被316发现了。

"别藏了，出来。"一把从角落内拉拽了出来。一个甩手握着她的胳膊，将拉出来的人甩在自己的身前，手下的枪指上她的后脑勺，316谨慎地质问着："你是什么人？"

里面的其他人也都警惕起来，抬头凝望着眼前的人，疑惑着："奸细吗？"

松了一口气，让自己方才被吓得悬起的心安定下来，辛雪怡坚定的语气自我介绍起来："我是《新公报》记者辛雪怡。"

316握着枪的手颤抖了一下，手下的力气也放缓了下来，低头凝视身前的人。辛雪怡趁机推开316架在自己头上的手，直视着眼前跨步上前劝解起来。"两位老师，我不赞同你们的方法，太过冒险了，国民政府并不支持抗日，内战依旧是我们国家最大的问题，你们如此大张旗鼓地鼓舞民众，势必惹怒国民政府，让他们将目标转向你们。"

"我们知道，可是总要有人带头去做。"王沫坚定的语气回道。

"方法有很多种，留得青山在不怕没柴烧。"辛雪怡回道。

一旁的李新海微微一笑，上前凝视着眼前的女人反问道："你是记者，更应该明白国人思想对抗战的意义。你来采访这里的新闻，却又不在外面收集资料，想必你也不想只看表面。"

"不一样，我是记者，我做的只是报道新闻，你们却是新闻的制造者。比起我，更加危险。"

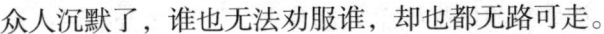

众人沉默了,谁也无法劝服谁,却也都无路可走。

凝视着眼前的人,316心中升起无尽的欣喜,这个名字他在心里不知道念了多少次,也想象过她如今的模样,只不过到最后都是模糊的,现在站在了自己的眼前,316不知道有多欣喜。

"雪怡"的名字,刚甩出嘴唇一个字,316的手刚抬起还未触摸到辛雪怡的后背。螳螂捕蝉黄雀在后,厂子不知何时竟然冲出了几十个士兵,将五个人包围,凝望着眼前的情况,众人立刻警惕起来。

"他们什么时候进来的?"王沫和李新海互相对视一眼,担心起来。

"蹲下。"来人用日文呼喊道,手中的枪逼迫着五个人渐渐地后退。

316一把将辛雪怡拉退到自己的身后,五个人迅速地围成一团,按照他们的命令后退缩在一起,蹲在了角落内。

留下两个人看守着他们,其他人又快速地离开,匆匆忙忙地从外面将准备好的炸药运了进来,摆放在工厂的各处位置。

厂外的众人嘶吼的声音已经安静了下来,换上了一个喇叭的声音在进行着调解。里面的日本兵仍然快速地移动着,在工厂各处摆放着炸药。

向其他人身边靠近了过去,李新海有所担心起来,压低声音说着:"他们是想炸了工厂吗?这可是日本人自己的厂子啊。"

"他们这是狗急跳墙了,工人还都在厂外,他们想炸了厂子,将事故原因推到工人们身上。"王沫分析后,担心起来,"不能让他们点火,必须保护工人们的安全。"

"南京政府是不会让这把火点起来的,除非是日本人想利用这次罢工开战。我们不妨先在里面闹出一些动静,给外面的人提提醒。"辛雪怡观察了在场的日本兵的行动,小声地说着。

当下的情景之下,能去执行这个任务的便也只有316和许伟,两个人自然也是当仁不让,眼神和手势立刻沟通了行动。

突然想起身后的辛雪怡,316回头过去看了她,看到她面容的那一刻瞳孔瞬间膨胀,是惊喜也是意外,原来他们已经见过了。

"你?"想要询问她是不是还记得自己,可是话到嘴边又问不出口。

在上海的行动为了保护他们的安全,所以每一次行动,他们都会在脸上稍加做一些修改,这一次也是贴了假胡子遮挡,也毕竟那么多年了,他的形象和身材因为战场改变了很多,她已经不记得他了吗?

"还有什么事吗?"辛雪怡一脸的疑惑对视上她,还以为他有什么吩咐,可是他也在盯了自己片刻之后,便开始行动了。

316和许伟各自负责一个日本兵,猝不及防地便杀了看守的两个人,带领着其他人快速地从厂子内逃跑,很明显来人不想让外面的工人知晓里面的动静,并没有开枪,始终都是刺刀阻拦,这样对于316他们来说也安全了许多,只不过要保护的人太多，难免有些力不从心。"

在米英然的协调之下，双方再一次陷入了僵持之中，工作人纷纷坐在地方堵着工厂的大门口，米英然带领的人堵在大门口位置观望着。

不过对于这个报道关注的，也不只是辛雪怡他们一家报纸，李岚在得到命令后赶了过来，盯着眼前的情况，和徐英豪互相认识了之后，和他聊了起来，打探消息。

徐英豪也是鬼精灵，自然不会任由别的记者从自己口中探寻出什么，和她含含糊糊地点了几句之后，便向一旁镇守的米英然走了过去，开始进入自己的采访中。

"理会长，我乃是《新公报》的记者徐英豪，看眼前的情景，工人们也不会罢休，不知道您代表的是上海商会，还是日本纱厂的利益，又准备如何处理此事？"

米英然性格是有些懒散，对于这些麻烦事情也是能推就推，也不愿意面对记者，可人已经找过来，多多少少还是要应付应付，毕竟来人还是《新公报》的记者，多少还是有些得罪不得的。

"我自然是代表着上海商会来调解此事的，工人们罢工不会是偶然的冲动行为，这样只会伤害工人们的利益，我们也希望他们尽快停止这种行动，不要被有心人利用了。"

"如理会长口中所言工人们是被利用的，可工人们用罢工也只是希望政府可以保护国土，将霸占着我国土地的外国人赶出去，并没有利益关系存在，不知道您所谓的利用说的是什么人？上海商会是否认中国人爱国行为？"

徐英豪从儿时就跟着父亲接触各种商场上的人，上海商

被时光抹掉的名字

会这些年来的发展和没落早就看得明明白白,他们应付人的那一招也异常地清楚,所以应付他们更多是话中留话、话里挑刺才能找到想要的新闻。

"上海商会那自然是属于中国人的商会,一切以中国人利益为主,现在罢工闹事的是中国人,影响到的也是我们中国人的利益,并非正确的爱国行动,所以我们还是希望工人们理智,不要再罢工了,返回工厂工作。"

"据我了解,这家工厂背后的老板乃是日本人,工厂内生产出来的东西大部分也是转运给日本人使用,理会长所说的中国人利益不知道是何?还请给读者解释,他们并非被压榨的劳动力。"

被徐英豪的问题逼得不知道该如何回答,米英然以"无可奉告"推了几个问题,可是最后还是落入了他的文字陷阱内。

"理会长。"身后一个士兵突然闯入过来,暂时解救了他。带着来人避开到一旁说着话,来人将上面传过来的新的命令告知给他。

"上面来了消息,不能让此事再闹大,惹怒日本人,挑起战事。"

视线落在眼前的工人身上,已经闹了一天了,可是看他们脸上的表情,丝毫没有减弱,怒火也未曾消灭,米英然也着实有些累了,这本是针对日本人的麻烦,非得让中国人自己打起来。

"这不是已经闹大了吗,还想怎么小啊。"米英然哀叹着。

"上面的意思,不过就是一个纱厂,必要的时候可以舍弃。"

在米英然离开后，李岚便又移到了徐英豪的身边。

"你们《新公报》的记者都喜欢用引导式采访吗？"李岚毕竟也在这一行混了这么多年了，经验上多少还是有一些，方才他们之间的采访也听到了，自己想问的也清楚了，只是针对他的采访方式却也有些不敢苟同。

"不管什么方式，新闻要的是一个真实性，我能问出这条新闻隐藏的真实那便比你厉害。"

"你比我厉害吗？你作为男生胆子应该更大一些，你这种采访方式是在诱导他人，让他按照你的思路回答问题，这样的新闻真实性有待考察。"

徐英豪回头过去凝视着她片刻不语，李岚被她看得也有些心慌，似乎自己是说了一句很蠢的话。

第八章　惊险的一夜

其实对于徐英豪来说，只是不想回答她的问题，新闻的真实性并不是记者的采访方式能决定的，他们只是通过一些方式在挖掘新闻，真实性他们只要不去故意隐瞒，受访者本人隐藏的新闻才会暴露出来，其实这一采访方式他和辛雪怡之间经常使用，她也很赞同去用这样的方式采访，毕竟他们面对的每一个受访者都在隐藏真实的新闻。

那边的谈话结束，米英然撤出了大门口，围守的众人也逐渐撤离出去，徐英豪有所警觉。"情况不对，赶快撤离。"

徐英豪嘀咕了一声，快速地混入人群之中离去。"等我"，等到李岚反应过来，追赶过去，大门却已经关闭，将她同工人们一起关在了里面。

拉扯着大门，李岚凝望着门口的人，焦急地呼喊起来："干什么，开门，我是记者，凭什么将我关在这里。"

外面的人并未理会她，紧紧地守在门口位置。看到大铁门关上，坐着的众多工人也都开始着急了，纷纷起身围到了大门前，拉扯上大门，呼喊起来："干什么，为什么锁门，放我们出去。"

退后到了不远处停着的车前，米英然吩咐身边的人"点火"。那人刚转身，一支枪便直指米英然的头上，刹那间却也有四五支枪顶在了徐英豪的身上。

瞥了瞥周围，徐英豪哼笑一声说："我这条贱命跟理会长您的比谁更有价值。"

米英然不以为然，掏了掏耳朵回道："你不过是一个小小的记者，记者的工作是报道事件，不是制造事件。"

"我这个记者可跟她那个记者不一样，我拿笔，也拿枪。理会长，你点火无非是因为有人想一把火将事情烧小，可你觉得这把火真的会小吗，我《新公报》一家的笔便能让这把火变成熊熊烈火。"

"那也得你这支笔活着走出这里才可啊。"

"按照目前的情形，我自然是很难活着出去，可是理会长难道不觉得奇怪吗，这么大的新闻，我《新公报》真的就只派了我一个记者过来？"

听着他的话，米英然有所警觉起来，《新公报》的记者多少也是听过的，特别是国内目前活动的记者，在上海的除了徐英豪还有一个辛雪怡，她的新闻在北平和上海的影响力可是让人有些震惊的，这一次如此大的罢工活动不可能没有来。

"你去查查辛雪怡在何处。"米英然暗示身边的人迅速地去巡查她的下落，然后继续和徐英豪僵持起来。

毕竟他们人数有限，316和许伟四手难以抵抗多人的集体围攻，炸弹虽然被316和许伟拆除得差不多，可是王沫和李新海两个人还是落在了日本兵的手中。

316拿着拆下来的炸弹，一手拿着打火机作为威胁，日本兵也不敢妄动。知道他们听不懂中文，他们几个人也听不懂日语，说白了连谈判的机会都没有。

也是不想看到无辜的人为此再一次受伤，更是想要用实际行动来唤醒国人，王沫趁机躲过了316手中的炸药和打火机，望着日本人哈哈大笑一声。

"不流血，如何唤醒国人的意识，将在我中国土地上的侵略者赶出去。"王沫说着打开了手中的打火机，直接将手中的炸药点燃。

众人震惊悲伤之余，316一声提醒"趁现在，走"，和许伟各自拉上辛雪怡和李新海从窗户跳出。

伴随着一声爆炸，工厂外众人吓得迅速抱头蹲下身去，徐英豪和李岚更是不敢相信地瞪着眼睛凝视着爆炸的窗口。

米英然显然也没想到工厂内会有炸药，气得大叫"起身"，让人赶紧探查情况。

虽然只是工厂外一处位置爆炸，却也彻底地激怒了里面的工人，在爆炸停止之后愤怒起来，撞击着大门，有人也开始不管不顾攀爬上铁门，跳门出来后直接二话不说对着米英然他们拳打脚踢。

大门顶不住这么多人的多次撞击，最终被众人推倒，里面的人像疯了一般冲出，最开始只是小打小闹，轻轻地互相推赶着彼此，并未有人负伤，这一次真的是血战，每一拳下去都能见血。

从混乱的人群中保护着头冲了出来，李岚拉住了往里面冲的徐英豪。"你疯了，还往里面冲。"

"放开我，我要进去。"徐英豪甩开了李岚的手，往工厂里面冲去。

李岚不肯放弃，冲上前双手拖拽着徐英豪，借着冲出来人群的力量前行将徐英豪强行拉了出去。

跑到安全的地方，李岚这才放开了徐英豪，"你是傻子吗，为了一个新闻，不要命了。"

"我自有我的目的。"徐英豪来不及休息便又向回走去。

李岚有些不开心了，费尽心力才将他带出来，一句感谢的话都没有，现在又要回去送死，李岚再一次冲上前阻拦上。"你怎么这么死脑筋呢，为了一条新闻一定要将命送上吗？"

凝视着她微微侧头挑了挑眉，徐英豪轻松地道："我觉得值得就行。"在他离开的那一瞬间，李岚似乎有那么一瞬间从他身上看到了316的倔强，那个人离开自己的生活太久了，也不知道现在如何了，是否还活着，却没想到现在遇上的这个男人又和他一般，李岚有的也只是"傻瓜"两个字作为评价。

还未到达工厂，辛雪怡便自行走过来了。看着她平安无事，徐英豪便也放心了，停下脚步双手插在衣兜内，呼喊一声她的名字，欣喜地向她展开怀抱，却没想到她低着头不管不顾的，直接从他身边走过去了。

"几个意思？"

虽然有人保护着，可是爆炸的声音还是影响到了她的听力，根本就没听明白他们离开时说了什么，脑中始终嗡嗡作响，一路过来，始终低着头摇晃着脑袋，尝试着恢复听力。

退后着脚步，快速地追赶上去，伸手将她直接拉过，双手托着她的脸对视上自己，故意装出一脸的委屈："干吗不理我？"

看清他的脸，辛雪怡警惕心也放了下来，只不过却也只是看着他的嘴在不断地上下活动，却还是听不清楚他在说些什么。

"你说什么，我听不到。"

"耳朵受伤了吗？"

放下了她的脸，徐英豪有所察觉的在她耳边看了看，并没有受伤，猜测应该是方才的爆炸震的暂时性听不见声音。

可为了安全，徐英豪还是先带着辛雪怡去了诊所检查了一番，让医生看过之后，确认没有问题，徐英豪这才护送她返回了家。

在辛雪怡那里喝了一口水，听她说了说工厂里面发生的情况，天便也黑了，徐英豪便自行返回了。

徐英豪的家在上海也算得上有名头的人家，毕竟他的祖上并非等闲之辈，一路传承下来，再加上徐英豪的父亲商业头脑还是不错，只不过家里只有他一个独生子，徐英豪便是家里关注的重点。

"少爷，你回来了。"看着徐英豪踏进大门，等待的陈阿姨便立刻迎上前迎接。"吃过饭了吗，我给你热饭。"

"不用了，我吃过饭了。陈姨，不用管我，你去休息吧。"

"少爷，老爷和太太还在等你。"

走进屋内，难得一见的爸爸是一身唐装端坐着屋内，和母亲争辩着什么，听到徐英豪的呼喊，两个人迅速地安静了下来，摆出一脸严肃，徐英豪下意识地胆怯下来，看两个人的神情和现在有些紧张的气氛，再想想自己最近的行动和漏洞，结果只有一个了：辛雪怡。

一走进屋内，妈妈紧张兮兮地直接迎上前拉过徐英豪询问起来："英豪，听说你在外养了一个未婚妻，有这么回事儿吧？"

"有吗，哪家女子啊？妈，你别听这些小道消息。"徐英豪摇头晃脑。

"你少糊弄我们了，我都听说了，你还带那个女子去吃过饭了。"徐母说着起身将徐英豪推倒在沙发上，坐在他的身边继续询问着："英豪，老实说，这个女子是什么人，你退学是不是因为她。"

"英豪，把那个女子带过来让我们见见吧，若你们真的情投意合，我和你妈自然不会反对，你也不要再做这个记者了，结婚继承家业。"一旁喝着茶，看着报纸的爸爸也开了口。

"爸、妈，我知道你们什么心思，说好的十年期限，这才过去五年，都是生意人，大家诚信一点儿，白纸黑色可都写明白着。你们也别背后查什么，更别背着我做什么，大家都安安稳稳的，那到时我肯定把孙子孙女抱到你们怀里。"

当初因为上大学的事情，遭到父母的反对，他们想要他结婚生子也遭到了他的反抗，在相亲会上闹得鸡犬不宁，差点让爸爸将他活活打死，最后协商之下，双方签了协议，这才送徐英豪去北平读书，却没想到徐英豪这书读了一半，便退学带着伤返回了上海。

比起上学，他们更加担心儿子的安危，便也由着他的性子，让他留在上海进入《新公报》做起了记者，其实这样的安排倒也让他们两个人满足，只要他留在身边，他们便有机会让他学习管理家业，帮他介绍女孩，尽快给他们生下孙子。

只是事与愿违，如今这个儿子是越发不听他们的话了，而且总是让他们大吃一惊。一场协商最终还是在徐英豪的胡搅蛮缠之下，提前散伙，不管爸爸妈妈怎么说，对于辛雪怡的事情，徐英豪始终没有透露一个字，当然对于他们传承家业的事情也不同意。

上海的夜并非北平那般的冰冷，只不过那个白天让很多人心寒，所以导致夜里的气温也降低了下来，在屋内的人也时不时会打个冷战。

将手中收集来的资料翻看了数次，来不及吃饭，辛雪怡便开始着手写稿，时不时地翻看自己的笔记本，一张纸不过片刻间便被她写满了，在落在最后一笔之后，辛雪怡抬眼看了看已经凉了的饭菜。

放下了手中的笔，辛雪怡起身向桌上的饭菜走了过去，她的饭菜一向都很简单，土豆炖白菜，或者土豆白菜炖肉，多少年了，一直都是这一道菜伴着馒头。她不会做饭，也没有时间做饭，更不愿花费多余的时间去学做别的饭菜。

桌上的饭菜吃了没几口，腹部一阵疼痛，辛雪怡神情痛苦，一声哀号，手快速地扶着桌角支撑着身体，缓缓地蹲下身去。

"好疼，是中毒了吗。蔬菜都是新买的？怎么会？"

腹部的疼痛感越发厉害，额头上的汗珠也慢慢地流了出来，辛雪怡抬眼望了望门口，强行忍耐着疼痛抓着桌角起身，向门口移动过去。

辛雪怡踏出了屋门，刚走出巷子，腹部的疼痛再一次发力，疼得她颤抖的腿脚连一步都难跨出，直接倒坐在地上。

"救命啊。"抬眼撇到黑暗中缓缓走过来的人影，辛雪怡将最后的希望落在了他的身上，一声呼喊之后，辛雪怡整个人瞬间也晕了过去。

还是放心不下辛雪怡，匆忙扔下她离开，也不知道她一个女子最后怎样了。在安顿好手里的事情之后，316便打听了她的住所，趁着夜色找了过来。

发现了晕倒过去的人，316加快了步子冲过来，一把将黑暗中晕倒的人扶起，"姑娘，你怎么样了？"

紧紧地拉拽上他的胳膊，扯着他的衣服，忍耐着腹部的疼痛，额头上的汗水直流，祈求着："帮帮我。送我去医院。"

左右找了找，三更半夜也找不到一辆车可以帮忙，316打横一把将辛雪怡抱起，便快速地向附近的医院赶去。

腹部的疼痛越发厉害，辛雪怡几度晕厥过去。抱着辛雪怡一路狂奔，316口中还不停地安慰着她。"马上到，马上到。你放心，我马上送你去医院。"

昏暗的月光之下，辛雪怡忽明忽暗的视线凝望着抱着自己的人，模糊的视线努力去辨认那个脸形，脆弱的声音叫着"316"。

前几声根本没有听清楚她口中呼喊着什么，316还不断地安慰着，让她安心，最后一声刚听清楚她的声音，奔跑的脚步也刚停下来，还不等他确认自己怀中抱着人，和她的名字，黑暗之中一声枪响传过耳边。

"站住。"一声声呼喊，黑暗之中七嘴八舌的声音传了出来，接着又是一声枪响，直接射中了316抱着辛雪怡的胳膊，抱着她的胳膊被突然的疼痛压下来，人跪倒下去，辛雪怡整个人也直接从他的怀中滚落出去。

滚了两圈才停了下来，辛雪怡腹部的疼痛却也远远地超过了身上摔出来的疼痛，也顾不得那些，缩着身体咬牙切齿。

来不及去看胳膊上的伤，316快速地扑上去扶住辛雪怡，"对不起，你怎么样了？"

抬头看了看身后持枪追赶上来的人，一个个凶神恶煞，手中的枪时不时还在向他们射击，316低头抱着辛雪怡，手捂着她的耳朵。

"别管我了，你快跑吧。"

眼前的情况根本难以掌控，她连站起身的力气都没有，跑自然是做不了的事情，却也不能拖累别人。

"你放心，我一定会护你的。"

抱着辛雪怡蹲下身去，躲避过再一次打过来的枪。回过头去，黑暗的夜晚中，四五个人追杀着一个人向他们冲过来，将怀中的人放在了地上，316从腰上取出配枪，转身向他们开枪。

316将目标转移到了自己的身上，成功地为逃跑的人赢取了机会，两方人马迅速地找寻地方躲藏。接连几声枪响，众人将枪的子弹都打干净了，周围这也安静了下来，除了辛雪怡的哀鸣声，便也听不到其他声音。

安静了许久，316凝望着依旧躺在地上的人，若是再不将她送到医院，只怕她会疼死，跟身边的弟兄叮嘱了一句，316冒险直接冲了出去，另外一头隐藏的人，也直接冲了出来，两方人马直接拳脚相争起来。

正赶往辛雪怡家中的徐英豪，听到枪响，瞬间担心起辛雪怡的安危，加快脚步冲过去，却发现她的房门已经被打开，里面找不到她的人影，徐英豪随即追赶而去。

追赶着枪响而来，却也被眼前激战的战况吓到，看着躺在大街之上的人，徐英豪躲避过互相打斗着的人，快速地移过去，将辛雪怡扶坐起身："雪怡，你哪里受伤了？"

按压着腹部，辛雪怡依靠在徐英豪的怀中，一副可怜的姿态低声说着："英豪，疼。"

徐英豪一把将辛雪怡打横抱起，理都不理身后的人，便抱着辛雪怡快速地向医院赶过去。躺在他的怀中，模糊的视线凝望着黑暗中的身形，望着他将那些人一个接着一个打倒，在整个人群之中最终唯独只有他站着。

辛雪怡乃是急性阑尾炎，被徐英豪送到医院进行了手术，次日一大早又接回了家中休养，一路将她从车上抱回屋子内，小心翼翼地放在了床上。

将桌上早已经放凉的饭菜收了起来，拿起桌上她写完的稿子看着，取过一旁的水壶倒了一杯水送入口中，看完了稿子，重新放回原位，听到床上的人苏醒过来，徐英豪再一次往手中的杯中添满了水，拿着坐了过去。

"喝点儿水吧。"微微抬起她的头，将水杯送到了她的嘴边，喂了一些水，让她睡得舒服一些。"感觉怎么样？"

"疼。"辛雪怡一个字给了答案。

徐英豪伸手掀开她的衣服，看着她腹部包扎着的伤口，还好都已经处理好了，只是接下来的采访怕她也做不了了。

给她重新盖好了被子，起身四处看了看。"好了，你接着睡吧，我给你做饭吃。"

"你会做饭？"辛雪怡有些疑惑地反问着。

"比你做得好。"徐英豪一脸得意地回答道。

将她的炖菜直接倒了，翻找出米和一些肉，徐英豪取过菜刀帮着她做起饭菜来。以前并未发觉她的做饭水平，来到上海，跟她吃了几次饭，就知道自己不学做饭是不可能了，便趁机在家里缠着陈阿姨学习了做饭。

"英豪，雪怡，出事了。"人还没踏进屋子，张咏焦急的呼喊声便传了进来。

徐英豪不耐烦地放下手中的菜刀，在他脚步刚刚踏进屋子，抬手又将来人推了出去。

"你烦不烦，一大早跑过来喊什么喊，我警告你，以后少来雪怡这里。"

探头向里面看了看，张咏一脸诡异的笑容询问着："你把雪怡怎么了？"

"你管我。说吧，你跑过来什么事情。"

"周辰先生昨夜去世了。"

周辰先生的葬礼当日，来了很多当下的名流，自然也包括徐英豪的父母和他们报社的社长，徐英豪有别的采访任务，辛雪怡便跟随着社长一同前往先生灵堂进行祭拜。

和先生只有一面之缘，可是对于先生的敬佩之心始终在增加。先生逝世，让人感到惋惜和伤痛。

次日，先生的遗体被送往万国公墓之时，辛雪怡因为腰

被时光抹掉的名字

间的伤口复发，被紧急送到了医院重新处理，等待处理完再一次返回时，送葬的队伍都已经离去，只留下辛雪怡一个没落的身影。

"雪怡？"身后一只手突然伸过来，将左右摇晃站立不稳的辛雪怡扶住。

回头过去看着身后的人，辛雪怡欣喜地挽上她的胳膊呼喊着："李岚姐姐。"

"真的是你，我还以为我认错人了。"李岚欣喜地拉着辛雪怡从人群之中走了出来。

在上海认识的人并不多，本来想在一切安顿好了之后，便找一个机会去看望李岚，没想到任务一个接着一个，忙得始终停不下来，只能一拖就拖，拖到最后却在这场悲痛的葬礼上相见了。

"雪怡，你怎么来上海了，于墨社长也来了吗？"李岚询问着。

"没有，只有我过来了，我现在是《新公报》的记者。"

"《新公报》的记者，对了，这几次你们报社的报道我也看了，还以为同名同姓呢，还真是你写的，很有胆识。"

聊了几句，得知她刚做了阑尾炎手术，李岚便带着她返回了自己的家中做客。李岚的父母在上海乃是有名的医生，正巧给辛雪怡做手术的便是她的父亲，打上照面，辛雪怡便也在再一次好好地感谢了一番。

李医生却也调侃了一番当日送她去医院的徐英豪，以为是她老公，当日送她过来就医的时候脾气也是异常的火爆，嘶吼着医护人员，辛雪怡便也替他再一次向医生道了歉。

被时光抹掉的名字

解释清楚,李岚便又带着辛雪怡回了自己的房间,按照父亲的叮嘱,给她拿了一些可以吃的东西招待着。整个屋子布置得很是洁净,唯一吸引人的便是一张熟悉而又陌生的照片。

看着摆放在桌上的那张照片,她不自觉地伸出手取过照片触摸上照片上的人,等到李岚返回抬眼询问道:"李岚姐姐,他是谁啊?"

李岚放下手中的水果,接过辛雪怡手中的照片,眼神中立刻流露出苦涩的笑容:"他是我大学的同学。"

"那他现在在哪儿?"辛雪怡焦急地询问起来。

"不知道,或许死了,或许……"李岚的话并没有再继续说下去,从抽屉内拿出一根火柴,将照片迅速地去点燃。

辛雪怡着急下立刻扑上去抢夺过李岚手中的照片,用手将火熄灭。"姐姐,你若是不想要了,这张照片送给我吧。"

"你要它做什么?你认识他吗?"

"不是,我只是觉得他长得很像我认识的一个大哥哥,我没有他的照片,想留一个念想。"

李岚哼笑一声,将火柴收了起来:"雪怡,你也奇怪,又不是同一个人还可以借人想念的。"

李岚也是被父母催婚的一个,她相对比较现实,不会守着一个等不回来的人去生活。

将辛雪怡送走,父亲便又拿着她作为比较,逼迫她相亲,李岚那么一刻脑子内闪过了徐英豪的脸,便随口用他挡了一下。

只是没想到,父母竟然当真了,找到了徐英豪的家中,

被时光抹掉的名字

和他父母先行说起了两个人的亲事,也以为儿子一直隐藏的女人就是李岚,在得知这个事情后,丝毫没有犹豫便答应了。

两家人对于彼此家中的情况也很是满意,知晓两人都是在报社工作,有共同话语,便私下直接给两个人定了婚期。

因为身上的伤,辛雪怡被要求在家中养伤,徐英豪自己工作又太忙了腾不出太多时间去照顾她,便每日拜托张咏让家里的阿姨多做了一份饭菜,给她送过去。

或许也是因为两个人都从事的新闻行业,有些共同话语,李岚得了空便时不时地来陪她,可也巧的是每一次她来的时间和徐英豪都是岔开的,从来都没有见过面。

刚送走了李岚,徐英豪和张咏便带着饭菜找了过来,很难得看到两个人会一起出现,让辛雪怡也有些惊讶:"你们两个一起过来是发生什么事情了吗?"

徐英豪和张咏一脸沉重,相视一眼,张咏开口回道:"南京政府下令抓人了,救国联合会的众位常务委员和执行委员被抓了。"

罢工运动还是惹怒了南京政府,唯恐日本人因此开战,南京政府随即下令抓捕策划者,给日本人一个交代。丝毫没有防备的一次大面积搜查,直接找到了他们的隐藏点,李新海逃过了抓捕,其他人却猝不及防被捕了。

李新海一路在316和许伟的守护下,避开抓捕。其实在抓捕行动的前一夜,316便已经发觉事态有些不对了,劝解李新海他们迅速撤离,可无奈他们的态度和意志太过坚定,就算流血也不肯离去。

救下了李新海,可是他们的行动也彻底暴露了,许伟被

被时光抹掉的名字

打伤,316开车载着李新海和他一路逃往,追赶的人,手下的枪一次次打在他们的车上,三辆车左右夹击撞击他们的车也无法平稳向前。

开车一路直接追着他们到了外滩,面前一面汪洋,追赶的人却也丝毫没有松懈下来,关键时刻,许伟抱起车上的炸药,直接跳下了车,点燃了火药向追赶的车冲了过去,与来人同归于尽。316他们被追赶的人用枪打中了车胎,在爆炸的那一刻,也直接撞击冲入了海中,连人带车被海水吞没。

辛雪怡强忍着腹部的疼痛,还是去了监狱进行探视采访。他们态度异常坚定,也向辛雪怡表明了他们的观点:呼吁停止内战,组成抗日民族统一战线。

从监狱出来,辛雪怡便又马不停蹄地返回了报社写稿子,将稿子完成送上去,辛雪怡腹部的血也完全将外面的衣服都渗透了。

报社的其他人也是被辛雪怡给吓到了,忙将她赶紧送往了医院,李岚来给父亲送东西,赶上了父亲又在给她重新包扎伤口。伤口只是一小部分重新裂开,辛雪怡却也因为流血过多有些虚弱,被人送到医院的时候已经昏迷过去了。

留了一个人在医院看守辛雪怡,李岚确认她安然无恙便也安心下来,准备留下来照顾她,却被父亲驱赶着去和徐英豪父母见面。

眼看他们定下的日子也快到了,双方便也约定好了见面的地点和时间两家人正式见面。李岚从父母那里早早地得知了这一切,之前是有些震惊父母的速度,之后便也接受了,至少在相亲的那些人内徐英豪是最好的。

被时光抹掉的名字

结束了采访任务，徐英豪便赶到了妈妈给留的地址，过去也不算很晚，却也只有妈妈一个人坐在那里。

徐英豪直接坐在了妈妈的对面，拿起桌上的水壶倒上水喝着"妈，有事赶紧说，我还得回报社写稿子去。"

徐母一脸欣喜地将徐英豪拉坐在自己的身边，有所暗示地说着："英豪，你的事情我和你爸爸都知道了，今天大家一起见个面，把你们的事情彻底定下来。"

被妈妈说得一股脑摸黑，徐英豪还不曾问明白什么，妈妈便起身向门口处打起招呼来，回头过去，看着李岚挽着一个女士向他们走了过来。走到两个人身边，向他们打了招呼，李岚一脸喜悦将目光落在了徐英豪的身上打着招呼"徐英豪，又见面了。"徐英豪望着她呵呵笑了笑，重新坐回自己的位置，闹了半天自己竟然被骗了，还是没能躲得开相亲，这一次的对象竟然还是她。

第九章　踏上前线的战场

听着双方母亲互相打趣的话，徐英豪这才知晓母亲是误将李岚当作辛雪怡了，还将他们的结婚日期都定下来了，两边母亲说得兴起，李岚始终没有任何的反应，只是一脸羞涩的笑，看样子也是早就知道这场相亲的对象是自己了，让徐英豪难免觉得有些好笑。

"都受伤了，还不好好在医院待着。"将目光落在了她腰间衣角上的血液上，徐英豪提醒道。

李岚低头看了看身上的衣服，母亲也发现她身上的血迹，焦急地伸手拉过女儿的手检查着："你受伤了吗？"

李岚拿着衣襟看了看，摇头回道："不是我的，刚才一个学妹伤口裂开被送到了医院，我照顾她的时候沾上的。"

也是给母亲留面子，所以一顿饭并未发言，只是装傻，他们之间说的话也只当作玩笑乐一乐。等到送走了李岚和她母亲，徐英豪这才跟母亲摊牌。

"妈，我也老实跟你交代，我是带回来了一个未婚妻，不过不是这个李岚。"

"不是她？怎么会，不是你之前说的吗？我们还特意调查了一番，我和你爸爸还是很满意她的。"

"是你们自己消息错误,所以这个错误,妈,你们去解决,我先回报社了。"

将母亲送上车,徐英豪便返回了报社去写稿子,一回去这才知晓了辛雪怡伤口裂开的事情,便急急忙忙追赶到了医院,辛雪怡已经清醒了过来,在同事的帮助下准备出院。

"你不要命了,想吓死我啊。"看着病床上安然无恙的她,徐英豪一颗悬着心总算是定了下来,上前轻轻在她额头上敲打了一下指责着。

"你看我不是好好的吗?你的采访结束了吗?"辛雪怡三句话离不开采访。

徐英豪点了点头,等回了办理出院手续的同事,徐英豪便扶着辛雪怡出了病房,刚刚踏出去,李岚却又赶了过来,这一趟见面母亲很是满意,一路上都在称赞李岚的眼光好,将母亲送回家中,担心辛雪怡的情况,李岚便又返回了,却正好和准备出院的人打了一个照面,只是没想到徐英豪竟然也在。

"徐英豪,你怎么也在这里?"望着他李岚所有的动作和话语都迟疑了,不禁好奇起身,转而又想了想点头说道,"差点儿忘记了,雪怡也是《新公报》记者,你们是同事。"

凝视着李岚,辛雪怡先行欣喜地上前打着招呼:"李岚姐,方才谢谢你了,耽误你的事情了吧?"

"不客气,我也没做什么。"李岚摇头笑了笑,将视线落在了一旁的徐英豪身上。

徐英豪并未搭理她,扶着辛雪怡胳膊的手紧了紧,亲密地握着辛雪怡的手。看着眼前的情形,李岚有些尴尬,原来

被时光抹掉的名字

一直想要见的辛雪怡的未婚夫竟然会是徐英豪,看着他看辛雪怡的眼神,李岚心里什么都明白了。

两个人正常的问候结束了,徐英豪便直接俯身打横将辛雪怡抱起,嬉笑着说了一句"回家",避开李岚抱着她离去,身后拿着东西的同事和李岚道了别便也快速地追赶上去。

将辛雪怡送回到家里,给她做了饭菜,吃过之后辛雪怡便休息了。家里刚让母亲拒绝婚事,现在回去只怕也会被进行一番审问,辛雪怡这边情况也不安稳,徐英豪便直接留了下来,一边照顾她,一边写稿子。

一觉睡醒过来的时候,已经是深夜了,屋内的灯依旧亮着,回头过去看见徐英豪还趴在桌上写着稿子。其实对于他自己始终是陌生的,很多时候是不敢去碰触,徐英豪的心意她不是不清楚,可是她更多的是不甘心去面对,她恐惧看不到的未来,恐惧接受眼前一切后带来的平静。

上海的形势比起北平来更加热闹,在辛雪怡进入《新公报》不到一个月,便就发现上海的水更浑一些。早早地为自己负伤或者被暗杀做好了准备,只是万万没想到这一次是病痛先行打倒了她,回想起那一夜解救自己的人,模模糊糊的竟然将他认成了316。

从床头的书本内取出照片,看着上面的人,其实她根本就记不清楚316到底长什么样子了,回忆起当年与他第一次见面的场景,那个时候的他像是童话中走出的王子,虽然白白净净的脸上沾了红色的血液,可是他的笑容是那个冬天最温暖的。

照片上的人也不知道是不是他,只是觉得第一眼印象有

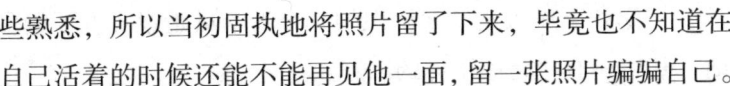

些熟悉，所以当初固执地将照片留了下来，毕竟也不知道在自己活着的时候还能不能再见他一面，留一张照片骗骗自己。

辛雪怡对于罢工事件的报道还是起了作用，成功地引起了国内外人士的关注，逼迫的南京政府放弃了私下处决别抓人员的想法，进入正式的法庭审判中。

在徐英豪的细心照顾下，辛雪怡的伤口已经愈合，来回在监狱跑了几次，时不时地对他们的情况进行报道，确保他们的人身安全。

自在医院和徐英豪打过照面之后，李岚便再也没有找过辛雪怡，他们之前定下的婚事，也在李岚的坚持下解除了。

辛雪怡对于这一切根本就不知晓，依旧每日忙忙碌碌的，突然有一天，李岚堵在了辛雪怡的报社。

"不要惊讶，我只是想和你说说话。"

"好啊，那我们找个茶馆吧。"

这一次到来，李岚带来了自己要结婚的消息，之后还说了很多莫名其妙的话。

回到家里，辛雪怡脑子内想的都是李岚的话，完全不明白她那些话是什么意思，还让她和徐英豪好好地过日子，什么时候他们之间又相识了。

将做好的饭菜摆放到桌上，拉过坐在桌前发呆的人，将馒头和筷子递了上去，徐英豪关心起来。"你怎么了，今天心事重重的。"

"李岚姐姐要结婚了。"辛雪怡开口说着。

先是迟疑了一下，转而又一副事不关己的模样，继续吃起饭菜来。"很正常啊，她年纪也大了，也该结婚了。"

"你和李岚姐是怎么认识的？今天李岚姐跟我说了很多话，其中还有些是关于你的。"

辛雪怡对于事件的敏感性太过强烈，一个人的表情或者一句话都能引起她的关注。从和李岚聊完天，辛雪怡脑中便进行了多种想法和可能性的猜测，可是答案还要从当事人身上找才可。

"同一个行业的，采访的时候认识的，我们能发生什么。"徐英豪躲避着她的眼神，低头吃着饭菜。

"你说谎？"盯着徐英豪有些慌张的神情，辛雪怡更加肯定。

抬头对视眼前的人，徐英豪脑中快速地闪过一个念头，放下手中的筷子，将凳子移动她身边，露出一个笑脸。

"雪怡，我们的事情是不是也该提上日程了？"

凝视着徐英豪，辛雪怡的眼神犹豫着，试探性地疑惑道："我们？"

徐英豪满脸兴奋和期待，继续说着："过几天，你跟我去见见我爸妈吧，他们早就知道你了，也一直想见你。"

辛雪怡带有一丝的歉意询问道："英豪，你真的要我嫁给你吗？"

伸手摸着辛雪怡的脸庞，徐英豪非常肯定地点点头："必须嫁给我。"

辛雪怡伸手拉下那只抚摸着自己脸的手回道："那忙过这段时间吧。"

没有办法直接答应徐英豪的请求，也没有办法去狠心拒绝，这些年他为了自己付出了什么、抛弃了什么，辛雪怡全部看在眼中,从爸爸那次探望自己,将徐英豪的事情点破,辛雪怡便也认认真真地考虑了一番,只不过越考虑越烦躁、越混乱。

"没想到你也有怕的。"徐英豪嬉笑着,抱着辛雪怡的头,趁她不注意轻轻在她嘴唇上啄了一口。

徐英豪是一个鬼精灵,很多事情都是突发奇想,自己喜欢就会去做,每次做完也不肯承担后果,便迅速地逃离了。

躲是躲不过去,辛雪怡便用各种理由推辞着,好歹身边的事情和工作加在一起,忙起来也完全没有时间再让徐英豪想那些事情,李岚婚礼结束之后,又赶上上海政府某官员的一场婚礼,辛雪怡自然不在参加婚礼的宾客之中,可是前来的宾客之中,却有辛雪怡下一个采访目标——

国民政府农业处处长杨应。

按照约定的时间,辛雪怡到了指定的酒店,杨应派人等待在酒店门口,确认了辛雪怡的身份,才带着她前往杨应的房间。

对杨应了解并不多,也只是从社长那里简单地了解了他的身份和职务,之所以选定他为采访对象,也是因为他站在了一个相对平稳的位置,思想上也相对比较中立。

对于辛雪怡多少也进行了了解,若是没有一点实力,报社自然也不会将她推荐过来,本来以为会是一个年约三十、有些闲散和老成的妇女,见到之后才发觉乃是一个不过二十来岁的女子,身上的稚气和傲气还没有褪去。

"辛小姐,北平《新民会报》那一战打得漂亮,日本人侵略我们的家园,我们的战士虽然拼死抵抗,却忽略了国民思想的引导，现如今有你们救助国民思想，我们救国救民也指日可待。"

"先生抬举了，我不过是写现实，真正救国救民的还是奋勇在前线的战士们。"

"救国并非只靠前线的战士，后方的思想战也很重要，你一直坚持将监狱中那几个人的情况报道给大众，不也是赞同他们的思想吗？"

"我一个人赞同起不了什么作用，还需要有第二个人、第三个人。"辛雪怡说着翻开了手中的笔记本，夹在里面的照片掉落了出来。

低头看着地上照片上的人，杨应俯身捡起了照片惊讶着"辛小姐，你怎么会有他的照片，你们是什么关系？"

辛雪怡有所警觉起来："先生，你认识这个人？他现在在哪儿？"

"自然是认识，不过，辛小姐，为了保护他的安全，你得先告诉我你找他的目的。"

辛雪怡欣喜下，重新整理了自己的思绪，回忆了片刻回道："是儿时救过我的一个大哥哥，我一直想感谢他，却始终找不到他，连他的名字我都不知道，这些年我一直都在寻找他。先生，求你告诉我他在哪儿，我真的好想见他。"

看着眼前如此诚恳，语气也逐渐柔弱下来的人，杨应摇头叹息："辛小姐，这个时代有很多的无可奈何，你们既然踏上这条路，就该知道你们的责任。"

"我知道，不过我走上这一条路也是因为追寻他的脚步，我不求你告诉我他的一切，我只想找到他再见他一面。"

"辛小姐，不能告诉你他在哪儿，我只能告诉你他的代号是316。"

本来还有些欣慰，满心的期待，以为自己真的可以再次见到他了，没想到却也还是一场空，辛雪怡沉默了片刻之后，重新提神抬眼继续询问道："先生下一站去何处？"

凝视着眼前的人，杨应摇头笑着说出了下一个目标地。

"武汉。"

向报社进行了申请，辛雪怡请求前往武汉进行采访，不出意料第一个站出来反对的就是徐英豪。

听到这个消息，徐英豪震惊、气愤、痛心，只是辛雪怡的态度太过坚决，罗列出七八条必须前往的缘由，向社长、主编请求前往前线，几番争辩之后社长便也打了马虎眼，先行散会让众人离去。

从报社出来，徐英豪一句话都没有说，便拉着辛雪怡一路直接回了住所。"英豪，我还有采访要去做呢。"辛雪怡挣脱着徐英豪抓着自己的手。

"不去了。"

从辛雪怡身上取出了钥匙将房门打开，推开房门，将辛雪怡一把甩了进去，徐英豪反身将房门锁上。

趴在桌上扶着身体，辛雪怡刚转身过来，准备解释，可是也刚将"英豪"两个字说出来，徐英豪便直接冲上来一把将她推靠在桌上，抓着她的双手直接吻上她的唇。

"英豪，放开我。"辛雪怡挣扎着推打着徐英豪，徐英豪却丝毫没有想要放开她的意思，在吻过之后，直接将辛雪怡一把甩到了床上，徐英豪整个人也扑了上去，骑在了辛雪怡的身上，脱下自己的外套，撕扯着她的衣服，愤怒的声音警告："既然你要上前线，那我们先把该做的事情也做了。"

"英豪，不要这样。"辛雪怡挣扎着推打着徐英豪的双手，控制着他撕扯自己的衣服，怒斥着。"英豪，你再不停手，我就生气了。"

徐英豪俯身像是一只豺狼一般撕咬着她脖颈间的肌肤，可是在听到她的警告之后也迟疑了，整个身体刹那间像是千百斤重的巨石，压在了辛雪怡的身上，向她道歉"对不起"。

辛雪怡抬手抱着他的头，眼神中流露着莫名的苦涩和伤感，轻声回道："我原谅你。"

报社最终还是批了辛雪怡的申请，辛雪怡将消息告诉了杨应，杨应将出发的时间派人通知了她，让她提前做好准备。

其实答应辛雪怡此次前往武汉，也是因为社长吴云峰想要维持他的独立报人的本色，特别是他对南京方面在处理与异议知识分子的做法不敢苟同，依然秉持着大力批判的态度。

这一去只怕没有个一年半载是回不来了，如若不幸恐怕也是有去无回，所以辛雪怡便也将家中所有的东西都重新收拾整理到一起，从北平来的时候并没有带几件东西，走的时候却整理了两天才清点了出来。

徐英豪正在气头上，辛雪怡便找来了张咏帮忙，让他将东西全部搬走，房子退掉。张咏看着满屋子收拾在一起的东西，接过辛雪怡递过来的单子看着。

"雪怡，此去武汉，只是时间不定，并不是不归，房子不必退了，你的东西还是放在这里，等你回来可以继续用。"

"没关系，我也不知道何时才能回来，租着也是浪费地方、浪费房租,还是让给有用的人把。"

张咏摇头嬉笑:"雪怡,住了这么久,你真的就没有问过这个房子的房东姓什么?"

辛雪怡凝视着张咏思量了片刻,摇头叹息一声嬉笑:"欠他的越来越多。"

张咏将手中的清单撕成了碎片:"雪怡,英豪做这些事情的目的,你自然是再清楚不过的,我也相信你前往武汉有你的理由,只不过,我还是想劝劝你,你所做的每一个决定并非只影响到你,可以停下脚步看一看你身边真正关心着你的人。"

张咏的话就像是一根刺一点一滴刺入她的肉体,让辛雪怡气息凌乱,可是她又能如何,停滞不前吗?当下的社会没有给他们这样的机会。

出发前的那几日,徐英豪再没有搭理过她,在报社相遇也是视若无睹,辛雪怡知晓他是真的生气了,只是在出发的那一日,报社的其他人都前来相送,唯独他没有出现,也让辛雪怡感觉到有些悲凉。

上了火车,让人帮忙将东西先行送到了自己的车厢去,辛雪怡去和杨应打招呼,一起吃饭、聊天。

《新公报》的影响力不可小视,甚至是当下各个势力想要拉拢和收编的第一大报,杨应愿意为辛雪怡搭桥和他同行武汉,自然也是看中了《新公报》的这个影响力,想借着辛雪怡和《新公报》建立起友谊。

整个饭局杨应对于辛雪怡提出的关于316的问题并没有回答什么,反而关于《新公报》的问题一个接着一个,知晓他不得到一个答案，便也不会放自己离去，辛雪怡便也直接摆明自己的态度。

凝视着车窗外不断闪过的风景，辛雪怡思量之后回道："吴云峰主编在《新公报》续刊之日，亲自执笔写下了本报的'四不方针'——不党，不卖，不私，不盲。"

"有所耳闻。听说重庆方面就是看中你们报社这一点儿，所以大力推广贵报社的报道。"

"我作为《新公报》的记者定会遵守这个纪律，我此次前往前线自然会认事实，以我的所见所闻来写我的每一篇报道。"

杨应微微一笑端起桌上的水杯喝了一口，不再言语。

回到了车厢，辛雪怡瞥了一眼对面铺位上包裹严严实实熟睡的人，辛雪怡一声不吭坐在了自己的位置上，开始整理东西。

"有那么多话要说吗，回来这么晚。"

同车厢内突然熟悉的声音响了起来，辛雪怡惊奇地抬眼看着对面的人，习惯性地呼喊一声"英豪"。

躺在铺位上的徐英豪，掀开被子，坐起身来。辛雪怡欣喜地看着他询问着："你怎么会在这里？"

徐英豪无奈地摇头跳下铺位，坐到了辛雪怡的身边，"你看不清此时的情势吗？南京政府一片剿共声，社长冒险派记者到'红区'采访，又怎么可能放你一个人前往，太不安全、不划算了嘛！"

看着他辛雪怡小心翼翼地试探着："这一站不似从前，也不知道何时才会返回，你和家里是怎么说的，他们会放你出来?"

"这件事情我交给别人了,先走是我的作风。"

"你倒是会办事,先斩后奏。"

徐英豪说着捏着她的脸颊:"你逼的,我是肯定不会让你一个人前往,万一途中被人勾搭跑了,我不就是孤家寡人了?"

辛雪怡凝视着他不禁嬉笑起来。

徐英豪伸手揽上辛雪怡的肩膀,靠在她耳边小声地嘀咕,撒起娇来:"雪怡,火车上很冷的,刚才睡得我浑身发抖,都有些发烧了。"

伸手摸了摸徐英豪的额头,辛雪怡拿过桌上的水杯递过来,笑道:"多喝热水。"

徐英豪将头埋在她的肩膀,抱着她的胳膊摇头撒娇,辛雪怡低眉瞥视一眼,笑着喊"傻瓜"。

这一趟有杨应帮着引路,一路上倒也省了很多的麻烦,只不过从火车站出来,一路乘车、修车、换车整整折腾了一日的路程才赶到目的地。

辛雪怡他们的车驶进了驻扎地,一辆军用车迎面从基地内驶了出来,杨应让司机将车开到了旁边让出了路,辛雪怡从车上下来,迎着车队向后追赶过去。辛雪怡只顾着蹦蹦跳跳地看着车上的人,丝毫没有关注身后着急赶车的人,直接撞到了他的身上,别人没倒,自己倒坐在了递上。

"对不起。"316俯身下去,扶着辛雪怡。

脚下也不知道踩到了那块宝贝,脚腕一阵刺痛,连站都站不起来,辛雪怡撇过头去,龇牙咧嘴道:"疼,别动我,脚崴了。"

"快点儿，还没上车的上车出发了。"车队前一个呼喊声音呼喊着，316焦急地捡起掉落在地上的东西，扶着辛雪怡起身："我送你先进去吧。"

辛雪怡摇头，伸手揉捏着自己的脚腕："我没事儿，你赶紧走吧，车队要出发了。"

"可是你？"

辛雪怡抓着脚腕，咬着嘴唇，强忍着疼痛还在劝解被自己害到的人："没事儿，这里这么多人，不会出问题的，任务要紧。"

声音再一次呼喊起来，车子也渐渐开始移动起来，316一句"对不起"后便快速地抱着自己的东西追赶上车辆，在车上其他同志的帮助下上了车。

徐英豪从车上下来，和杨应一同走了过来，回头找到了车子后走过来的人，辛雪怡向他求救起来："英豪，我脚崴了。"

"怎么回事儿，我看看。"徐英豪焦急地冲过来，俯身落在辛雪怡的身前为她检查了一下，辛雪怡疼得一声呼喊，徐英豪将身上的东西交给了杨应的司机，直接将辛雪怡抱起，在杨应的带领下走进了屋内。

"雪怡。"

伴随着车子发动的轰隆声响，车外一个男声呼喊着这个名字，随后一个女声回应了。

"马上，等我一会儿。"

316猛然间眉头紧锁，瞪大了眼睛，身体不受控制地向车外冲过去，却在踏上车边沿的时候被旁边的同志拉住。

"316，你干吗？车已经出发了。"辛雪怡急匆匆的一蹦一跳从屋内再一次跳了出来，低头在地上似乎在寻找着，屋内又是一声，"雪怡，你的脚还没好呢？"

接着徐英豪和杨应也走了出来，一同低头四散而帮着辛雪怡一同寻找着。

凝视着近在咫尺的人，316脸上虽然流露出苦涩的笑容，内心冒出了一种说不出来的滋味，就连喊一句她的名字、跟她告个别都不敢。

地上没有找到自己的笔记本，辛雪怡将视线移动到了离去的车子上，凝视着渐渐被黑夜吞噬的车队和车上的人，心中却莫名地有些堵塞。

没想到还没开始采访，就受了点伤，出师不利并非什么好兆头。

辛雪怡他们的到来，这边自然是知晓的，辛雪怡被徐英豪再一次抱回到屋内，好在辛雪怡的扭伤并不严重，坐着休息了一会儿，自己活动了一会儿，便也不再那么疼了，苍云开旅长随后便赶了过来。

"刚才那些人去往何处？"辛雪怡揉捏着脚腕好奇起来。

"以板井德太浪为指挥的日军第六师团、第十一旅团，攻取长江芜湖以下的安庆、马当、湖口和九江，作为进攻武汉的前进基地，我们的同志前往前线应敌了。"

不来前线真的不知道前线的情况已经危险到如此的地步，刚到达武汉他们对于眼前的一切还不熟悉，所以采访也并未那么着急开始，每日跟随着苍云开各处应援，眼下的战场并非北平和上海他们遇上的暗战，现如今已经改成实打实的枪战，每个人的生命都是脆弱的。

　　同意她来前线采访，可并没有答应她上战场，所以辛雪怡几次想要上战场采访被徐英豪否定了。其实贴身跟随着苍云开，清楚地认识到他们这些为了祖国在前线奋战的同志到底付出了什么，这也让辛雪怡震撼。

第十章　地震后的生死选择

　　也是如此长久的相处，让辛雪怡和徐英豪更加清楚地认识到了他们这些战士，不像国民政府报纸上说的那般乃是"匪徒"。一番相处下来，辛雪怡他们却也更喜欢他们这些人，更欣赏他们的作风。

　　由于辛雪怡和徐英豪的报道对武汉方面与他们同路人一向采取既不歧视也不丑化的立场，甚至常有同情的了解和正义的宣传，因此苍云开方面也一样想要拉拢辛雪怡他们，进而拉近与《新公报》的关联。

　　只是这样的想法是有了许久，可是以什么样的形式来做，还是要慎重地思量。苍云开对此事一压再压，直到杨应再一次到达了武汉，苍云开将此想法告知给杨应，杨应思量过后，将当年的事情透露给了他。

　　知晓辛雪怡前来还为找寻316，苍云开立刻派人带着口信前往316驻扎的根据地，传达命令，想要借用这层关系拉拢他们。

　　接连几场战争下来，316也是疲惫不堪，从炮火连天之中，将生死一线的同志拖回来，交到了医护人员的手中，这才安下心来，露出一个笑容后晕倒了过去。

这一觉316睡得还算是安稳，睡梦中再一次回到了那一年在沈阳与辛雪怡相遇的场景，那个时候他其实也很害怕、很慌乱，可是在看到辛雪怡，被她的手紧紧地握上之后，他重新鼓起勇气，也变得更加坚强。长大后的辛雪怡，他幻想过很多次，上海那一次的相遇，也不敢确认是不是自己再找的那个人，多少次幻想过可也只是模糊一片。

　　清醒过来，眼前是白茫茫的一片，耳边嘈杂的呼喊声和脚步声吵闹着，316深深地叹一口气，手用力支撑着身体坐起身来。

　　"同志，你别动，你需要好好休息。"看到坐起身来的316，护士阻拦着。

　　"我没事了。"316拔下插在胳膊上的针管，跳下床去，快速地冲了出去。

　　接连几天不分白日与黑夜的迎战，士兵都疲惫不堪，横七竖八地躺坐在土坑内休息着。

　　316小心翼翼地避开休息的同志，从躲藏的土坑中移过去，找到了一起的行动的孟岩，拍打他的肩膀，接过他递上的水壶，坐在了旁边喝着。

　　"316，前面的情况如何了？"接过316还回来的水壶，孟岩打开喝过之后询问着。

　　"这日本人的火力有些猛，我们的防守还是有些弱，不过方才已经被我们暂时打退了。"

　　"那就好，这些小日本，还真是跟蝼蚁一样，怎么踩都踩不完。"

　　316凝视一眼孟岩，摇头笑着："你这比喻还真是有意思。"

转而取出身上携带的笔记本和笔，316翻到了空白页，沉思片刻后写了起来。

当初拿错了她的笔记本，在打开笔记本的第一眼，316却也不知道是该欣喜还是伤悲，若不是因为笔记本上真真切切地写着"辛雪怡"三个字，316真的会以为那根本就是自己的笔记本，上面的文字也是他亲手写下的，还有夹在笔记本中的那张照片。

"316。"不远处，接连几声呼喊渐渐向316靠近过来。

316起身回应着。"我在这里，怎么了？"

一个同志匆忙忙地跑过来拉上316的胳膊说着："旅长派人过来找你，你快去吧。"

"好。"316将笔记本合上，重新收回到了身上，起身跟随着离去。

两个人还未踏出土坑，传话的人便因为站立不稳，直接摔了下来。316站立在原地，整个身体却也左右摇晃起来，地上堆积起来的土缓缓地滑落到316他们所待的坑内，将所有沉睡的人摇醒。

"地震了。"316下意识地说着。

大地颤抖得越发厉害，316将一旁的同志拉拽下来，蹲了下去抱着头躲避着，坑内的其他同志惊恐下纷纷想要跳上土坑躲避，却也皆被摇晃下来，一个摔倒在土坑内，被掉落下来的泥土掩埋了。

四川叠溪突发地震，震级达到了7.5级，也波及了辛雪怡他们所在的武汉，辛雪怡外出采访路途之中余震而起，并未受到任何的伤害，她到达的村子却因为地震毁了大半，辛雪怡帮着一起救助起掩埋在废墟中的人。

带着一身的疲惫,辛雪怡回到了驻扎地。驻扎地也因为地震的影响,有些地方塌陷,苍云开正指挥着所有同志整理倒塌的地方。

看到平安返回的人,苍云开迎上前去打招呼:"雪怡,你平安无事就好。""旅长,这里怎么样?"

"还好,没有人员伤亡。"

"那便好。"

确认并无人员伤亡,辛雪怡便也马不停蹄地帮着一起整理起来。苍云开看着她满手的伤痕和泥土,本想上前阻拦,只见人群之后,接连两个人一前一后冲了过来。

"旅长,地震影响到了前线的战事,316和同志们被埋,生死未卜,您的口信没有传达过去。"

手一颤,刚拿起来的木头再一次掉落回了原位,辛雪怡仓皇地冲到了苍云开身边,拉住禀告的士兵再一次确认着:"你说的是谁?"

苍云开哀叹一声回道:"雪怡,我知晓你此次来武汉还有一个目的是见316,几日前便派人前去找寻316,没想到这场地震断了来路。"

"走,带我去找他。"辛雪怡二话不说拉着报信的同志离去。

旁边等待的另外一个同志伸手拉着报信的同志,开口说着:"雪怡同志,英豪同志在采访时,为了救一个孩子,被倒塌下来的房屋掩埋了。"

拉拽着同志的手,像是被万斤巨石拉拽,从他的胳膊上滑落，辛雪怡心力疲惫，焦急万分，却又纠结万分。凝视着眼前的两个同志，辛雪怡脚下慌乱的脚步始终停不下来，着急忙慌的左右移动着，不知道该如何选择，眼角的泪水止不住地从眼中涌出来，看着两个人辛雪怡痛哭地哭泣着、纠结着。

怎么会？怎么办？

命运对辛雪怡也是异常的残忍，要让她在如此情境下二选一，可这就是现实，苍云开也知晓她此刻的纠结和痛苦，不过这也是她自己的事情，如何抉择只能让她自己去选择，他不能提出任何的意见。

挣扎之后，辛雪怡一声哭喊转身向外跑去。

"跟着她，保护她的安全。"苍云开吩咐着，两个报信的人立刻追赶了出去。

跪倒在废弃物上，手不停地扒着那些石头和木块，眼角的泪水已经将脸颊划出了好几道痕迹，手也被刺破的雪怡，所触碰的地方都会留下一些血迹。

"英豪，你在哪儿？"辛雪怡哭喊着在废墟堆内寻找着，两个同志追赶过来，看着趴在废墟中翻找着的辛雪怡，便也一同帮忙寻找。

一瞬间似乎天都塌了，一直支撑着她的精神力也瞬间崩溃了，支撑着她一路下来，马上就要找到他了，可却偏偏在这个时候需要她在两个生命之间做出一个选择，舍弃另外一个。

老天真的很残忍，一次要夺走自己珍重的两条生命，辛雪怡心疼、着急、痛苦，始终找不到徐英豪的身影，她害怕了，不断地呼喊着："英豪，你在哪儿？"

幸运的是，这一次她的呼喊得到了回应。"雪怡，"身后一声呼喊，辛雪怡惊喜地转身凝视着身后被两个村民扶着一蹦一跳走过来的人。徐英豪满脸灰尘和血液，凝视着她还不忘露出笑容回道："雪怡，我没事儿。"

辛雪怡不管不顾地冲上去抱着徐英豪狠狠地哭泣、骂起来。"徐英豪，你混蛋。"

徐英豪抱过她，尴尬地看着旁边的两个人笑了笑，拍打着她的后背安慰着："我没事儿，你放心吧。"

徐英豪的命是保住了，可是左腿被砸伤，在两个同志的协助下安然回到了驻扎地，让医生帮忙清洗处理了伤口。辛雪怡的眼泪却始终没有停止过，无论徐英豪怎么哄她都无济于事，一直在抽泣个不停。

徐英豪的腿负伤了，采访便也做不了了，辛雪怡的采访时间也减少了许多，每天还要腾出时间陪伴在他的身边，帮他换药，扶着他走路。

各处的震后修复工作逐渐开始进行，必要的通道也打开了，需要运送的物资和人力开始向前线输送过去。

战场中的众人，被滑落下来的土掩埋在地下，等到身边彻底地安静下来，316从土里挣脱出来，刚伸出头，一声枪响从耳边划过，打中了一同从土里冲出来的同志，316摸过土里的枪接连开了三枪阻拦来人，提醒着同志"日本人杀过来了，小心掩护。"

316一声呼喊，所有从土内爬出来的人，立刻摸着枪，快速地回到自己的位置，开枪射击。316将倒在身边痛哭呼喊的人拖回到坑内,呼喊着医护兵,四周一片慌乱,哪里还有人可以过来帮忙,316焦急下便自行拖起同志躲避着枪击离去,一步刚刚跨过去,一个手雷弹落在了他们的眼前,伤员同志猛然间起身推开了316。

"走开。"快速地用土掩埋手雷,用自己的身体压上手雷,伴随着一声爆炸的轰响,316整个人也被震开了去,脑中被爆炸的轰响声音震得一片嗡嗡作响,除了自己的呼吸声音什么都听不到。

……

帮着徐英豪换好了药,他并没有伤到骨头,休养了一段时间,徐英豪也慢慢恢复过来,不用人扶着便可自行走动,在徐英豪休息之后,辛雪怡便也从他的屋子撤离了出来。看着苍云开所在的屋子,灯光依旧闪烁着,还人来人往,辛雪怡走过去,听着屋内嘀嘀咕咕的说话声音,在门口待了一会儿便又返回了自己的屋子,坐在了门槛上等待着。

整整一夜,苍云开屋内的灯光就没有熄灭过,辛雪怡靠坐在门口一直看着。他们的驻扎地距离前线还是很远,可是辛雪怡总是觉得能听到枪响和人的呼喊声音。

这一场地震让大家都猝不及防,不过日本人的速度也让316他们更加措手不及,废弃的倒塌物和路还来不及清理,日本人的炮火又接连不断。"坚持一下,马上就到了。"316拖着受伤的同志,从废弃的堆积物品上爬上去。"救命啊!"废弃物内一声低沉的呼喊。

"底下还有同志活着吧?"316将受伤的同志拖到一个

被时光抹掉的名字

安全的位置,伸手扒着堆积物上的东西,露出一个缝隙。

"救命。"又是一声低沉的呼喊,316趴在堆积物上确定着方向,快速地扒开压在他身上的东西,将里面的人拖了出来。"同志,你安全了。我马上带你去医治。"

一整晚的等待,不知不觉中辛雪怡竟然睡过去了,还是突然车子的响动声音,让靠在门前沉睡的辛雪怡醒了过来,看着苍云开从屋内匆忙地带人上了车,辛雪怡下意识地扶着门站起身来,快步冲上前敲打着车窗。

"旅长,我跟你一起去。"

"雪怡,前线很危险,而且英豪需要你照顾。"

"旅长,我是来采访战事的,不是来躲避危险的,整天待在这里,我也没办法向后方的读者交代,带我一起去吧。"辛雪怡再一次请求着。

拗不过辛雪怡,便也只能答应带她一起去,留下了一个同志帮忙照顾徐英豪,而辛雪怡离开的原因自然也只有他和本人知晓了。

这场突来的地震,不仅毁了一些住宅,也断了一些河流和堤坝,辛雪怡他们一路乘车而来,小河流车还能过去,大一些便也只能绕路,绕到了半天路还是不通,河流岸边有三四个军人装扮的人,还有七八个村民撕心裂肺地哭喊着。

司机将车停了下来,探出头去看了看,按了按喇叭,将人群中的士兵唤过来,大声呼喊着:"同志,发生什么事情了?"

"在打捞尸体,这里过不去,同志,你们绕行吧。"

司机回头过来看着后座的人询问起来:"旅长,这里也过不去，前面在打捞尸体，我们还要绕道吗？"

"下车，我们去看看。"

让司机将车停在原位，苍云开和辛雪怡，两个士兵一起下车步行过去，虽然还没有靠近河流，可是草地上也都是水，辛雪怡一脚踩下去，鞋子和裤腿便湿透了。

靠近到人群，苍云开向方才回话的同志敬了一个军礼："第六十一军第三旅旅长苍云开,这些尸体是怎么回事儿？"

"报告旅长，地震断了堤坝和河流，河水淹没了附近的一些村子，这些都是村里的一些村民。"

"那为什么不多调一些人过来，只有你们几个来帮忙？"

"回旅长，地震刚过日本人就开始进攻了，我们几个外出办事，路断了没办法及时返回，便只能先帮着村民打捞尸体了。"

辛雪怡看着满地的尸体，有些被水浸泡得腐烂了，发出刺鼻的臭味。围着打捞上来的尸体，看了看，寻找着是否有熟悉的面孔，转而抬头看着河流，两三个人站在冰冷的河流中等待着缓缓流过来的尸体。

"我也去帮忙。"

跟随着村民一起下入到冰凉的河水中，辛雪怡深呼一口气，偷偷更换了一口憋着的气息，咽了咽口水，伸手将衣袖卷起，踏入了河流中帮着一起将被水冲下来的尸体抬上岸边。

"对了316的情况如何，还活着吗？"趁着辛雪怡离去，苍云开打探起316的情况。

"回旅长，现在我们也不清楚。"

凝望着河水中帮忙的辛雪怡，苍云开其实对于316的结局也早早地料到了。现在的他,其实不管是死是活,对于他们来说并没有太多的改变,毕竟他所在的地方就是生与死的边沿,不死在这场地震中,也会丧命于炮火之下,他的生与死对于眼前的人却是一个很重要的答案。

冰冷的河水刺痛着辛雪怡的肉体,让她暂时忽略了眼前的情形,手忙着打捞尸体,眼睛却始终不敢去看他们,岸边的苍云开和一个同志小声地说着什么,她也不去理会,等到他们说完了,才在苍云开的呼喊下,上了岸。

"怎么样,还能过得去吗?"在苍云开开口之前,辛雪怡先行询问起来。

本想说的话被斩断,苍云开便也不提,回答起她的话:"河水断了路,暂时过不去了,我们得返回。"

"好。"辛雪怡强行挤出这个字。

并非所有的人都变成了尸体,辛雪怡帮忙抬上来的仍然还有一些气息,在辛雪怡他们抬上岸边之后,快速地呼喊等候的医生和护士,被认出来的村民们在家人的哭喊声中,要么死去,要么在解救过后被士兵们抬上车子快速地送走,辛雪怡手忙脚乱地搬完这个,在哭喊声音开始之后便又回到了河水之中。

从闻到那些味道,辛雪怡便一直恶心,却也一直强行忍着,几次想吐都不敢吐,支撑到返回驻扎地,一下车,辛雪怡便彻底崩溃了,整个人瘫倒在地上,痛苦地呕吐起来。徐英豪听到车响,一瘸一拐地走了出来,却也只是远远地凝视着她,并未靠近过去。

心理上多少还是受到了影响,平常还好,可以和徐英豪正常地说话、采访、写稿子，可是遇上吃东西便发作得很是强烈，辛雪怡一口饭菜都咽不下去，就算强行逼着自己吃进去，最后还是会直接呕吐出来，有时候看着自己的手也会莫名的难受，总感觉手下仍然抓着那些尸体，在实在支撑不住后便立刻将手伸到水中清洗。

"对不起，等一下再继续。"一篇报道写到一半，辛雪怡的忍耐也到了极限，快速地冲到了水盆前，将手放到了水中清洗起来。

从她回来呕吐开始，徐英豪也早猜想到了之后的事情，只是却没有想到会如此严重，放下了手中的笔，走到了辛雪怡的身边，将手一起伸到了水盆中，抓起她的手帮着她清洗着。

"对不起，我以为我很坚强的。"越长大才发现自己越来越脆弱，眼泪也越来越多，不经意之间便会自己跑出来。将头靠在他的肩膀上，颤抖着身体，辛雪怡最后一丝坚强的伪装也卸下了。

"有什么关系，你脆弱了，才会显得我更可靠。"辛雪怡发生的事情多少还是听苍云开说了，对于她私自行动当时也是有些气愤，只不过现在也没办法跟她去较这些琐事。

"好了，再洗就该掉层皮了。"清洗过后，徐英豪取过毛巾为她擦干了手，又帮她擦了擦哭泣的脸颊，牵着她的手，走到了床边，让辛雪怡坐下，转身取过他们摆放在桌上的写字的纸张，拉过椅子坐在了辛雪怡的身前。

"你也别写了，我们换一种方式来玩一玩吧。"

"拿纸能玩什么？"

"现在什么都别想了，看着我。"抬手抱着辛雪怡的脸颊,轻轻拍打了两下她的脸颊,将她的视线对准了自己,取了一张纸交到了她的手中,"拿着这张纸,把你心里最害怕的东西当作这张纸,你闻到了一股尸体的恶臭味道,摸着它,你是不是感觉到你手里拿着的东西像人的皮肤,撕掉它。"

听从着徐英豪的指导,辛雪怡颤抖的手拿着纸张,慢慢地撕扯起来,一张接着一张,直到将纸片撕成碎片,便又重新换上一张继续重复着同样的动作。

休养了半月有余,辛雪怡和徐英豪各自的伤都有所好转,前线的路也彻底地打通了,跟随着队伍,一起转移了过去,还未下车,一声声哭喊和急迫的呼喊声音便传了过来。

"下车!"一声命令传来,车上的士兵快速地跳下车子,帮忙抬着受伤的士兵前往救治的兵营。

穿梭在来来往往的人群之中,看着伤痕累累的士兵,一个个躺在担架上痛苦挣扎着,辛雪怡有些慌乱,不知道该做些什么,只是闪躲着给他们让道。苍云开接连三道命令,指挥着众多士兵分散行动,救护受伤之人,补充后援,上场杀敌。

从人群中将辛雪怡拉回来,还没叮嘱完一些安全常识,徐英豪便快速地帮忙搭手将伤员抬往医疗处,辛雪怡也跟了过去,医疗的帐篷内,伤者痛得嘶吼着,医生快速地处理着伤口,护士接过新送进来的伤员,快速地检查伤口,向医生报告,腾出手的医生,快速地赶过来处理伤口。

辛雪怡从头到尾将帐篷内所有病人看了一遍,伤得最轻的也是胸口或者身体某一位置上的枪伤,断腿断脚、瞎眼到了这里也是常见不过的事情。

徐英豪忙着帮忙来回转移伤员，也顾不得辛雪怡。辛雪怡看过了帐篷内的伤员，便跟随着运送完伤员的士兵一起出去。

战场残酷无情，跟随着两个士兵慌忙地各处奔忙，周边炮弹和枪响震耳欲聋，一路蜷缩着身体，也不敢抬头去看眼前的路到底怎样，他们停下来，她便停下来躲避。耳边的枪响不断，等到抬头去看，跟随的人已经没有了方向。

刚准备继续向前冲过去，旁边一个医疗兵突然冲了出来，却也在刹那间被枪打中，直接将辛雪怡推倒在地上。

"同志……"爬起身刚伸手去拉受伤的人，却又被接连几枪打得不敢靠近过去，直接从地上慢慢爬过去，转而又将受伤的人慢慢地拖着拉到安全的位置。

受伤的医护兵取过身上携带的纱布，立刻包扎自己的伤口，还不忘关切一下身边的人，"你是什么人，这里危险，快点儿退回去。"

左右探视一番，寻找到一条安全的路，辛雪怡回头过来说着："我带你去治伤。"

"没事儿，这些小伤不碍事。"医疗兵将伤口处理好，快速地起身，"这里危险，你枪和救命药都不带，跑过来白白送人头，赶紧回去。"

胆识还是不如他们，所有人冒着枪林弹雨奔跑着，抢夺着一线生机。可她还是躲避在原地根本不敢踏出去。"快，316，找到狙击手。"伴随着一声"是"的回应，辛雪怡丝毫没有任何的犹豫，直接冲了出去。

躲避过飞射的子弹，辛雪怡一步步向战场的最深处冲过去。接到命令，316快速地移到一处隐蔽的地方，架起枪支寻找到掩护着冲过来的日本兵的狙击手，一枪将他爆头。转而又开始护着其他冲过去的同志，一枪接着一枪。

枪内的子弹打完了，316快速地躲避过打过来的子弹，他的位置已经被发现了，便快速地转移到了其他位置，途中不忘补充子弹。辛雪怡一会儿帮着医护兵解救伤员，一会儿继续上前奔跑而去，几番辗转之下，却也兜兜转转地原地打转着。

可在不知不觉中早已经有枪口对准了她，辛雪怡却毫不知觉仍然横冲直撞。

"小心。"在那人开枪的一刻，316早已经发现危机，直接从辛雪怡的身后扑了过去，将辛雪怡扑倒在地，还不等辛雪怡反应过来，316直接将辛雪怡扛起在肩上，快速地离去。

将辛雪怡直接扛着扔到了同志们躲避的土坑内，手下的枪再一次朝着敌人打了过去，打了几枪，随口扔下一句"待在这里"，便又快速地冲了出去，连自己带回来的人都不曾看一看是什么样子。

方才扑倒时头被地上的石头砸伤，辛雪怡晕晕乎乎地坐在土坑内，伸手触摸上头上还在冒热气的血滴，耳边又是一声炮弹的爆炸声，震得她头晕目眩，连站起身的力气都没有。

医疗棚内的医生和护士仍然为伤员们诊治，处理着伤口，双手已经被血染红，这才止住了血，呼喊过一旁的护士吩咐道："快，取B型血，给他输血。"

在药箱内翻找了一番，并未找到他所需要的，护士焦急地回道："赵医生，没有B型血了。"

被时光抹掉的名字

将又一个伤员抬到腾出来的病床上，还来不及喘息，听到旁边的声音，徐英豪二话不说便赶上前："我是 B 型血，抽我的血。"

说着徐英豪拉过凳子坐在一旁，挽起胳膊上的衣服，护士快速地拿过针管，给他的胳膊消毒，将针管刺入了他的皮肤，红色的血液从针管内慢慢地流入到躺在床上的伤者体内。

第十一章　枪口下抢夺的爱情

输入了血液，医生得以继续进行他的手术。抬眼去望，帐篷外的蓝天已经变成了黑夜，徐英豪喘息了一口气，接过一旁护士递上的水，道了一声谢，刚送到嘴边便又想起了被自己释放出去的人，左右环视一眼医疗棚，并未看到辛雪怡的身影，拉过递水的护士询问道："不好意思，跟随着我一起来的女生呢？"

护士摇头回道："不知道，没注意。"

得到她的回话后，徐英豪便焦急地再一次冲了出去。口中呼喊着"雪怡"，四周着急地寻找起来，可惜天色黑暗，连来往男人的模样都分不清，更何况弱小的辛雪怡。

在夜幕降临之时，战火终于暂时停了下来，周边的声音暂时消停下来，所有人也得到了暂时的休息。辛雪怡顺着土坑内慢慢移动过来，寻找着 316 的身影。

"同志，你们这里是不是有一个叫 316 的同志？"

"是，那边去找吧。"

"谢谢。"

跨过休息的人伸出来的腿，辛雪怡小心翼翼地借着月光看着左右两边的人。跑了一天，战场上的尘土吃了一天，辛雪怡也疲惫不堪，咽喉更是难受难忍，一路走来，都已经走到了这条长道的尽头，却依旧找不到316的身影，脚下不小心被一条伸出来的腿绊倒。

那位同志看样子也是累得睡着了，并没有意识到这个问题，依旧歪头睡着，头上的军帽也微微偏倒遮挡了一边脸庞。辛雪怡自行爬起身来，移动到了他身边的空位置上，揉着摔疼了腿。

"疼。又摔伤了。"

天太黑了，看不到自己摔成了怎样，不过想想，摔得再重也比不上这些因为战斗而负伤的士兵。

连着咳嗽了几声，将旁边绊倒自己的人吵醒，孟岩取下身上携带的水壶，递了过去。"喝一口吧。"

辛雪怡立刻接过水壶，说了一声"谢谢"后，仰头喝起来。

"女的。"听到声音乃是一个女声，孟岩瞬间睡意全无，提起了精神，收回了腿瞥过头来打趣着。"你一个医疗兵，连自救的东西都不带，怎么救我们，是想让我们救你吧。"

"我不是医疗兵，只是一个记者。"辛雪怡依靠过去坐好回道。

听到她的话，孟岩不禁一声哼笑："记者怎么会跑到战场上来？"

"记者不跑到战场上来亲眼看一看，怎么告诉读者真实的战场是怎么样的？又是怎样的一些人拼着性命在替他们守护家园。"

"难得还会有记者关注我们，而不是把所有的视线放到国民党部队身上。"

"只要是为国为家,我都会关注,报道给国人知晓。"

"你叫什么名字?我要是还有命活到全国解放的那一天,一定会去拜会你。"

"该被记住的不是我,乃是你们。把你的名字告诉我吧,我报道出去,让国人知道是你在守护我们的家园。"

"我叫孟岩,你也不必让全国人知晓我,我只希望让我家中的父母为我自豪,让他们知道他们的儿子不是无用之人,也是可以保护他们的。家国安康之日儿子若是有命活着回去,再跪在他们身前磕头,亲口喊一声:爸、妈,儿子回来尽孝了。"

从来都不知道自己如此脆弱,只不过简简单单的几句话,辛雪怡的眼泪便已经止不住从眼角滑落。说话的人也不再言语,沉浸在了自己的悲伤之中,辛雪怡更不敢再开口。

右手边入睡的同志突然将头靠到了辛雪怡的肩膀上,辛雪怡低头看了看枕靠在自己肩膀上沉睡的人,月光太暗了,貌似它也累了,毕竟所有人都累了,她也累了。辛雪怡便也靠着他沉沉地睡了过去,两个头紧紧地依靠着彼此,这一刻是属于他们仅有的唯一,也是唯一一次他们追逐彼此的脚步停下的时候。

"赶快,他受伤了,医疗兵,医疗兵呢?"黑暗中一声声急促、嘶哑的声音呼喊着。

只觉得是刚刚入睡,眼角的疲劳还没有散去,耳边突然传来枪响的声音,辛雪怡直接被吓醒过来,随口呼喊道"英豪"。又是一声枪响,吓得辛雪怡抱着头低头躲避。

等到习惯了旁边的声音,辛雪怡尝试着抬头去看,旁边的依靠的同志早已经不见了人影,沉睡的其他人也苏醒过来,开枪阻拦着偷袭的日本兵。

"医疗兵，医疗兵。"焦急的声音再一次呼喊起来。

"来了。"做不到开枪杀敌，却也可以依靠着自己的力量去解救受伤的士兵，辛雪怡来回在战场上奔跑起来，将受伤的同志拉过来给医疗兵救治，一个接着一个，累到连辛雪怡自己都分不清方向，更不知道自己手下拉着的是谁，只是听到"救命"便马不停蹄地冲上去，将他拉拽到安全的地方。

朝阳从天边缓缓地露出半张脸，将大地照亮，辛雪怡累得实在是连起身的力气都没有了，趴在地上一动不动，干涩的嘴唇无声地喊着："再坚持一会儿。"最后却也沉沉地睡了过去。

嘴边感受到一股股水流，辛雪怡像在干枯的沙漠找到水源一般，努力地抱着水壶喝着。

"还没死，做记者的命还真大？"孟岩将水壶直接递给了她，让她抱着喝。

喝过水，辛雪怡终于缓了过来，孟岩从包内取过一张饼递给了她："吃点儿东西，补充一下体力吧。"

"谢谢。"辛雪怡快速地拿过饼送到了嘴边，一口接着一口吃着。

孟岩起身爬出土坑看了看外面的情况，日本兵的攻击已经停止了，同志们开始清理战场上的伤员，开始加固防守，这才安心地重新坐回原位。

"记者，你还挺厉害的，战场上拉回我们那么多同志，谢谢你了。"依靠在她的身边，在她将饼吃完之后，再一次递上水壶。

被时光抹掉的名字

最后再喝了一口水,将水壶递还给他,辛雪怡摇头回道:"我还需要谢谢你们,谢谢你们救我,还以为会就此死在这里。"

"怎么会,你们记者命是很硬的,你肯定死不了的。"孟岩打趣起来。"哎,对了,你昏迷中一直在喊着316的名字,你们认识?"

再一次听到这个名字,辛雪怡欣喜的瞬间来了力气,激动地拉过他刚准备喝水的手焦急地询问:"316他在哪儿,我想见见他。"

拿着水壶的手小心翼翼地保护着水,等到她摇晃结束,赶紧先将水壶的盖子盖上:"记者同志,这是战场,所有同志都在拼命地抵抗敌人,316若是没有受伤,自然就在某一处了,现在就是我想见也见不到。"

刚刚有的一丝希望瞬间又破灭了,正如他所说的,这是战场,他若是没有受伤就在某一处位置正在奋勇杀敌,此刻就算找到他,见到他,他们又能说些什么,敌人就在眼前,他们并不会给她留出时间去认认真真地和他说话。

休息过后,辛雪怡再一次投身到战场上,不会开枪,也不会救人,可是她还有力气将受伤的士兵带给可以救治他们的人去挽救他们的生命。

"医护兵!"辛雪怡拖拽着伤员,呼喊着医护兵求救着。

耳边的枪鸣和炸弹的声音遮盖了她的呼喊,半天没有一个人过来帮忙,受伤的士兵疼得哀号着,辛雪怡无可奈何之下自行拖着士兵返回。

"再坚持一会儿,坚持一会儿。"辛雪怡嘴里不停地安慰着他，却也是再给自己一个信念，拖着他一直向后移动。

"马上就可以救你了，再坚持一会儿，"拖着受伤的伤员辛雪怡一步步向后移动着，一旁倒着的日本兵突然爬起身来，一把拉拽上辛雪怡，将她扑倒在地，手下摸过一块石头便向她的头部砸过去，吓得她一声尖叫，都不知道该如何自救，只能抬手遮挡，负伤的士兵用尽力气抽出枪支，开枪射杀了日本兵，救下了辛雪怡。

"再坚持一会儿，"辛雪怡嘴里不停地嘀咕着，拖着受伤的士兵终于返回了营地。

"快点儿，还有伤员。"发现两个人的医护兵也快速地冲上前来，接过了辛雪怡手中的人，将他快速地抬入营帐内救治。

抬着伤员返回了营地，发觉了站在人群之后的她，徐英豪立刻大声呼喊着她的名字，欣喜地将把手交给了其他人将人抬进去。

"雪怡！"大步冲过来本想拥抱她，可是手刚触碰到她的肩膀，辛雪怡警惕性的挥动着手推打开他的手，愤怒地呼喊着"走开"。

"雪怡。"徐英豪谨慎地举起双手盯着她，等到她紧张的情绪稍微有所缓和，徐英豪这才慢慢地握上她的手，将她拉到身边一把抱着，拍打着她的后背安慰着："放松下来，没事儿。"

终于安全了，终于回到他的身边，看着他也平安无事，辛雪怡便也彻底放松，支撑的精神刹那间得到解放，这一次彻底地晕倒在他的怀中。

被时光抹掉的名字

这一次清醒过来,却是躺在了医疗棚内,裸露在外面的手被徐英豪紧紧地握着,看他的样子显然也累了,趴在床边睡着了。

来到战场的当日,她便消失了,一走便是三日,怎么找也找不到,徐英豪真的害怕她就此死在战场上,这三天也是一眼不敢去闭,来来往往地寻找着她,确认她还活着,便也彻底地松了一口气,趴在床边睡了过去。

前线的形势越发严峻,日本人的进攻一次比一次凶猛,受伤的人员也越发多了,他们的药品根本不够用,徐英豪家的产业在武汉也有一些,徐英豪便直接让人私下联系武汉的各个货商,托人临时调用了一些药品过来,带着一些人前往去取药。

辛雪怡本想跟着一起去,无奈身体有些脱水,照顾自己还行,跟随队伍去取药就费力了。害怕她再跑到战场上去,虽然辛雪怡也做了保证肯定不去,徐英豪还是千叮咛万嘱咐,让苍云开派人盯着她这才安心离去。

自从徐英豪离开之后,辛雪怡便不再四处乱跑,时不时蹲坐在角落一处不碍着他人走动的地方,借着微弱的灯光,辛雪怡手中握着铅笔和本子放在膝盖上写着稿子。

辛雪怡通过这几个月的亲身观察,看着他们严以律己,跟随着他们在战场上厮杀,她知晓这些人并不是流寇,乃是真正的战士,她的报道就是要告诉人民群众这样的事实。

从营地出来的时候天便已经暗了,乌云压顶,冷风凛冽,等到达目的地天便匆匆下起了雨,幸亏徐英豪他们来之前就准备了雨披,穿上后快速地从仓库将药品搬上车。

被时光抹掉的名字

为了躲避日本人,他们返回的路选择是泥泞的山路,却不曾想到他们的行动还是暴露了,日本人早早地等在了他们返回的路上,等待徐英豪他们的车行驶过来。

埋在地上的炸药直接让跑在前面的第一辆车翻车,好在那一辆车上本来就没有多少药品,徐英豪他们跟随的车看到情况立刻调转了方向。

大雨中日本兵持枪击打着逃跑的车子,快速地从两边冲出来,追击着逃离的车辆。

这一次出来拿药,差不多只有六个人一起,前面一辆车是幌子,只有开车的一个司机,其他五个人都在后面的车上,雨中子弹不断地打在他们的车厢上,车子也被逼得左右摇摆,根本行不稳。

"我们这样是逃不掉的,药品也可能保不住,必须有人引开他们。"领队的士兵说着,快速地解开包裹在药品外面的袋子,打开箱子将里面的药品全部放在了袋子内。"人工运送,必须保证药品安然送到营地。"

其他人听到命令也迅速地开始重新打包药品,装好之后直接捆绑在身上,伸手敲打着车厢,让车子停下来。

坐在副驾驶的徐英豪打开车门下了车,看到一个个从车厢跳出来的士兵,阻拦道:"这里距离营地还有一定的距离,你们这样跑太危险了。"

"只有这样药品才能送到,徐记者,你跟我们一起走,车子是跑不掉的。"

"你们走吧,势必将药送到,我来引开来这些日本人。赶紧走,他们追过来了。"

徐英豪再一次回到车上,将开车的同志推下了车,重新调转了方向,向冲过来的日本兵直接开过去。

徐英豪的举动是很明智的,跑自然是跑不掉,还不如直接跟他们硬碰硬,日本人反而不会当场杀了他们,还能给其他人争取一些时间。日本兵将车子围着,用日语呼喊着让徐英豪下车,徐英豪举着双手从车上下来。

日本兵将从另一辆车上抓到的同志推上前和徐英豪站在一起,手下的枪抬起对准了两个人。

徐英豪一脸的震惊,伸手做出一个停手的手势,用日语和他们谈判起来:"我是《新公报》记者,来此地采访,你们拦下我的车,抓了我的人,是什么道理?"

几个日本兵互相看了看之后,一个日本兵上前询问起来:"我们奉命来执行任务,你是《新公报》的记者,为何会和支那匪徒在一起?"

"来这里自然是奉命采访,我们的采访行动也并非保密的,你们现在拦了我的车,让我的采访难以进行下去,那我们之后的报道也只能写明事实。"

显然这些日本人没有料到车上还有记者,他们的任务只是拦住车、夺药品,现在药品没有了,还扣押了一个记者,便也不敢轻举妄动,只能先行将两个人带回去交由上面处置。

经过一夜的奔跑,五个人成功将药品带回了营地,交到了医护人员的手中。徐英豪被抓的消息便也带给了苍开云和辛雪怡,真的是雨后的一道惊雷,打得辛雪怡措手不及,整个人直接倒在了凳子上,胸口也瞬间像是压上了一块巨石,气息紊乱。

被时光抹掉的名字

"旅长,现在怎么办,如何解救徐记者?"

"去将孟岩给我找回来,救人还得他的小分队去办?"

起身拦下准备离开的士兵,辛雪怡迅速的调整自己的气息,让自己平静下来。回头对视上苍云开解释起来:"不必,旅长,解救英豪的事情,你们不必插手了,我会通过电报和报社联系,将事情告知给社长和主编,让他们去找南京政府和日本人谈判。"

记者的身份首先是一层保护罩,这个辛雪怡和徐英豪心里都明白,这也是他留下拼死护着其他同事离开,自己留下的一个重要考虑。

辛雪怡的电报发出去,很快报社那边回了消息,让辛雪怡暂时不要有任何的行动。这一场的谈判差不多经过了半月之久,也猜到了报社经过了多大的努力,才争取到了徐英豪的释放。

虽然日本人没有对徐英豪进行拷打,却也没有让他完好无损地待着,半个月的时间没有给他吃多少的东西,水也是偶尔提供,只是保留他一口气罢了。辛雪怡去接他的时候,他直接是被人拖出来的,干涩的嘴唇已经裂开,沉重的眼皮依旧支撑着,给她露出一个笑容,让她安心。

"真没事儿,死不了的,你别哭鼻子,我不渴。"躺在床上,徐英豪气都难喘,还不忘和辛雪怡打趣。

辛雪怡给他清洗着伤口,旁边的医生迅速地将针管插入到徐英豪的胳膊,帮他吊上药水。

"你闭嘴,赶紧睡觉,睡一觉醒来,就好了。"辛雪怡将被血染红的纱布扔进了水盆中,染红整盆水。"医生,擦洗干净了。"

"好，辛记者，接下来交给我吧。"辛雪怡起身退后几步，眼神始终盯着医生帮助徐英豪处理伤口。

这一次徐英豪受伤，不仅让他本人变得沉稳了些，就连辛雪怡也学乖了些。只是日本人的战力太过强烈，他们的战士还是没能守住，不得不撤离。辛雪怡和徐英豪跟随着苍云开先行一步撤离。

武汉的战场还是一片混乱，辛雪怡他们的报道也越发难以发出去了，几个月的时间和总报社断了联系，好不容易重新联系上，接踵而来的"七七事变"后，天津、上海又相继陷落。

在如此艰难的情况下，《新公报》力主抗战，直接表明了自己的观点"一不投降，二不受辱"，全国各地的记者也得到消息，在报道上开始迎合报社的方针，却也因为他们的立场，天津版和上海版先后在8月和12月停刊。

停刊之前，报社向全国各地的记者发了最后一个命令出去。徐英豪拿着信找到了躲在墙角写着稿子的人，坐在了她的身边，将信递了上去，辛雪怡打开书信却也只看到了两个字：事实。

"吴云峰主编带领人创办了汉口版，已经开始运营了，我们的采访恢复正常。"

"那便好，新的电台大概多久可以发报道？"

"三天后便可以，这次为防止报道再次被截断，电码会有所更改，明天我会将新的电码带过来。"

"之前拦截我们报道的电台找到了吗？是谁？"

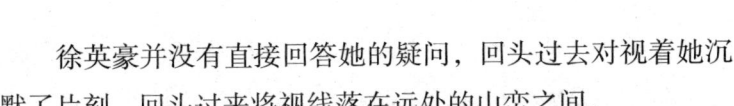

被时光抹掉的名字

徐英豪并没有直接回答她的疑问,回头过去对视着她沉默了片刻,回头过来将视线落在远处的山峦之间。

"南京那边已经和吴云峰主编见面摊牌了。"

听到他如此说,辛雪怡便也明白了不再继续追问,接着他的话继续说着:"他们是被我们的事实逼急了,忍无可忍了。社长什么态度?"

"回了六个字:事实就是如此。"

半年前辛雪怡突然发现她写的稿子被人稍作修改,换上了一个叫魏国然的名字发表出来,他们查了很多次却始终找不到问题出在哪里了,接连三篇稿子始终到不了报社,直接被人中途拦截,修改的字眼并不多,却也都是最为关键的部分,直接让稿子变了味道。

他们专门查了一下这个叫魏国然的记者,乃是重庆那边一家报社的记者,说起名气自然比不过辛雪怡和徐英豪,不过改稿子的技巧却也让他们头疼。

经过了一番调查,徐英豪发现他们发稿的电台被人动了手脚,徐英豪找人专门去攻击那个电台,也是发现自己暴露了,那边彻底地断了他们的联系,让辛雪怡他们和报社也彻底地失去了联系。

中国各大城市一个接着一个沦陷,很快便轮到了武汉。苍云开早早地便预感到了即将来临的危险,将徐英豪和辛雪怡叫了过去。

一走进苍云开的营帐,就感受到了不同平时的紧张气氛,所有人的神情都是严肃的,在两个人走进之后便匆匆离开了,只留下苍云开和他们进行接下来的话语。

苍云开也是一个直来直往的人,和徐英豪、辛雪怡在武汉待着这些天也互相熟悉了彼此,知道他们为前线的战士付出了很多,也是不愿意看到他们的努力就此结束,这才决定提前送两个人离去。

"英豪,雪怡,你们不能在此地待了,立刻转移。"

"旅长,为何如此突然?"辛雪怡和徐英豪明显是有些震惊的,互相对视一眼,徐英豪开口询问着。

"不瞒你们,武汉恐怕保不住了。"

辛雪怡沉默片刻,转而对视一眼身边的徐英豪,徐英豪望着她点了点头,开口说道:"旅长,请你做我们的介绍人,我和雪怡愿意加入中国共产党。"

这样的结果苍云开还是比较欣慰的,这也是他一直在努力争取的,却没想到在他已经完全将这个任务遗忘的时候他们自己提起来了,他自然很是乐意去做这个介绍人。

面对着党旗,两个人宣誓入党,那一刻辛雪怡整个人又轻松了许多,她的眼前也不再是那样地灰暗,因为她终于站在了起跑线上,和316相同的起跑线。

苍云开已经预测到了武汉即将沦陷,徐英豪自然是不愿继续再待着了,主编明确指示继续深入报道,再三斟酌之后,徐英豪决定前往重庆。

面对自己的选择,坐在桌对面发呆的人,又选择了沉默,徐英豪也已经习惯了她的沉默,便不管不顾地继续分析着:"从步入前线开始我们便一直跟随着共产党的脚步,亲眼看着他们一步步为国而战,现如今我们加入了中国共产党,作为地下党员开始活动,第一站直接深入国民党最深层的内部,去看看他们在国家危难之时的所作所为,以此作为报道的方向,呼吁民众加入共产党,为国奋战。我已经和苍云开旅长说过了,已经在安排了,我们近期就出发。"

辛雪怡并不想离开武汉,毕竟316还在这里,她也没有见过他,既然成为中国共产党党员,那她也有责任和同志们一起在前线奋战。特别是在入党后的第二日,最不愿意在医疗棚看到的那个战士孟岩,还是躺在了那张白色的病床上,他的左臂和左腿都被炸弹炸毁了,医生和护士极力在救他的性命。

听抬他回来的战士说,孟岩和316作为先锋打头战,为了同志们杀出了一条血路,却在撤离的时候被日本人的一个炸弹炸伤,孟岩胳膊和右腿被直接炸断,316的尸体也没有找到,只怕是被炸得粉身碎骨。

孟岩昏迷之中,一直拉拽着辛雪怡的胳膊,呼喊着316的名字,凝望着眼前的人,辛雪怡的眼泪就跟他的血液一般止不住地流出,明明近在咫尺却始终见不到他,现如今却再也没有了希望,她的路也走到了尽头。

手臂上的疼,完全比不过心里的痛。孟岩的命还是没有救回,坚持到最后一刻。辛雪怡的意识已经模糊了,孟岩在闭眼之前嘴里喊的还是316的名字,可是她却一个字都说不出来,连哭喊出声音的勇气都没有。

刚刚站在同一起跑线,现在前方的路彻底断了,手中的枪对准了目标,却始终扣不动扳机,想要代替他冲上前线,可是她连开枪都不敢。

"316你还活着吧?你不能就这么死?我还没有找到你,

你不能就这么死了。"辛雪怡一次次在心里询问着。

"你去劝劝她吧。"对于辛雪怡目前的状态，苍云开实在是看不下去了，走向一直站在一旁观望的徐英豪，劝解着。

手持着枪举了半个多小时，手臂都麻木了，却还是不敢开枪，也不敢放下。知晓她因为孟岩的死难过，可是她如此折磨自己让徐英豪也有些气愤，握住她的手抢夺着她手中的枪，"放手。"

"不放，你松开。"辛雪怡坚持着。

手紧紧地握着她拿着枪的手，眼神冷冽，这不是他第一次和她生气，却也是态度最坚定的一次，"够了，放手。"

对视上他的眼睛，辛雪怡也非常明确地回道："不，我要开枪。"

直接挡住枪口，徐英豪坚持着："不放，你要向我开枪吗？"

她在为自己的无能自责，可偏偏徐英豪一直在逼迫她面对，她真的有些着急了，握着枪的手都颤抖了，不甘心地质问起来："我为什么不敢开枪？"

"那你开枪啊，让我先成为你第一个枪下鬼。"徐英豪的脾气来了更是不肯屈服，握着她的手直接对准了自己的胸口。

第十二章　雾都相会

在两个人彻底争吵起来之前,苍云开先行将两个人拉开,将徐英豪带到一旁劝解起来。

"雪怡现在执意留在这里,英豪你还是准备一下,立刻出发前往重庆吧。雪怡我会再劝劝的,等她想明白了我便送她去找你。"

凝视着依旧举着枪,却始终不敢开枪的人,徐英豪回头将视线落在苍云开的身上,异常坚定地回道:"旅长,我和雪怡不仅是一起共事的同事,她必须跟我一起走。"

苍云开点了点头,"你们来了这么久了,我们自然也看得出来,只不过,现在雪怡执意上战场,不肯随你离开要如何?"

徐英豪回头过去看了看缓缓将手臂放下来的人,一脸疲惫和颓废的样子低着头,思量了片刻说,"旅长,帮我准备一下,今晚我便会带着雪怡前往重庆。"

"你可不能再和她吵了。"

徐英豪露出一个笑容,凝视着苍云开回道:"旅长,我的脾气还是很温和的,吵架自然是不会,就想找你拿一些麻醉剂。"

"人是可以带走,可是她醒了之后,你的日子不好过啊。"苍云开有些担心。

"所以为了我的日子稍微好过一些,还得麻烦旅长再下一道命令了。"徐英豪有所提点着笑起来,苍云开拍打了几下徐英豪的肩膀,喊过来一旁的士兵,在他耳边悄悄说了几句,在他离开之后,便也转而离去了。

这一觉睡得昏昏沉沉,睡梦中听着耳边徐英豪和几个人在说什么,之后整个身体便被人从炕上抱到了车上,整个身体随着移动的车子颤抖着。多少次辛雪怡努力地睁开眼,可也不过是昏昏沉沉地看见徐英豪一个侧脸,便又沉睡了过去,等到意识稍微有点清醒,眼前的风景已经变成了床板,耳边的声音也变成了火车的轰鸣声音,模糊的视线中看到徐英豪用毛巾为辛雪怡擦拭着脸颊,在她耳边轻轻说了一句什么,随后在她额头落下了一个吻,辛雪怡便又沉沉地睡了过去。

......

整个意识清醒过来,眼前的风景便又换了一处,一间比较宽敞的屋子,里面摆放着一张桌子,旁边摆放着一个衣柜,辛雪怡身上原来沉重的大衣已经换成了比较简单的夏衣。

下了床,穿上鞋子,推开卧室的房间,走到了客厅,客厅内摆放着一张长条沙发,对面便是桌子,沙发的旁边便是整个屋子最大的一扇窗户。

走到窗边,抬手推开了窗户,闭眼前四周的风景还是山峦土坑,再一次睁开眼却是楼阁街道,望着街道上来人来往的繁华,明明是国家最为危机的时候,日军大肆掠夺我国土地，这里却也像世外桃源一般。

徐英豪端着饭菜推开房门走了进来，望着站在窗户前的身影，神情立刻警觉起来，脚下放轻了脚步，偷偷摸摸地将饭菜摆放到了桌上，随即又悄悄向后撤离。

"英豪，不必躲避了，我原谅你。"辛雪怡回头过来，露出笑脸对视上他说着。

徐英豪挑眉，嬉皮笑脸，小心翼翼地确认着："真的？"

"自然，过来，我采访你几个问题。"辛雪怡露出一个笑容，走到了沙发前坐了下去。

徐英豪重新端过桌上的饭菜，走到了沙发前，将饭菜摆放在桌上，坐到了沙发边上，拉开一个安全的距离回道："辛大记者，您要采访什么？"

"英豪，你也没吃饭吧，坐过来一起边吃边聊。"辛雪怡拍打着自己身边的位置，伸手拿起盆中的筷子夹着菜吃着。

徐英豪慢慢移动到辛雪怡的身边，坐了下来，拿起盆中的馒头，掰了一块塞进了嘴里吃着。"我做的饭菜，很好吃的。"

"我知道。"辛雪怡放下手中的筷子，一手撑在沙发上，转向看着身边的人询问起来。

"我睡了多久？"

"差不多两天吧。"

"你给我下药了？"

"麻醉吧。"

"我身上的衣服谁换的？"

"我——吧。"

在徐英豪那个拉长音的"我"字结束，"吧"字刚出来一个音，辛雪怡手下拿着沙发上的靠枕起身便向徐英豪打起来，嘴里不断地重复着"麻醉""你"。徐英豪倒靠在沙发上，抬手遮挡着呼喊着"别打了"，手抓着辛雪怡的靠枕阻拦下。

"那我不是为了你的安全嘛！别人换我也不放心啊。"

"不放心？我现在就让你没心。"

说着辛雪怡抬手甩开徐英豪的手，再一次挥动起靠枕打起来。徐英豪抬手遮挡了几下，嬉笑着拿起身后的靠枕与她一起打闹起来，趁机一把拉拽过辛雪怡手中的靠枕，整个人抱着她压倒了下去，躺在沙发上，在徐英豪的脸靠近过来之前，辛雪怡拉过他手中的靠枕挡在两个人之间。

只留出来一双大眼睛，凝视着压在自己身上的人眨巴了几下，用被遮挡的不怎么清晰的声音说着，"好了，我不打你了，起来吧，我饿了。"

"我也饿了，我先吃。"同样是闷着的声音，徐英豪眨巴了几下眼睛回应着她，手下挠着辛雪怡的腰身，辛雪怡被挠得痒痒，扔掉了手中的靠枕，伸手阻拦挣扎着，两个人嬉笑打闹，屋子内嬉笑声音不断。

片刻后，门外敲门声音响起来，打断了两个人的嬉笑声。两个人安静下来聆听着门外的敲门声，对视一眼，沉默不答，继续聆听着。

"徐英豪先生、辛雪怡小姐？"门外的敲门声音，转为了呼喊声音，而且目标如此的明确。

"你将我们到达重庆的消息放出去了？"辛雪怡小声询问道。

"没有啊。"徐英豪疑惑的神情摇头回道。

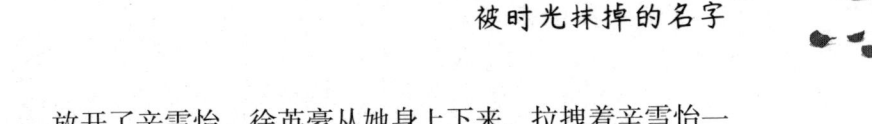
被时光抹掉的名字

放开了辛雪怡，徐英豪从她身上下来，拉拽着辛雪怡一同坐起身来，走到了房门前，透过门缝看着外面的来人。

"什么人？"

"先生，我乃是《华西日报》的主编罗鑫，听闻《新公报》记者徐英豪先生、辛雪怡小姐到了重庆，便前来探望。"

和辛雪怡对视一眼，徐英豪打开了房门，将来人放了进来。

《华西日报》的创建人本是四川省主席，集军政大权于一身的刘湘，可是刘湘并不满意这样的安排，他野心勃勃企图进一步插手云贵之事，做个西南王，为此他特别重视宣传工作，创办了《华西日报》，作为自己的宣传报。

来人言语之中虽然都是一些称赞他们新闻的话，可是谁都听得出来本意还是拉拢他们。对于这些报社，徐英豪私下也打探过，刘湘人在武汉，对外称重病休养，对于《华西日报》的事情并不管。

送走了来人，徐英豪将房门关好，快速地走到窗户前，透过窗户凝视着走下楼、开车离去的人，担心着。"这个地方不能再住了。"

辛雪怡一脸沉重的表情，摇头回道："不行，如果换了那更说明我们有问题，那我们更危险了。"

"他们已经知道了我们的住址，那我们之后的报道就不好写了。"

"知道不知道我们的报道都不会好写，我们到达重庆的消息不能只让他们知晓，必须让整个重庆都知道《新公报》记者在重庆。"

徐英豪点了点头，走回到她的身边坐了下去，"不过这个暗中将我们到达的消息透露出去的人必须找出来，有这么一双眼睛盯着我们太危险了。"

拿过徐英豪掰过的馒头递到了他的手中，取过筷子递给了他，辛雪怡自己也拿起筷子便也不再说什么，同他一起吃起饭菜来。

饭饱之后，辛雪怡帮忙将屋子和带来的东西收拾了一下，徐英豪趁机将苍云开写的书信用火烧了。安顿好一切后，徐英豪和辛雪怡便四处转转，毕竟他们对于重庆也是陌生的，以后要在这里工作自然先得了解。

重庆的报业比起其他地方要更加紧张一些，特别是国民政府也迁到重庆，辛雪怡他们的《新公报》想要在重庆立足也并非易事。

到达重庆的一个月时间，辛雪怡他们并未进行过任何的采访，自然也并未和其他报社有过分的交往，所有来拜访的客人都是好生招待一番，之后再送一份礼物还回去。其他时间两个人便都是吃喝玩乐，潇洒得让众人觉得他们两个并非报社派来的记者，更像一对热恋的情侣来旅行的。

又是一天潇洒的玩乐，一直到下午辛雪怡累得实在是走不动了，两个人这才返回，刚踏进家门口，楼下的房东阿姨便拦了上来。

"你们回来了，这里有一封你们的信。"

"信？什么人送过来的？"并没有在信封上看到有任何的字眼，徐英豪询问起来。

"一个小孩儿送过来的。"

对于这样的书信，其实他们并不陌生，毕竟在刚到达重庆的时候，每日基本都会收到一些书信，也是在他们两个玩了一个月，让重庆关注着他们的所有人都闹不明白他们的采访线索，书信也慢慢少了。

拿着书信返回到屋子，累了一天了，辛雪怡也有些发烧，一回到屋子，便直接倒在了床上休息。徐英豪取出信看了看，片刻后脸上立刻露出喜悦，走到床边坐了下去，回头看着沉睡的人，伸手触摸上她的额头。

"还好，没有发烧。"

"就是喉咙有些难受，估计感冒了吧。没事儿，一会儿去弄点药回来。"辛雪怡转身过来看着坐在床边的人，取过他手中的信看着，却也在顷刻间坐起身来，欣喜着，"吴主编到了重庆了，走吧，我们去找他们。"

"雪怡，明日再去吧，你先休息，我去给你买药。"

"不用，我没这么脆弱。先去见主编他们吧，回来的时候顺便买一下药就行。"

匆忙赶到了吴云峰主编他们所在的旅馆，却不巧几个人都出去了，徐英豪在宾馆等着，辛雪怡趁机去附近的药店买了一些感冒药，碰上了多年不见的舍友程家怡，她也在药店买药。

从大学离开后便再也没有她们的消息，这样的战乱之下，还能相见也是惊喜。

"没想到，你也在重庆，太好了。"

"噢，来了没多久。雪怡，你什么时候到的？"

"我也才来没几个月，家怡，其他人呢，你还跟她们联系吗？"

两个人说话间，程家怡的药已经准备好了，她似乎很是着急赶时间，将药也故意隐藏起来，"雪怡，我有事情，先走了，之后再跟你联系。"和辛雪怡说了几句，便匆忙带着药离开了。

看着程家怡走出药店，上了一辆拉车离去。辛雪怡却始终无法将视线从她的身上移开，凭借着她对于新闻的敏感性，总感觉这一次的相见，程家怡的变化让她觉得她的经历和故事势必不会那么简单。

"你的感冒药。"店内医生的声音将辛雪怡的视线唤回，接过感冒药，辛雪怡再一次开口询问起来："医生，刚才我那个朋友，得了什么病？她的情况严重吗？"

医生摇头回道："放心，她买的是避孕药，应该是和丈夫处得不好吧。"

回到旅店，吴云峰、王胜、曹谷冰他们还未回来，徐英豪重新开了一间房，让旅店老板倒了一杯水，辛雪怡吃过药便躺下等待。身体是休息了，可是她的脑子一直在转动，回想着方才与程家怡相见时的点点滴滴，和学校时候相比，程家怡身上的装扮更加张扬了些，说话的性格也更加温柔或者可以说是谨慎。

遇见自己时候，看她小心翼翼的样子，药应该是买来自己吃的。她是经历了什么，为何选择避孕，她的丈夫又是何人？

一连串的问题想到最后，让她直接睡过去了，再一次醒过来，窗外的天已经黑了，屋内只剩下她一个人。起身穿好衣服,走出屋子,敲打开旁边的屋门,果然,吴云峰主编他们都回来了,看着屋内的情况,已经和徐英豪聊了许久。

辛雪怡立刻迎上前去打招呼:"主编,你们什么时候回来的?"转而又对徐英豪抱怨起来,"主编他们都回来了,英豪,你为什么不叫我?"

看着辛雪怡苍白的脸色,吴云峰担心着。"雪怡,你起来做什么,快去躺着休息。"

"主编,我吃过药了,这不是刚睡醒吗,也睡不着了。"

"你就是脾气太硬了。"

吴云峰笑着将辛雪怡带进了屋内,屋内除了徐英豪和吴云峰主编,还有两个男人王胜和曹谷冰,听吴云峰主编介绍,在他们离开上海前往前线采访后,两人先后便被吴云峰主编招进了《新公报》。

他们之前发生的事情,徐英豪已经告诉给吴云峰主编他们知晓了,这些年发生的各种事情,包括辛雪怡家里的情况,吴云峰也是将自己知晓的全部告诉给了她。国难当头护不了大家,何以护小家,她在踏上这条路的时候已经做了最坏的打算,现在也只能期盼家中的父亲做出正确的选择,保存性命为主。

面对着当下的情况,也逼迫着她要更加坚强,还不忘露出一个苦涩的笑容让众人安心。

"主编,你们这次来重庆,所为何事?"伤感之后,便也进入到正题,徐英豪询问起来人的目的。

看了一眼吴云峰,王胜开口回道:"汉口那边的《新公报》已经停了,我们协商下准备复刊重庆版《新公报》。英豪、雪怡，重庆版《新公报》的选址就麻烦你们了。"

"好啊。这个没问题。我们帮你们重新找一处地方吧，不能总是住在旅馆。"徐英豪继续回道。

"这个不必了，我们不会在重庆停留很久，重庆这边的《新公报》复刊之后，还是需要你们来管理运行。"

"这么着急吗？"

"英豪、雪怡，国民党政府迁移重庆的事宜也差不多快结束了，接下来重庆这边的形势会更加紧张，你们的任务也会更加艰巨。"

王胜叮嘱完，吴云峰这才继续开口补充道："英豪，雪怡，之后所有的事情，由王胜和你们联系，你们要尽快将重庆版《新公报》创建起来。重庆的报业水也很深，等到国民政府全部迁移结束，你们便也是在他们眼皮底下偷生，说话、行事要更加谨慎。"

也知道这次任务的艰巨，辛雪怡他们要面临的不仅仅是明面上的困难，还有暗中隐藏的危机。和吴云峰主编他们告别，从旅馆出来，在漆黑的夜晚，天并不是很冷，人心却是冰凉的，太过安静的夜晚似乎也在因为同一片大地上的同胞在受苦而默哀。

一路走来，徐英豪始终没有任何话，和平时的他相比太过安静，辛雪怡也更加安静，像没有灵魂的游魂野鬼只是向前漫步走着。一步两步，走得太过沉重，辛雪怡突然停下了脚步，身后跟随的徐英豪也在沉默了许久之后，开口劝解起来。

"你要哭，要喊，现在就发泄出来，趁着这个夜晚谁也看不见，谁也听不到，喊出来，明天太阳升起来之后，忘掉你的痛，去面对整个中国大地被侵略的痛。"

说完徐英豪转身背对着她。辛雪怡在安静了片刻之后，整个人瞬间瘫倒在地上，痛哭起来，哭喊声是那样的撕心裂肺，刺痛着徐英豪的心。

她为死去的母亲哭泣，为父亲的断腿哭泣，沈阳沦陷，作为女儿不能陪伴在他们身边去挽救他们，就连当初的离开都是那样匆忙，都不曾好好向他们告别，如今后悔了，可是她的家毁了。

身后的哭喊声，和呼喊着"爸、妈"的呼叫声，也刺痛了徐英豪的心，鼻头一阵阵酸，眼泪悄无声息地从眼角偷偷滑落。

她已经哭了，那他便要更加坚强地去守护她。仰头尝试着让眼泪回流，却发现在悲伤之时，眼泪是逆流而上的。

经过一番的考察和对比，徐英豪、辛雪怡和王胜协商，最终将报社的位置定在了下城新丰街，另外在李子坝设立了经理部办公楼。历经了三月的准备时期，在12月，正式向全国公布：《新公报》回来了。

青砖外墙，两栋楼中西砖木结合，一栋一楼一底，另外一栋为两楼一底，两楼之间由外廊连接着，让整个报馆显得格外的优雅，不会那么张扬，却也让人有种敬畏之意。

《新公报》复刊的当日，有很多报社的同行前来道喜，可来人之中最吸引人注意的还是重庆财政部部长夫人程家怡。

程家怡支走了身边跟随的下人，拉着辛雪怡和徐英豪躲避在一个比较安静的地方说话。

因为之前已经见过一次,这一次再见,辛雪怡多少心里还是有些准备,徐英豪显然是有些震惊,特别是对于她现在的身份更加诧异。

"看来命和运气还是很重要的,同是同学,夫人的日子过得可让我们这些同学羡慕。"徐英豪摇晃着手中的酒杯打趣着来人。

褪去了学生时代的稚嫩,多了一些自信和傲气,只不过说话依旧还是那样的温柔,程家怡笑着说:"若说羡慕,在学校时你们两个便是众位同学羡慕的报业双侠,明目张胆地谈恋爱不说,最后还双双退学私奔了。你们退学之后在学校还引起了很大的轰动,好多同学追随你们也做起了报社的工作。"

"那你也是追随我们的报道来重庆的?"徐英豪半开玩笑地说着。

程家怡微微一笑,端起桌上的酒杯抿了一口回道:"我哪里跟得上你们两个的步调,也是活不下去了,随便找个人嫁了。"

"你这一随便可就嫁了一个部长,要不随便了,那结局还不要了我们的命。"徐英豪的话始终咄咄逼人。

程家怡没有接徐英豪的话,脸上始终保持着笑容,避开了徐英豪的视线,对准了一旁的辛雪怡,伸手拉起她桌上的手,一副亲密的模样关切地问:"怎么样,你们生了几个孩子了?"

这个问题,让辛雪怡措手不及,看看自己的肚子,有些尴尬地笑了笑。

徐英豪这边有些得意的微微靠在辛雪怡的肩膀撒娇起来，嘴里小声地嘀咕着："所以你什么时候嫁给我，别人都替我们着急了，我们得加油了。"

辛雪怡摇头嬉笑伸手将他的头推开，说道："傻瓜。"

"你们不是吧，还没结婚呢？徐英豪，你太令我们失望了，我们舍友还猜测你带走雪怡肯定是为了结婚，现在都多久了，还没结婚呢？"程家怡惊愕着。

"人都带走了，还怕没有机会吗，结婚、生子不都是一个心安问题，孩子生下来，总得给他们一个安全的生长环境，你说呢？"徐英豪再一次开启了回怼的模式。

程家怡转移了视线，再一次避开了他的问题，一脸沉重的神情凝望着外面来回走动的人，看了看等待着自己的下人，重新收回目光，恢复自己的笑容，回怼起徐英豪："在学校的时候，就觉得你很烦人，现在也一样，你赶紧走吧，让我们姐妹好好说说话。"

"不烦人，怎么看人。"徐英豪说着起身，伸手拍打辛雪怡的肩膀，"她是你同学，我是你未来丈夫，你们就少说我一点儿坏话。"

"赶紧出去吧，你的坏话还需要我四处说吗？"辛雪怡说着起身将徐英豪推了出去。

重新回到座位，程家怡便直截了当地开始了正式话题，虽然她的话一直都很少，而且很不喜欢说谎。"雪怡，我想请你和你们报社帮助我丈夫。"

其实在她表明身份后，辛雪怡便猜到了她的来意，已经在重庆见过面了，辛雪怡作为媒体的公众人物，若是真的想要找她，那也是轻而易举。很显然她不想自己购买避孕药的事情被其他人知晓，在得知《新公报》复刊的事情之后，便匆忙找了过来。

"你丈夫的能力远在我之上，我能帮得上他什么？"

"雪怡，你自然是明白的，你们《新公报》的影响力，在国内都是有话题的，若是你们能帮助我丈夫，他自己会更方便办事，而你们也能得到更多想要的。"

"我只是《新公报》的记者，做不了报社的主。"

"雪怡，若是你做不了这个主，那也请你看着我们同学的分上，不要在你们的报纸上攻击我丈夫了。"

对于她的过往，辛雪怡并不在意，也不关注她为何要吃避孕药，她的态度很是明确，只要她们之间没有任何的利益和政治态度相悖，便只是曾经的同学，自己的报道也不会出现任何她的消息。

"家怡，我是记者，拿不起枪，所以只能通过我的笔，报道一些正在发生的事实，若是没有这些事情，我的报道自然不会针对谁。"辛雪怡以坚定的态度回道。

显然辛雪怡的态度也让程家怡有些不开心了，站起身来，从包内取出了一颗子弹摆放在了她的面前，留下一句"雪怡，这是我给你的最后一份问候"便离去了。

程家怡刚走，徐英豪便走了过来，伸手将桌上的子弹拿起打量了一番，调侃道："小绵羊的角还是挺锋利的。"

看着眼前的子弹，辛雪怡明白，这是她的问候，也是警告，显然她来到了重庆，来到了她的地盘，便不可能避得开利益的碰撞，一旦碰触，这颗子弹便是她留给自己的后路。

那日之后，程家怡便再也没有找过辛雪怡，辛雪怡还是坚持自己的观点，只要她不触及新闻的底线，自己也不会去主动找她。

程家怡是没有找辛雪怡，却找上了徐英豪，单独堵了几次徐英豪的路，将他强行拦截。

"老同学，一起喝一杯茶吧。"

"没时间，还要采访呢？"

"不是已经采访结束了吗？都是同学，我们也有话题可以聊的。"

"那就去报社，你说，我写稿。"

"附近有我一家茶馆，就那里吧，耽误不了你多长时间，我也有一条大新闻告诉同学。"

也没有多想什么，徐英豪跟随着程家怡一起上了车，向她所说茶馆开去。她家的茶馆自然是洋气十足的，只不过程家怡从坐下来就不断地扯一些大学时候的过往，让徐英豪不耐烦。

"茶一起喝了，你也说了一大堆的题外话，如果没有什么重要的事情，我先回去写稿子了。"徐英豪有些不耐烦了，起身准备离去。

"哎哟，"程家怡却突然之间肚子疼了起来，哀号，"肚子好疼。"

"怎么了？"

"肚子好疼，估计是吃坏什么东西了，你能送我去房间休息吗？"

"我找你的司机来送你回家吧。""他有事已经回家了,你就送我去房间休息就好了。"程家怡说着直接倒在了徐英豪的怀里。

无奈之下,徐英豪只好扶着她前往酒店的房间休息。

刚将她扶着躺在床上,程家怡却突然之间一把将徐英豪也拉拽倒了下去,幸亏徐英豪从进门开始便有所防备,双手撑在床上,拉开两个人之间的距离,挑眉凝视着她一脸嘲笑。

"美人计?你用错人了吧?"

起身整理整理自己的衣服,扫视一眼整个屋子,一脚踹过旁边的凳子,堵在了房门口,又开始在屋内四处转悠寻找着需要的东西。

"不见得吧?论身份,论才貌,辛雪怡都比不过我,你们这么多年都不曾结婚,你还不是有所顾虑。"

程家怡一边说着,一边解着身上衣服的衣扣,一件接着一件脱着身上的衣服。

听着她的话,徐英豪不禁发出一声哼笑,也不知道自己哪里表现出来的轻浮,让他人觉得自己容易中招的,俯身捡起她扔在地上的衣服,徐英豪回着:"我从学校与雪怡相遇,便开始追着她四处跑,从北平到上海,之后在武汉,现在又转移到了重庆,一路上见过的美女数不胜数,若是我连这点儿抵抗力都没有,恐怕你这个美人都没机会站在我面前。"

"可现在我站在了你的面前,说明你还是喜欢我的。何必害怕,辛雪怡给不了你的,我可以。"

一步步靠近过去,凝视着眼前这个陌生的女人,徐英豪伸手一把拉拽过她,将她推倒在一旁的沙发上,靠近在她耳边小声地说着："你是站在了我的面前，可我依旧只看得见一个叫辛雪怡的女人。"

一把拉过床上的被子，将她整个人盖住，在程家怡掀开被子，将最后一件衣服扔在地上的时候，徐英豪将床单和窗帘捆在一起，一头捆绑在床腿上，在房门被外面的人撞开的那一刻，瞬间从窗户外拉着床单跳了下去。

不过是两层楼的高度，徐英豪拉着床单安然落在了楼下，手上还拿着程家怡脱下来的衣服，抬眼看了看二楼的窗户，走到了旁边的垃圾桶前，将手中的衣服直接扔了进去，嘴角上扬，一脸得意扬扬地跨步离去。

回到报社，总编辑王胜和辛雪怡等一些同事还在开会，徐英豪拉过一边的凳子，取过纸笔，便开始写自己的稿子。

里面的会议开了一会儿，说的是报社人员的招聘问题，特别是印刷厂的人员。辛雪怡负责招聘人员，广告也放出去了几天，报社先后来了一些人，编辑部门至少还有她和徐英豪可以审稿，可是印刷厂管事的人挑了几天却没有一个合适的，来人要么太过浮躁，要么太过年轻。

第十三章　重庆大轰炸

辛雪怡抱着一堆招聘的广告出来，并未打扰写稿的人，安安静静地坐在了一边弄起了招聘信息。

写了一会儿，徐英豪思绪有些凌乱，停下了手中的笔，一手撑着头转过视线去看着一旁忙碌的辛雪怡。

早早就关注到了盯着自己的那个视线，辛雪怡却也没有搭理，编排好招聘广告，起身抱着一堆纸走到了印刷机前，开始操作起印刷机器来。

拿着印刷好的广告，一张张展开放在敞亮的地方亮着，再一次返回印刷机前时，抬手直接在徐英豪脑袋上轻轻敲打了一下。

"别走神了，赶紧干活儿。"

徐英豪清醒过来，揉着脑袋问道："思考也是干活儿，你打我做什么？"

"你看我的眼神有些危险，别是真的被程家怡的话给洗脑了。"

"她还影响不了我，再说了，我哪一天看你不危险，紧紧地盯着你这块肉一有机会直接吞了。"说着徐英豪起身走过来，抓起辛雪怡的手，在她的手中写下了一个"家"字。

凝望着手中的字，辛雪怡还在疑惑时，徐英豪突然握着她的手亲了一下，重新恢复嬉笑笑脸，坐回到自己的位置继续打趣起来。

　　"不过她有一点说得很实在，我这只豺狼不能总是看着眼前的肉，不动口啊。"

　　"你有肉票吗？没票就想吃肉。"

　　也是和他待久了，对于他的玩笑，辛雪怡也不会再沉默，跟着一起玩笑起来，调节一下无味的生活。

　　"先吃肉后补票。"

　　很是不巧两个人在开玩笑的时候，王胜走了过来，将他们的话听进了耳中，一脸惊愕带有尴尬的笑容，脚步也不敢再移动，呆呆地原位站着左右扫视一眼两边人的人，突然之间遗忘自己该做什么了。

　　辛雪怡和徐英豪也关注到了来人，有些尴尬地望着彼此傻笑着，手中的活也有些慌乱地不知如何继续了。

　　"王主编，你忙完了？"

　　王胜看着两个人，摇头笑起来，先行打破了尴尬的场面，打趣起来，"到底是我们《新公报》的派往前线的战地双侠，聊起天来都这么刺激，爆点十足，我都跟不上你们的节奏了。"

　　辛雪怡和徐英豪对视一眼，尴尬地笑了笑，辛雪怡解释起来，"让您见笑了，一无聊，我们两个就开玩笑，你别当真。"

　　王胜一脸认真的表情摇头，"不，你们的婚事的确也该提上日程了，英豪，可以考虑考虑让我来做你们的证婚人。"

　　本来只是跟他开玩笑，却没有想到被他给趁机套进去了，在说话的艺术上她永远都比不过他。

"那是自然,没人比主编您更合适了。我们找时间就定一下时间好了。"

"那就尽快了,我们报社也好双喜临门。"

辛雪怡完全被两个人捉弄了,也不敢再开口说什么,更不敢解释,就怕最后自己需要去面对那个很是直接的问题,她不知道自己会如何回答。幸好一个一口重庆方言的声音呼喊起来。

"有人在里面吗?我来找活儿了。"

辛雪怡听着声音快速地走出去迎接,来人乃是一个五十多岁的大叔,手中拿着他们的招聘广告找了过来。

"你好,你来应聘的?"

"是啊,我看你们在找印刷的人,我就来了。"

"好,大叔,跟我过去,我们聊聊吧。"

辛雪怡带他坐在了比较安静的一处角落,开始面试起来。

重庆方言和普通话差距也不是很大,多少还是能听得懂,只不过沟通起来就比较慢,很多时候有些词语需要她去确认真正的意思。

大叔名字叫李石头,在印刷厂工作了数十年了,经验上自然没有问题,而且和他聊天,辛雪怡也看得出来乃是一个老实人,说话比自己还直白。

"我可是经常看报纸的,你们《新公报》有个叫辛雪怡的记者,她可是贼得很,那新闻明明是骂人,还不带脏字,她那支笔可是能杀人的。"

也不知道是该感谢这大叔夸她,还是生气他骂人,辛雪怡只能无奈地看着他笑。在他再一次开口说话之前,先行转移话题,"大叔,那您觉得我们《新公报》的记者不好相处,为何还要选择我们这里?"

"这还用问吗,你们给的钱多啊。我上一家报社被那些小日本弄得倒闭了,我都休息了两个月了,得干活了。"

一瞬间不知道该如何和他继续谈下去了,大叔直白得有些夸张。其实这对于他们留下他在印刷厂工作并没有什么影响,辛雪怡就是担心万一他进入报社知晓自己就是他口中的那个贼记者,会不会给她开始做思想教育工作。

写完了稿子,看着这边应聘的事情还没结束,徐英豪便过来帮忙,刚一靠过来,李石头兴奋地指着他喊起来:"这位也是你们报社的记者,我刚才来的时候见过你了,在白龙池路你拖着一个女人进了——"

听着他的话,徐英豪的整颗心瞬间紧张起来,一直悬到了喉咙部位,吓得他连话都说不出来,下意识地伸手指着大叔岔开话题:"大叔,原来是你啊,你怎么来了,太巧了吧。"徐英豪转头询问起辛雪怡:"这大叔面试结束了吗?怎么样?"

"经验是没有问题。"辛雪怡起身点了点头。

徐英豪笑着上前一只手握上大叔的手,一只手拍打着他的肩膀说着:"没问题了,大叔,明天直接去印刷厂上班,您现在可以回去了。"

大叔欣喜地握着徐英豪的手表示着感谢,临走前,还不忘在向徐英豪确认一下:"我不会认错的,就是你吧,你扔的那些衣服我捡回去给我女儿了。"

"你一个做印刷工作的,别抢记者的饭碗。明天见。"

徐英豪笑着,将大叔推着走出报社。

万万没有想到还有一个漏网之鱼盯着自己,还这么巧的自己来爆料了。比他的行动都狠好几倍,再加上他一口的重庆方言,很容易成为大战的导火线,烧死他的。

吴云峰社长待了几个月后,又因为一些事情离开了重庆,报社的事情便交给了王胜处理,辛雪怡每日奔跑于城市各处,亲眼看着底层人民生活的景象,报道着他们的生活图景。徐英豪则被派出去,跟随报道前线共产党的一些活动。

在徐英豪离开后的第五日,程家怡便再一次找上了辛雪怡,这一次的目的也是非常的明确。

"家怡,若还是之前的目的,我的态度很明显。"

"雪怡,国民政府重庆财政部部长万国民,因为缩减了人民抗战所需的资金,被《华西日报》的主编罗鑫调查出来,联合其他几家报纸,将此事报道了出来,虽然他进行了及时的补救,可是罗鑫等人抓着此事不放手。"

"这件事情的来龙去脉我很清楚,罗鑫在报道之前也来找过我,希望借助我的手来写一篇相关的报道。"

"当然,毕竟雪怡你的新闻在国内也是获奖无数,就你的名字也是一个权威。所以我不得不来找寻你帮忙。"

"家怡,我拒绝了罗鑫的请求,一是因为罗鑫所说的这个新闻的线索都是由他提供的,我有很多的疑惑并没有得到答案,所以我不想跟着别人的引导去写这篇新闻;二是因为《新公报》刚在重庆立足,根基还没有站稳,这篇报道又直接对准了国民政府的官员,我不得不谨慎。"

"既然,你清楚这里面的问题,也拒绝了罗鑫的合作,那你就帮我们一次吧，这也是在帮你们《新公报》。"

"中国人不打中国人。"辛雪怡简单直截了当地结束了她们的话。

程家怡有些不满地威胁起来："这个忙你若是不帮，接下来你的日子可不会再这样好过的。"

辛雪怡却也丝毫不为所动，依旧坚持着自己的态度，可若是比狠话，她也不会差，从包内取出她之前给自己的子弹回道："那我们比比看，是你先杀了我，还是我的报道先毁了你。"

不想再继续这样无聊的谈话，辛雪怡起身准备送客，程家怡却突然开口说了一句让她差点儿先行杀了她的话。

"我和徐英豪发生了关系。"

回头过来盯着眼前的人，辛雪怡反而镇定了下来，抬起自己有些发痒的右手看着，却也明白当初徐英豪在她手心写下的那个"家"字是什么意思。当初以为他只是在鼓励自己，让她以大家为重，却在却是明白，有些腐烂的小家也是需要清扫的，正所谓一屋不扫，何以扫天下。

以为她被自己的话给刺激到，程家怡冷笑之后继续逼迫着，"怎样，你们在一起这么多年，却比不过我见他一次。你敢打我吗？"只要她动手，她便能借此机会先行给他们《新公报》编排一个新闻出来。

握紧了手，辛雪怡松了一口气，对视上她的眼睛给出了最后的警告："程家怡，别想活着走出重庆。"

她们之间的梁子算是彻底地结下了，凝望着她坐上车，司机缓缓启动车子离去，辛雪怡脑中回忆起当初他们刚在学校相见时候的场景，回想着她那个时候说话时候的神情，还有她摆放东西时的一些小习惯。

一声飞机的轰鸣声音打破了辛雪怡的深思，抬头寻找着声音的来源，眼前刹那间一颗炸弹的呼啸迎面冲来，在程家怡乘坐的车子旁边爆炸声响，紧接着便是冲天的火光，连喘息的机会都不曾有，又一颗炸弹随着轰鸣的飞机上扔了下来。

编辑部内一声"雪怡"的喊叫，辛雪怡刚回头过去，便被猛然冲出来的王胜拉着一跃冲进了楼内，紧接着身边便是炸弹爆炸的声响，屋子的侧面部分刹那间消失不见。

在房屋的墙壁倒塌下来的那一刻，王胜拉着辛雪怡向还完好的一处墙角的桌子下扑了过去，刹那间墙壁倒塌，在一阵烟雾之中，视线也模糊了，天上的飞机依旧盘旋着，时不时抛下炸弹，让整条街道变成地狱。

彻底将整条街道炸毁，火光冲天中还弥漫着灰尘。一切在闹了一个多小时之后终于安静了下来，飞机的轰鸣声音没有了，爆炸的声响也停止了。

辛雪怡从废墟中爬了出来，站起身凝望着眼前的光景。几分钟前的繁华和宁静已经不复存在，只是这么片刻间，便成了一片废墟，人们的哭喊声、房屋陆续的倒塌声，还有眼前奔涌的鲜血，成排的尸体让她不敢喘息。

像丢了魂魄，更像一个没有任何感情的僵尸，辛雪怡呆呆地站在废墟之上，孤独的身影凝望着眼前的惨相。

日本陆军突然之间轰炸重庆，而且轰炸之地都是人口稠密、工商业繁荣的市区，仅仅一个小时，便让重庆好几条街道陷入冲天烈火、滚滚浓烟之中，随着房屋的倒塌和燃烧，大量无辜的平民在炸弹和烟火中丧生。

辛雪怡他们的报社也遭到了攻击,陷入了一片混乱之中,王胜护下了辛雪怡,两个人安然无恙,可是其他同事被倒塌下来的墙壁砸伤,所有人快速地进入了救援之中。

"先救人。"

并没有死亡的情况,只是有人被砸下来的墙壁或者柜子给砸伤,辛雪怡和王胜带人一个个将压着的人挖出来,翻找出药箱给受伤的人员包扎好。

"这边还有人活着,"一声接着一声哀号,还有时不时砸落下来的小东西,所有人都紧绷着神经,心情也是异常的悲痛。辛雪怡和王胜不断地去各处帮忙救人。

李石头一口浓重的家乡腔调的呼喊,迅速地打破了如此沉重的气氛,他一路风尘仆仆地跳动着跑过来,脸上的肉都跟随着他的步子抖动着。

"老板,老板,还好,还好,只是编辑部与印刷厂部分地方被炸了,修复起来也比较容易,我们的照排、印刷设备都还保存完好。"

"设备没被毁便好,李叔,你带人将设备全部集中起来保护。日本人将目标对准了重庆,不会只是这一次轰炸,接下来肯定还有。"辛雪怡担心起来。

李石头又是一阵惊讶的呼喊:"那可咋办啊?这些设备也不能坏啊。得想办法撤退了,我们。"

"不能撤退。"辛雪怡打断了他的话,"这是报道的最佳时机,决不能撤退。"

"记者小姐,要是你被天下掉下来的炸弹炸死了,还怎么报道，肯定是先保命要紧了。"

"李叔，我明白你的意思，命固然重要，可这个时候的报道更重要，我们就处在新闻的中心点，从这里发出的每一篇报道更能唤醒国人的救国意识。我被炸死了，还有其他记者可以替补上，我们若是走了，机会却找不回来。"

赞同辛雪怡的观点，王胜最终决定《新公报》绝不撤离。果然如他们所言，次日，日机27架再度轰炸重庆市区，让重庆中心成为一片火海，所有人躲避在编辑部内，用身体保护着那些设备。

大火持续多日，水电设施均遭到破坏，英法使馆和美国教堂也未能避免，整个市区精华毁于一旦，大轰炸后，遍地死尸、手脚等残骸，电线和树枝上也挂着残臂断肢和血衣破片，其景象令人触目惊心、惨不忍睹。

两日的大轰炸将重庆城的繁华街道几乎炸得精光，辛雪怡他们的《新公报》在经历了一百多天的停办、修整重建之后，也终于迎来了新的展望。

辛雪怡带领着众人重新安置好新买购回来的设备，一次次确保可以成功运作。

"雪怡，机器全部都没问题。我们的修整工作全部结束了。"结束了手下的工作，其他同事过来提醒道，"该找主编过来，我们该开会了。"

"好，我去找主编，你们准备开会的资料。"辛雪怡刚准备向楼上走去，王胜手中拿着一份文件，先行走下来。辛雪怡趁机说道："主编，该开会了。"

王胜应了一声，走到了辛雪怡的身前，将手中的纸张送

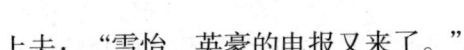

被时光抹掉的名字

上去:"雪怡,英豪的电报又来了。"

伸手接过王胜手中的电报单,辛雪怡陷入了沉默。

"还是让他们以同样的话回复吗?"王胜询问着。

"不用了,主编,先开会,之后我去回复吧。"辛雪怡回道。

日本人的这次突然轰炸,自然是轰动了全国,在外地采访的徐英豪几次发电想要返回,都被辛雪怡阻拦了。一直推脱到现在,辛雪怡也明白,那主编的名义去压他,也不是长久之计,报社这边的整修已经结束,可是现在还不是他返回的时候。

这次的会议,也是所有人将接下来的任务重新分配了一下,毕竟这一次的空袭,让报社也损失了很多人,现在能迅速接受工作的人自然要多承担一些工作任务了。

结束了回忆,辛雪怡便直接去了电台,给徐英豪回电,内容也不过一句话"只要记在了心上,所有决定都会拼尽全力,努力地活着也是如此。"

收到这样一个回答,对于身处远方的徐英豪来说,莫过于吃了一个定心丸,也算是彻底堵住了他返回的路。

为了将灾后仍然顽强生活的普通百姓的生活报道给全国人,辛雪怡四处奔跑进行采访。采访起来便忘记了时间,结束最后一个采访,天都已经黑了,辛雪怡摸黑在大街上走着。

武汉战场上那场爆炸,316在紧急时刻被孟岩推下了附近的水坑内,爆炸让他陷入了昏迷,在水坑内泡了两天,在同志们清理战场的时候才被发现，之后便跟随着医疗队伍开始转移。

那场爆炸虽然命保住了，可是刺入右臂的铁棒也彻底毁了他的右手，他的右手再也拿不了枪，在恢复的这段时期，得知南京政府迁到了重庆，316便接了命令转移到了重庆，开始了卧底生涯。

右手使用不了了，还有左手，到达重庆之后，316便开始训练左手开枪，经过半年的休养也终于恢复过来。日本人的空袭目的很是明显，可政府的防空司令部除了掩埋处理尸体，也没有其他行动，让316怀疑其中的内幕。

趁夜潜入了防空司令部，却也真的有所发现，这次日本对重庆的试探性轰炸真的和内鬼有关，躲在门外将他们的谈话听得清清楚楚，日本人新的轰炸计划也已经开始筹划了。

趁着屋内的人外出送人，316趁机潜入了司令部，将他们的计划书偷了出来，却在逃离的时候被人发觉，一路追赶，开枪射击。

胆子再大，一个人孤单地走在大街上，周围还没有任何的灯光，只能依靠月光缓慢地步行，辛雪怡多少还是有些害怕，脚下加快的步子前进。突然之间从旁边的二楼跃出一个人影，不等她反应过来，身后便是一声枪响，直接打在了辛雪怡的胸口，刹那间316掏出了手枪将追赶的人爆头。

"想活命就别出声。"拖着负伤的辛雪怡躲避着，左手的枪一个接着一个射击在追赶的人头上。

"你带着我是跑不了的。"逃避了片刻后辛雪怡提醒道。

"不带着你，我更跑不了。"316身上也中弹了，身上还多

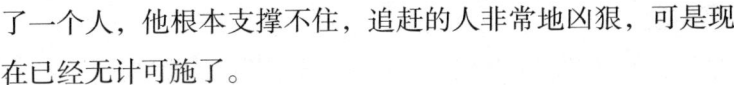

了一个人,他根本支撑不住,追赶的人非常地凶狠,可是现在已经无计可施了。

"你想活着,我也想活着。可你若是带着我,我们两个必死。"

她的话是正确的,无奈之下,316将辛雪怡塞到了一旁堆积的杂物内,用东西遮挡住,自己带着资料引开追赶的人。

耳边的枪响停止了,辛雪怡推开了身上的杂物起身,胸口的伤使头脑逐渐模糊,气息也凌乱起来,紧紧凭借着一丝信念坚持着继续向前移动。

夜晚的枪战让次日清醒过来的人凌乱,防空司令部被人偷袭,人员遭到枪杀,司令部派出工兵营追查杀手的下落,可偏偏这个时候辛雪怡失去了踪影,接连三天都找不到人影,让王胜慌乱。

"主编,我们还得增加人手将雪怡找回来,要不然杀手的事情,一定会被扣在雪怡的头上。"编辑部的同事提醒道。

"我知道,不过还是不能明目张胆地去找雪怡,这样只会让雪怡的处境更危险。派去追踪司令部枪杀案的人回来了吗?"

"还没有。"

王胜一脸疲惫地倒靠在了椅子上,紧闭起眼睛。"英豪是不是该返回了?"

"到了,已经派人去接了。"

"那就等吧。"王胜明着派出编辑部的众人进行采访,暗中各处寻找辛雪怡的下落,接连三天不曾离开过报社,更不敢合眼,就怕辛雪怡与此事有关联,可再怎样小心,还是躲不过。

"所有人，全部出来，站在一起。"一声呼喊，王胜和众人走出去观望。

跟随着徐英豪一起返回的还有工兵营的士兵，来人来势汹汹，什么话也不说先行将报社包围起来。

看着人群中的徐英豪，王胜先行迎上前装出一副震惊的模样："什么情况，英豪，你做错什么事情了吗？"

徐英豪挑挑眉哼笑一声回道："目前还没有，就看各位警官给安什么罪名了。"

才返回重庆，徐英豪便马不停蹄地赶回了报社，还完全没有弄明白眼前的情况，就被来人持枪胁迫着和其他同事一起聚集在报社内，人群后王胜拍了拍徐英豪的肩膀让他安心。

在人群中扫视了一眼，领头的士兵询问道："辛雪怡记者现在何处？"

"记者，自然是在外面采访新闻。不知道她犯了什么错，需要这么多人包围我们报社。"王胜严厉的语气质问道。

"王总编，别误会，我们也只是例行检查，防空司令部遇袭，当夜有人在附近看到了辛雪怡记者，所以前来询问是否是真的。"

徐英豪突然哼笑起来："你这意思是防空司令部遇袭乃是辛雪怡所为了，她一个女生，不知道是如何闯入防守严格的司令部，还在司令部杀人逃跑的，你们也太高抬我们这些做记者的了。"

"这个答案只有辛大记者自己知晓了。采访总会回来的，我们就在这里等，若是她今日没有返回，那就麻烦各位跟我们前往一趟工兵营了。"

两队队长拉过一旁的凳子直接坐了下去,很明显是等不回来辛雪怡,便不会罢休。

徐英豪回头凝视着王胜,王胜抬手撑着额头轻轻摇了摇头。徐英豪神情瞬间紧张起来,愤怒地一把拍打在旁边的桌上,吓得在场的士兵纷纷警觉地举起枪指着他。

"徐大记者,是有什么话要说吗?还是说你知道辛雪怡记者现在何处?"队长转过身去质问着暴动的人。

"各位找我不知道有何吩咐?"人群之后,辛雪怡的声音突然响了起来,众人回头过去,门口辛雪怡靠在门板上盯着众人。

见到她平安无事,王胜和徐英豪悬着的一颗心也缓缓地放了下来。

"雪怡,你采访结束了?"

让士兵将枪收了起来,放她走过来,领头的士兵迎上前询问起来:"辛大记者,不知道你三天前的夜里在何处?"

辛雪怡思考了片刻回道:"在十八梯采访。"

"之后呢?"

"采访完自然就回家。"

"走的哪条路?"

"自然是最近的机房街。"

其实那晚因为天太黑的缘故,辛雪怡走到一半迷路了,有些路痴再加上紧张,这才拐到了司令部所在的位置去。

中弹受伤之后,她也没能坚多久,便晕倒了。因为辛雪怡总是四处奔跑着采访,重庆还是有很多人认识她,遇到受伤的她便将她带了回去进行了救治。

她受的乃是枪伤，胸口的子弹需要专门的医生来取，可次日防空司令部遇刺的消息也让收留她的那家人害怕了，一番联想之后不敢明目张胆地将她送去救治，最后也是找到了熟悉的医生，得知伤者乃是辛雪怡，私下帮着进行了手术。

一醒过来辛雪怡便不顾那家人的反对，强行支撑着身体立刻赶回了报社。强度的走动让她胸口处伤口裂开，血渐渐透过衣服渗出来。

王胜和徐英豪都注意到了她身上慢慢渗出来的血，在工兵营队长抬头的刹那间。

"哎，对了。"王胜一声呼喊，将所有人的视线先行吸引过去，"各位喝茶吗？我们这就准备。"

"不用了。"来人直接拒绝了。

徐英豪跨步过去，挡在了她的身前，伸手拨动着她的头发。"我回来了，才多久没见，你怎么都瘦了。"

辛雪怡望着他笑着回道："哪有，报社停刊了这么久，我还觉得我胖了。"

看着眼前的情况，王胜知道他们得开始争夺时间了，对着来人说道"队长，雪怡已经回来了，她那晚也没有去过司令部附近，你们若是拿不出其他证据证明此事与她有关，还请带着你们的人离开，我们还得工作。"

那人回头看着徐英豪和辛雪怡过分亲密的动作，本想上前再问些什么，徐英豪伸手直接辛雪怡抱住了，嘴里问着她"累不累，饿不饿"的一些关心她的话。

看着两个人王胜笑了笑，伸手将这个队长拉着面向自己，解释起来："豆蔻年华的年轻人，谈起恋爱半天不见就要死要活的，更何况半年了，我们都习惯了，队长你别搭理他们，要留下吃饭吗？"

什么都问不出来，也没有证据证明那晚的人就是辛雪怡，他们也没有办法，只能带着来人撤退。工兵营的人刚一离开报社，辛雪怡便整个人瘫倒在了徐英豪的怀中。

也是因为这次的事情，王胜之后在得到一些内幕消息之后，便将报社的事情交给了徐英豪和辛雪怡暂时处理，急忙赶往了上海去见社长吴云峰。

316成功将消息送了出去，可是接下来的空袭他们又怎么能阻止得了，只能尽可能减少伤害。不知道那天晚上遇上的人是谁，因为自己的行动让一个无辜的人受了伤，316很是自责，接下来的一个多月，都躲避在屋内玩弄着枪支，直到新的任务派发下来。

刘默敲开了他的房门，将照片递了上去。316接过照片看着上面的人，似乎有一种熟悉的感觉，在哪里见到过一般，很是熟悉，到嘴边的熟悉却又突然变得陌生想不起来。

"她就是这次的目标吗？"

"是。三天后下午3点，长安寺，枪杀《新公报》记者辛雪怡。"

"辛雪怡。"口中下意识地喊出这个名字，拿着照片的手颤抖起来，低头再一次确认着照片上的人，记忆中那个陌生又怀念的面容再一次闪现，这么多年了，经历了太多的事情，见过了太过的人，也眼睁睁看着太多的人在自己的眼前死去，他只是一个普通人，能承受的也有限，所以选择性地去遗忘一些人，就连她的面容也慢慢模糊了。

可是现在又清晰地展现在了自己的面前，316焦急地询问着："为什么要枪杀她，她的报道一直很公正，也没有攻击过我们，反而帮助我们正名。"

"这个我就不知道，上面的命令，我们只需要遵从。"刘默耸了耸肩摇头回道。

"你确定是枪杀吗？电码给我？"316不敢相信地再一次确认着，接过同志抄录下来的电码，再一次翻译起来，可最后他写出来的也是同样一句话。

"316，我的电报肯定没有错，其实我也不明白，《新公报》别的记者的报道不说了，可是辛雪怡和徐英豪两位记者的报道，对我们一直是很鼓励的，从不附和重庆方面，反而帮我们鼓舞气势，上面这一次为何会突然发出这样的命令？"

"也有可能是电报被其他人中途拦截，更改了。"刘默猜疑道。

"不是没有这个可能，那我们怎么办，放弃任务吗？"思索了片刻，316摇头回道："按原计划进行，不过，枪杀辛雪怡的任务由我来执行。"

重新将视线落在了桌上的照片上，现在的辛雪怡已经长成了这般，比十多岁那个小女孩看起来更加漂亮和大气。

取出了笔记本内夹着的自己的照片，将两张照片放在了一起，伸手抚摸着照片上的辛雪怡，眼神似伤感，又似欣喜，没想到他们再一次相见竟会是因为如此的缘由。

取出笔在自己的照片背后写上辛雪怡的名字，转而在辛雪怡的照片背后随笔写下316，转而又陷入迟疑。

被时光抹掉的名字

  从地里挖出两把枪和子弹,刘默擦拭干净,将子弹装好,摆放到了316桌前说着:"来,试一试。"

  316仍然拿着笔,一动不动地思考着什么。

  刘默将手枪擦拭干净,坐在了他的身边,微微撞了撞他:"你发什么呆,干什么呢?"

  316满脸认真的神情,回头对视上刘默,双眼中充满了疑问:"你知道,我本名叫什么吗?"

  刘默一脸懵懂地摇头回道:"从我认识你开始,就只知道你的代号是316,还真不知道你的名字。"

  316再一次陷入沉思,努力地回想着自己已经丢失了很久的名字,自己原本的名字、真真正正的名字,然后写在了旁边,用胶水将两张照片粘在了一起。

第十四章　徐英豪的致命反击

为了庆祝整个重庆的死而复生，鼓舞重庆民众的生气，在国民政府一些领导人的提议之下，在长安寺举办了一场复生欢庆会，邀请了重庆各个行业的领军人物一起参加，王胜有别的事情暂时离开了重庆，报社交由徐英豪和辛雪怡代管，他们两个人便也不得不接受邀请前来参加。

并不喜欢搞这些人际关系，辛雪怡也只是拿了一杯酒躲在一个安静的角落内，其他的交给了徐英豪去应付。

"辛大记者！"无聊得都有些困了，突然一个陌生的声音将她唤醒了过来。

"什么事情？"回头过去看见程家怡挽着一个四十多岁的男人站在了她的身后，不用问都知道来人的身份。

国民政府重庆财政部部长万国民。

来人打量了一番辛雪怡后开口说道："辛大记者，我看过你写的报道，在国际间谍的那个案子的报道上，言论太过偏激，你们不过只是一个小小的报社，有何权利那般无理地鞭挞美、日。"

视线落在他身边的程家怡身上，她的脸上始终保持温柔的笑意，看她的眼神也是陌生的，辛雪怡便也由此猜测她并未告诉万国民她们曾经是同学的事情，看来她是极力在撇清她们之间的关联。

辛雪怡直视着眼前的人，微微一笑反问："难道还有其他事实被隐藏了吗？"

面对辛雪怡的回答，万国民更是张狂，在大庭广众之下，放开了声音向辛雪怡发出威胁性的责问："要说事实，我倒是觉得辛大记者，你的文章很有煽动力，对美、日、国民都有偏见，可偏偏对共产党称赞有加，让人不得不怀疑你是地下党员？"

一句话让整个会场刹那间安静下来，所有人的目光全部集中在了辛雪怡的身上。和旁边人说话的徐英豪，下意识地警惕起来，自觉地走到辛雪怡的身边。

将手中拿着的杯子递到了徐英豪手中，对视一眼他取出手帕擦拭着手，辛雪怡回头望着眼前人冷笑了一声回答道："承蒙部长高抬，您过奖了！"转而望着厅内的众人，辛雪怡同样放开了声音继续回道："我的职业乃是记者，只写自己亲眼看到的事实。您将国民政府与美日等同，倒是见外了，显得我们中国人似乎虐待外人了。"

辛雪怡一番话，气得万国民哑口无言，被现场的众人嘲笑，"哼"了一声，无可奈何带着夫人尴尬地离去。

不过徐英豪也还是冒了一身冷汗，重新交还到辛雪怡手中的杯子都有些湿润了，对辛雪怡说着"润润喉"。

辛雪怡将手中的手帕叠好放在徐英豪的手中，将杯中的酒一饮而尽。

也不知道这万国民是得到了什么消息，还是胡乱猜测，竟当着众人的面直接说出她是以《新公报》为战斗堡垒的地下党员。

虽然口头上堵住了一些人的嘴，可是辛雪怡自己也明白，那些事实，也刺中了国民党反动派的痛处，让他们之中有些势力对辛雪怡恨之入骨。现如今辛雪怡自己又跑到了重庆，说白了就是羊入虎口，还不知道有怎么样的危险在等待着她。

一个惊险刚过，辛雪怡紧张颤抖的手还不曾安稳下来，"辛雪怡。"又是一声呼喊，在她回头望向身后的方向时，迎面走过来的316扣动了手中的扳机，将子弹打入了辛雪怡的胸口。

眼前的欣喜完全让她遗忘了胸口的疼痛，倒下的刹那间视线也停留在凝望着自己渐渐退开的人身上。

在会场内众人惊恐地呼喊，开始乱跑时，316便也趁机快速地从场内桌下取出准备好的机枪，对着冲过来的人开枪射击，持枪的右手被子弹射中，316手中的机枪掉落在地上。

伴随着同伴刘默一颗烟雾弹在大厅内释放，紧接着刘默持枪从众人身后连续射击，将所有人的视线集中过去，316扶着受伤的胳膊，眼神扫视过被徐英豪抱在怀里已经晕厥过去的人，借着烟雾弹的遮掩快速地撤离。

又是一场死里逃生，不过这一次却并非以前那般痛苦，她的求生欲也更加的强烈。316那一枪打在了她上一次负伤的同一位置，不过也是有所准备地避开了她的心脏。

这一枪也差点让徐英豪疯掉，紧紧地守在她的身边，看到她睁开眼睛清醒过来，这才松下了心口悬着的那口气，伸手抚摸着她的额头，担心着："雪怡，你终于醒了。现在感觉怎么样？"

"疼。"辛雪怡委屈地说着。

"那你咬我一口，我和你一起疼。"徐英豪伸出自己的胳膊回道。

"不要，你这么瘦，咬下去会硌牙。"辛雪怡低沉的声音回道，却也在回完这一句话后便再也没有了力气，再一次沉沉地睡了过去。

她还能和自己开玩笑，便也说明已经脱离生命危险，悬着的心也可以落下一些。

枪杀这条命令其实是徐英豪传达出去的指令。辛雪怡地下共产党的身份被人故意放出去之后，便一直麻烦不断，虽然没有直接的证据，他们也在报纸上做出了相应的回应和反驳，说明乃是有人故意扣帽子，目的便是针对《新公报》，可之后还是有人将此事放大。

辛雪怡自说不必去理会，可徐英豪还是担心这个人将事情发酵起来，到时候想要解释都不会有人听了，重庆也会待不下去，慎重思量之下，徐英豪瞒着辛雪怡向上级发布了这个请求。

前来刺杀的人看来也是明白了他的意思，避开了心脏位置，却也还是打在了胸口部位，和辛雪怡上一次负伤的位置重叠，掩盖住她之前所受的伤。

在医院躺了几天，至少是喘过气来了，不会再动不动就晕过去，基本的起身和吃饭也自行可以了。徐英豪没日没夜地陪在她的身边照顾着她，整个人又消瘦了，却还是给她每日做好些个补汤过来。

"英豪，万国民部长派人来探望雪怡了。"门外帮忙看守的同事敲打开房门说着。

徐英豪哼笑一声，回道："还真会挑时间。"将手中的粥碗放到桌上，刚准备起身，辛雪怡有所担心地拉拽上徐英豪的手，叮嘱道："这件事情，就这样过去了，别再放大了。"

徐英豪再一次望着她，轻轻抚摸着她的额头安慰着："放心，一切都安排好了，不会出问题的。"

现在的自己什么都做不了，若是再不听话，恐怕连活着都难，只能义无反顾地将所有的一切交给他处理，望着他微微点了点头。辛雪怡安心下来，闭上了眼睛。

徐英豪将病房外的人迎了进来，或许是为了显示政府对《新公报》的重视，万国民将自己的秘书李寅派了过来。看着病床上沉睡的人，李寅探身过去，仔细地瞧着她受伤的地方询问道："辛记者，可还好？"

看了看病床上闭着眼睛沉睡的人，徐英豪坐过去，将她身上的被子故意往下拉了拉，露出伤口的位置回道："已经脱离了生命危险，太危险了，那一枪紧贴着心脏开的，若不是送医及时，恐怕雪怡这一次就在劫难逃了。"

"醒来就好，我们会加派人手过来，帮忙看守，以防再有人前来刺杀。"

"那就麻烦了，可不知那些是什么人，为何会潜伏进会场，枪杀雪怡呢？"

接过身后人递上来的照片，李寅将其递给了徐英豪解释道："就是这两个人，我们已经调查过了，他们两个人乃是延安方面派到我们这边的探子，我们派人搜查了他们躲避的屋子，在里面找到了没有烧尽的电报和资料，全是有关辛雪怡的，还有枪杀的命令，看来那边早已经开始筹划此事了。"

"为何延安那边会盯上雪怡？"徐英豪问道。

"只怕盯上的不仅仅是辛雪怡，也是《新公报》。"哀叹一声，李寅回道。

确认了她的伤，李寅便也有所交代了，将两个杀手的照片留了下来，和徐英豪客套了几句之后离开了。

睁开眼撇头过去看着桌上的照片，这一次她看清了他的面容，虽然和当初留下的那张照片还是有所改变，可是她一眼认出了他。伸手将照片取下来，确认照片上的人就是自己一直在追逐的那个人，辛雪怡的伤口慢慢地刺痛起来，眼角的泪水也不自觉地悄悄滑落而下。

为辛雪怡掩护了身份，却也彻底了暴露了他们的身份，重庆对于他们来说一瞬间变成了地狱。和其他同志已经联络，制订了撤离计划，316却在离开之前的夜晚还是冒险前来医院，大门口把守的人太多，完全没有一丝的机会可以进去。

316便从医院的后窗一层层爬上去，辛雪怡所居的病房乃是6楼，316爬到了4楼已经很是费劲，却也为了能在离开之前亲眼见一见她，确认她安然无恙，316还是在几次快要坠落的情况下，一次次尝试着爬上了6楼，移动到了辛雪怡所在的病房窗户外。

透过窗户看着屋内的医生和护士为辛雪怡检查了伤口，更换了伤口上的药，护士将她头上吊着的已经快到底的药换了一瓶新的，在医生的叮嘱下快速地在纸上写着，随后将准备好的药交给了一旁等待的徐英豪。

送走了医生和护士,徐英豪回到病床前,为辛雪怡盖好了被子,伸手摸了摸她的额头,虽然脱离了生命危险,可是辛雪怡还是虚弱不堪,脸色也是异常的苍白,清醒的时候也是很少,徐英豪很担心,拿过病床旁的水壶准备倒水,打开却发现水壶已经空了,徐英豪拿起水壶便出了病房。

等到屋内的人全部离开,316刚准备推开窗户进去,却在伸出手的刹那间又收了回来,紧闭的病房门,再一次被人推开,一身医生装扮,却用口罩遮挡着脸颊的人,来人太过小心翼翼的脚步,让316确信他并非真正的医生,下意识地从身上取出了随身携带的手枪,透过窗户看着里面人的行动。

在病床前再三地试探,确信病床上的人熟睡,来人从身上取出一支针管,将里面的药注射到了辛雪怡的吊瓶内。316重新收起了手枪,一把推开窗户,整个人一个翻滚落在了屋内,与屋内人一番争斗之后,趁机夺下了杀手手中的针管,刺入了他的脖子上,将药全部注射进去,随即取过桌上的水果刀,划破了他的喉咙。

解决了眼前的麻烦,316起身快速地将插在辛雪怡手臂上的针管拔掉。"雪怡。"轻到似乎只能看到他来回活动的嘴唇,完全听不到声音,316坐在床边眼里尽是柔情,情不自禁地伸手触摸着她的脸颊,将随身携带的那本属于她的笔记本,塞在了她的枕头下。

"全中国解放之日,你我自由之时,若我还活着,定会来找你。"俯身在她耳边轻轻说了一句,然后在她额头上轻轻落下一个吻。

在屋外的脚步声靠近之时,316拉下挂帘子的绳子,绑在床脚上,整个人借着绳子的力量快速滑下去,绳子的长度不够,却也落在了3层的位置,316放弃了绳子,借助窗台,快速地跳下了楼去。

徐英豪提着水壶走进病房,病房内突然多出来的一具尸体让他惊恐。紧张地一声呼喊"雪怡",快速地走到病床前,伸手检查着病床上辛雪怡的气息,呼喊着她的名字,将辛雪怡唤醒过来。

"英豪,怎么了?"辛雪怡虚弱的声音询问着。

握着她的手臂,检查着她手臂上的针口,拿起扔在一旁还在滴着药水的针管看了看,起身回到躺在地上的人身边,检查着刺在他脖子上的针管。

"你杀的?"辛雪怡一手支撑着身体,探头起身询问着。

摇了摇头,抬眼看着绑在床腿上的绳子,徐英豪快速地起身跑到窗户前,伸头向下看了看,除了掉着的绳子,四周都是黑漆漆的一片,没有任何的人影。坐回到床边,再一次握着她的胳膊,轻轻抚摸上她手臂上留下的针口低语着:"看来这里也不安全了。"

"今日没有杀我,他们还会行动第二次,英豪,这件事情必须闹起来。"

"是,必须闹得所有人都知晓。雪怡,这里你也不能再待了。我马上联系人帮你转移。"

真的是体弱不支,辛雪怡在应了一声"好"之后,便也倒在了徐英豪的怀抱中,沉沉地睡去,就这样一个小小的动作,让她包扎好的伤口再一次裂开,血从纱布上渗透出来,染红了盖在身上的被子，徐英豪握着辛雪怡的手也紧了紧，眼中愤怒难忍。

联系了一些可靠的人，帮着辛雪怡转移了休养的地方，照顾她的医生和护士也都是信得过的人，对于所有的药都会认真地检查，也是经过了这一次的危险，徐英豪便再也不敢离开她半步，只不过这场仗还是要打。

那些雪怡使用的药，全部让医生再一次检查了一番，查清了杀手使用的毒药，也让人查明了杀手的身份，徐英豪在《新公报》——登了出来，事情是要闹起来，只不过却也不是他通过《新公报》去针对暗处隐藏的人，他这一次还是要借刀杀人。

让《新公报》的同事接连三天在报纸上，将刺杀之事报道出去，先将重庆的火点燃，随后借用那个杀手的身份，徐英豪拉出了他身边的一些同伴，并未在报道上直接说明他们是怎样的人，徐英豪只是通过报纸，告诉众人杀手在行凶之前都与那些人、什么时间、在何地见过面，而这些人在报道之后便会被打残或者暗杀。

辛雪怡在静养之下，也算是喘过气来了，至少醒着的时间也多了一些，可以坐起身来和徐英豪打趣聊天了。从她醒过来，徐英豪便是各种吃食准备着，特别是大补的东西一个接着一个，吃得辛雪怡也有些无味了，看着徐英豪递上来的又一勺子汤，避过头去逃避起来。

"我真的喝不下去了。"

"再喝一口就行。"

"就一口。"

徐英豪嘴上应着，手下却将碗中的勺子取出，直接递上碗去给她。

"剩下的一口喝完。"

看着眼前投机取巧的人，辛雪怡瞬间被他弄得哭笑不得。喝完了最后一口鸡汤，辛雪怡看了看桌上的水果。

"我要吃苹果。"徐英豪取过一个苹果，拿起刀子为她削皮。

一直被徐英豪关在屋子内养伤，对于外面的情况一概不知，只不过辛雪怡也猜到徐英豪下手不会轻的，还是有些担心。

"英豪，外面的情况现在如何？"

"你不用担心，一切都在控制之中。"

"英豪，你不必瞒我，你我在一起行事多年，你对我的了解和我对你的了解是相等的。当年武田南阳真正的死因，我不是不知道。"

将手中的苹果切开，拉过她的手给她递上一半，徐英豪毫不在意地拿起另一半也吃了起来。"还是挺甜的，你休息一会儿再吃一个。"

伸手拉过徐英豪的手，将准备起身的他拉坐到自己的身边，徐英豪握紧了与自己十指相扣的手，沉下表情，用冷冽的言语回道："残2，死4。"

听到这个答案，辛雪怡苦苦地笑了笑，这恐怕也是他下手最狠的一次。

松了一口紧着的气，将自己手中的苹果塞进了他的嘴里，辛雪怡开口说着："英豪，报道的方向换一换吧。"

"还不够，人民不够愤怒。"

"可他们已经怒了，再动恐怕会连累报社，英豪，该收手了。"

徐英豪并未应答她的话，吃完了她手中的苹果，扶着她躺了回去，徐英豪这才安心离去。重新睁开闭着的眼睛，辛雪怡取出了压在枕头下的笔记本，继续翻看着后面跟写的日记。

那日刺杀的事情结束后，徐英豪便找了人为她转院，辛雪怡在离开之时，却也发现了藏在自己枕头下的笔记本。丢了将近七年的笔记本重新回到自己的身边，让她又惊又喜，意外之下，还有一张他们重合在一起的照片也是他留给自己的记忆。

笔记本之前只是用来记录采访的稿子，在被316拿走之后，便开始了记录日常。辛雪怡每日清醒过来，闲暇之余便会一次次去阅读那些日记，去了解这些年他的每一场战争。

报纸上从未说过这些人是什么身份，也没有将目标对准某一方，却也逼得他们不得不堵在《新公报》编辑部等待着。

"徐主编，别来无恙啊。"一看到徐英豪出现在《新公报》社的门口，等待的李寅便立刻迎了上去和他打招呼。

望着来人辛雪怡表现出一副震惊的模样，立刻迎上前去与来人握手。"李秘书，您怎么过来了，快请进。"

徐英豪将来人引进了办公室内，让人送上茶水，扯东扯西地闲聊，不给他开口的机会。听了许久，应了许久，自己的来意没说，倒是被他引导着说了许多他们的消息，李寅也是着急了。

放下手中的水杯,李寅猛然间站起身来打断他的话。"徐主编,我今日前来是有事拜托。"

显然是料到了他的冲动,只不过对于他过分的强烈反应还是有些吃惊,徐英豪抬手拨动了一下头上的头发,微微伸出手去做出一个请的姿势:"李秘书吩咐便是,何来拜托之说。"

在有所暗示下,等待在门外的人将带来的礼物送了上来,摆放在徐英豪的桌上。徐英豪伸手打开了盒子,看着里面的珠宝:"李秘书,这是何意?"

"辛大记者负伤,《新公报》为她打抱不平乃是常理,只不过杀手也已经死了,还牵扯到一些无辜的人,闹得重庆也是沸沸扬扬,人心惶惶这么久,也着实不好,我也不好向上面交代。"

"那真的抱歉了,我因为雪怡受伤,一时慌乱,只想着将杀手报道给大众知晓,却没想到让李秘书为难了。"

"情理之中,理解,辛大记者受伤,我也有不可推卸的责任,毕竟也是在我们的地盘上发生的事情。我很抱歉,也为辛大记者准备了一份礼物以表歉意。"说着身边的人再一次送上一份礼盒。

这一次徐英豪并未去打开送上来的礼盒,也没有动,直接点了头。"好,我替雪怡先行谢过李秘书了,东西我们收下了。"

将来人送走之后,再一次返回办公室,王胜已经坐在了里面,将两个人送来的盒子都打开了,一个放着珠宝,另一个直接放的是钱。

"收下这些东西,你是打算收手了吗?雪怡的意思也是如此吗?"

走回到桌边,随手拿起盒子内的钱掂量了一番,徐英豪笑道:"主编,这些应该够我们把被炸毁的报馆重新补休一番了。"

王胜点了点头回道:"再建一个分馆应该都绰绰有余。"

"看来雪怡的命还是很值钱的。"徐英豪挑眉打趣着。

"不过这些钱,你也看不上眼吧,毕竟你也是有钱人家的公子。"王胜打趣着。"这次我返回上海,见到你父亲和母亲了,二老是威胁加利诱,让我们供出你的下落,把你送回家去。"

徐英豪说着将两个盒子重新合上,"怪不得主编你看不上这两盒东西,原来是收了更大的好处,那这两盒东西,我给雪怡留着买补品。"

王胜双手分别压在了两个盒子上,一把抢夺过他手中的箱子,摇头回道:"雪怡是我们报社的主力记者,保重身体也是工作任务之一。"

"坑完我爸妈,又来坑我媳妇,有你这样的上司,我的前景堪忧。"

"我的封口费一直都是不便宜的,再说了,我也不是白拿你的东西,我还给你带回来一个好消息。"王胜将两箱东西重新移回到自己的身边说着。

"这两箱东西价值不菲的,你的消息别太抵不上。"徐英豪回道。

王胜打开身边的包,从里面取出一个档案袋,递给了徐英豪。"你们那个同学程家怡,人生还是挺丰富的。"

"我还是吃亏了。"徐英豪一声抱怨之后,拿过档案袋转身去忙自己的事情了。

他们都知道自己的目标对手是谁,可又能如何,徐英豪如此大的回应之下,也只是铲除了一些他们的爪牙,本体完好无损。《新公报》现在还是在重庆运营,也在他们的管辖之内,在如此明着打下去只怕他们会强行抵制《新公报》。

身上的伤有所好转,辛雪怡便赶回了报社开始工作。这一次受伤乃是因为地下党员的身份,猜到可能是程家怡暗中放出来的消息,可是要如何反击她必须好好地斟酌。

这一次她受伤,听说当年抄袭她新闻的那一位记者也出来帮忙了,作为政府的一把刀一直在攻击他们。辛雪怡思量之下,觉得此人或许是知晓一些内幕的,不过这个记者很是神秘,辛雪怡进行了多方打听,还是找不到他的下落。

在王胜的提点之下,辛雪怡找到了印刷厂的李石头,他在重庆多年,而且也是混迹重庆各大报社的老人,或多或少应该是知晓这个人物的。

"大叔,你就休息一会儿,跟我聊聊天嘛。"拉扯着李石头的衣服,从印刷厂的这头追到那头。

无奈这大叔却根本不搭理她,一直忙着自己的工作,说道:"你这女娃,为了工作不要命了吗?"

"大叔,我是在救命,别人都打上家门了,我多少得知道来人是什么身份吧。"辛雪怡继续拉扯着他的衣服,跟随着他四处转悠。

被时光抹掉的名字

　　拉扯着自己的衣服，李石头有些不耐烦了，"你放开我，我还有这么多工作要忙呢，做不完老板会生气的。"

　　"他不会生气的，就是他让我来找你帮忙的。"辛雪怡追赶上去继续说着。

　　听到她这样说，李石头立刻改变的态度，小心翼翼地确认着："老板让你来找我的？"

　　得到了辛雪怡肯定的回答，李石头终于停下了手里的活，带着辛雪怡去吃饭，将他所知道的关于魏国然的事情告诉给她。

第十五章　最蠢的漏网之鱼

其实这个叫魏国然的记者李石头自己也没见过,只不过当时他所在的《渝都经济报》时不时都会刊他的报道,他的名字自然是知道的,他的报道都是极力地捧国民政府的,有时候报道都是很荒诞的。

"他既然是《渝都经济报》的记者,您怎么会连一面都没见过呢?"

"怕挨打呗,他那报道写的,我见了都忍不住想打他。"李石头依旧直白地说着。"不过,我运气好,有一次碰到过他,在南温泉的陈家桥,那全身上下包得……估计也是怕被打。"

挑了挑眉,辛雪怡便也不再询问什么,乖乖地闭嘴吃饭。在李大叔的口中,记者只要新闻写得让一些人不满意,那肯定都是要挨打的,跟他说着话,辛雪怡心里总是有些担心,必须小心翼翼的,本来他就对自己的新闻不是很喜欢。

和李石头告别之后,辛雪怡便立刻赶到了南温泉的陈家桥打探这个魏国然,却没想到,久违的防空警报的声音响了起来,刹那间所有人陷入了恐慌,呼喊着四处狂奔。

辛雪怡抱起哭泣的孩子,快速地跟随着奔跑的人群向防空洞奔跑过去。已经安宁了许久,所有人都以为日本人的轰

被时光抹掉的名字

炸结束了,防空洞也只是原来留下的那么几个,万万没有想到警报再一次被拉响了。一个小小的防空洞内,已经被先来的人塞满,连落脚的地方都没有了,后来的人还仍然在使劲朝里面挤着,你推我攘的人群中,也不知道多少是被自己人给踩死的。

片刻,轰炸便开始了,辛雪怡他们躲避的整个防空洞都在摇晃,黑暗之中,躲避的众人开始躁动,小孩子经受不住如此场面,吓得哭喊起来。大人也有些惊慌,害怕孩子的哭喊声音将敌机引过来,用手堵着他们的嘴巴,嘴里不停地嘀咕着"别喊"。

大约过了半个小时,警报解除了,所有人从防空洞内出来,小心翼翼地试探着:"走了吧。安全了。"

"孩子,我的孩子。"辛雪怡抱着的孩子也在一个呼喊声音中,被一个名叫赵畅的女人抱过。

对于辛雪怡保护了自己的孩子,赵畅万分感谢,辛雪怡趁机询问起魏国然的事情,却没想到一次就问对了人。

"魏国然是我先生,不过我也许久不曾见过他了,一年前他送了一些钱回来,说是有人看中了他的才能,邀请他工作,至此时不时地送一些钱回来,可是人再也没有见过。"赵畅和辛雪怡一路返回,和她说着自己的故事。

自然是不会告诉她自己的目的,随意编了一个理由,让赵畅答应带着辛雪怡回家看看他之前留下的一些东西,写过的报道。

一路跟随着赵畅返回了她的家中,刚推开房门,天空中"嗡嗡"的鸣响声再一次响起,谁也没有料到敌机会突然折

返回来,只听到耳边一声男人的呼喊:"敌机折回了,快跑。"

接着便是一阵刺耳的"嚓、嚓"声音,一颗炸弹落在了辛雪怡他们所在的院子,众人瞪大着眼睛,扑过去抱着孩子,惊恐地喊了一声"趴下",所有人立刻卧倒下去,辛雪怡却还傻傻地站着,凝望着院子内的炸弹。

过了许久,炸弹仍然没有爆炸,一个声音再一次猜疑起来"是空弹",众人这才终于松了一口气。

被吓傻的辛雪怡,也在瞬间将闷在胸口的那口气释放出,整个人无力地瘫倒在地上,急促地喘息着,用还在颤抖的手擦拭着额头上的汗珠。

从魏国然留下的东西中,辛雪怡找到了一个用日文写成的协议书,看不懂上面到底写了什么,赵畅也是一个不识字的人,看着上面画着的东西,便直接给收了起来,一听辛雪怡说是日本字瞬间来了火气,差点儿将信给撕了。

也是不知道这个魏国然现在到底如何,辛雪怡便谎称可能是魏国然找到的日本人做坏事的证据,让赵畅将信交给自己带走。

两日的轰炸,将近半年来众人所有的安稳再一次打破,日军倾尽航空力量,再一次对重庆进行狂轰滥炸。让辛雪怡他们更没想到的是,这个时候,社长竟然冒险返回了重庆。

匆忙和王胜、辛雪怡他们见过面了解了当下的情况后,随即带着李石头离开了报社,接下来连着几天都不曾见到过他的面。

直到五天之后,也是日本新一轮的轰炸开始之时,社长满身的尘土,灰头土脸地回到了编辑部,向众人宣布道:"所有人，立刻停下手中的工作，将设备仪器，转移到防空洞内，由李师傅给大家带路。"

爆炸响起来时，所有人躲避在印刷厂，用身体保护着设备仪器，等到爆炸声音安静下来，社长先行站起身来呼喊着："趁着这个机会，大家手下行动快点儿。"

听着吩咐，所有人快速地起身，手忙脚乱地抱起各处的设备仪器和纸张，在社长的指挥和带领下快速地转移。

社长带人在距离报社不远处的山下，经过五天的挖掘，成功挖出了一个防空洞。

时间太过紧迫，防空洞的空间并不是很大，那些设备一摆放，所有报社的编辑和印刷人员在一躲进去，便也没有了空间。

首先确保了所有设备安全转移，之后每次在空袭结束之后的空隙，社长和辛雪怡他们便又在旁边的位置挖新的防空洞，一个放印报机，一个提供员工防空。

这一次的轰炸，炮弹直接落在辛雪怡他们在李子坝街道的经理部办公楼上，整栋楼刹那间被炸毁，印刷厂第2车间在一瞬间被夷为平地，好在他们的仪器设备都已经转移到了半山腰的防空洞，可以继续运转。

在轰鸣声中辛雪怡和徐英豪他们坚持着写稿、编辑、校对；空袭来临时，便将版好排的稿件，送入防空洞打版上机。如此无间断地工作，除了轮番更替着休息的那几个小时，所有人都处于紧张的工作状态，也是如此强大的意志力和工作力让他们的报纸日发行量逐渐上升，销售量也达到了重庆所有报业的顶端。

被时光抹掉的名字

"雪怡,稿子好了吗?"同事从洞口跑了进来,对着坐在地上写稿的她询问道。

"好了,都好了,你送过去排版吧。"累得连站起来的时间都没有,将写好的稿子让同事带去排版,进行接下来的工作。

手里的事情终于结束了,辛雪怡依靠在洞口凝望着外面的阳光。身上的伤口有所缓和之后,她便去往316曾经住过的那个地方,很明显只是暂住的一个场所,被检查过一次,已经没有任何新的发现。

其实这个答案她的心里一直都很清楚,冒险将自己暴露在重庆,没有被抓住,自然重庆也是待不下去了,第一时间便是想办法离开,可这一次离开,他又会前往何处?他的下一个目标地又是哪里?

抱着新打印出来的报纸回到防空洞内,看了一眼坐在洞口闭着眼睛睡觉的人,徐英豪将报纸交给其他人帮忙,俯身下去坐在了她的身边,抱过她的身体,让她舒服一些地躺在自己的怀里入睡。

也是习惯了,也是太累了,辛雪怡连眼睛都不曾睁开,躺好之后便沉沉地睡了过去。也不过是几分钟的时间,一颗炸弹就在他们附近炸响,尘土飞扬,徐英豪下意识地抱着怀里的人沉睡。

"停止了,大家重新工作了。"过了片刻,爆炸声音停止。一声提醒之后,防空洞内所有人又重新开始工作。

这场轰炸过后,辛雪怡瞬间也清醒了过来,伸手拍打掉身上的尘土,随后又帮着徐英豪将头上的灰尘拨弄下来,"最近的轰炸越来越频繁了,这都连着五天了。"

晃了晃脑袋,徐英豪抬眼看着外面被炸出来的土坑,哀叹起来:"而且火力一次比一次猛,距离也越来越离我们近了。"说着徐英豪再一次将目光锁在辛雪怡身上说着,"已经轰炸过一次了,你再睡一会儿吧。"

辛雪怡摇了摇头,靠坐好,将双腿伸出去说着:"刚才睡过了,你也睡一会儿吧。"

徐英豪应了一声,躺下去枕着辛雪怡的双腿休息。辛雪怡再一次将线落在外面的阳光下,明明那么的温暖,可是他们不敢走出去,沉思了片刻,突然想起了找到的那封信,伸手把它拿了出来。

"英豪,你帮我看一看这个上面写的是什么。"

拿过她手中的纸,打开看着上面的信看了看,徐英豪回道:"上面说的是魏国然答应替一个叫小野美珍的日本人做事,小野美珍每月1号给魏国然家里送两块大洋。"将信重新合上,徐英豪脑中快速地过滤了一番这封信,疑惑地继续询问着:"你从哪里找来的这份协议书,这个魏国然不就是当年抄袭你新闻的那个记者吗?按照这封协议,那魏国然是在替日本人做事。"

赞同他的疑点,辛雪怡点了点头,低头看着腿上的人疑惑着:"英豪,你记不记得我们当初在学校的时候,那些被抓的日本学生?"

"漏网之鱼。"徐英豪不禁摇头哼笑一声,伸手将那封信揉成一团直接扔到了洞外,"见过蠢的,没见过这么蠢的卧底,蠢到都不好意思去用证据报道他的身份。"

"你早就知道了。"看着被他扔出去的纸团，辛雪怡疑惑着。

　　徐英豪没有回答，侧身过去抱着辛雪怡入睡，辛雪怡便也没有再追问，他也累了，该好好休息了。从上海到前线，他们也是见惯了战场上的各种厮杀，被卧底刺杀也是经历过很多次，只是没有见过像程家怡如此一般愚蠢的，竟然会用本名来写这份协议书。

　　辛雪怡和徐英豪接连出击，报道直接对准了国民政府重庆财政部部长万国民的夫人程家怡，两个人并没有直接去报道她的什么事情，只是在不断地挖掘她的过往，并且将日本轰炸重庆之后她的一些过分奢华的生活行为报道了出来，至于好与坏全凭人民自己去裁定。

　　愤怒的人民在万国民家门口堵了三天，打砸了三天，纷纷要求万国民救助受难的灾民，逼得万国民和他的手下众人都不敢出门，也不得不开始准备撤退的事宜。

　　对于那些报道和万国民的指责和质问，程家怡全都不在乎，万国民准备逃跑了，她也一点都不为所动，在众人快速地收拾东西的时候，她趁机前往囚禁着魏国然的牢狱。

　　牢狱内囚禁的不是别人，乃是逃跑中受伤的316。整个人五花大绑在屋内的床上，身上的伤口和脸上的伤痕都还未愈合。

　　从进入到重庆开始，316便发觉了魏国然和她之间的合作，之后经过多次交手，316成功地代替了过分贪心的魏国然和程家怡进行了合作，自然对于他的身份知晓后也是进行过一番调查，只不过能查到什么程度，该让她查到什么程度，

316也都让刘默做了一些准备。

听到走路的脚步声,316坐起身来对视着来人询问道:"你到底什么时候放我?"

"那你先告诉我,你刺杀任务已经失败了,为何还要返回,你和辛雪怡什么关系。"

在接到上面对辛雪怡的刺杀任务后,当晚316也接到了程家怡要刺杀辛雪怡的命令,逼迫316不得不进行,却也因为两个任务都相撞了,正好借这个机会保护了辛雪怡。

"任务是你安排的,第一次没有成功,自然是要再去刺杀一次。她是我的猎物,我们之间还能是什么关系。"

"是吗,我还可以相信你吗?我连你的名字都不知道。""当初我们谈合作的时候也说过,我不过问你的身份和过往,你不过问我的身份。我是在代替魏国然,那我的名字就是魏国然。"

程家怡也是没有了耐性,走过去解开了他身上捆绑的绳子。"辛雪怡逼得我已经在重庆待不下去了,我再给你最后一次机会,若是你再杀不了她,我便杀了你。"

程家怡是蠢了些,就如当年选择她进入中国学习一般,也是因为原本选定的人不想参加,哄骗着她代替了她的位置,这才背负上了这个任务。无奈一路走来,她的运气太好了,当年无意间烧了证明她身份的证件,却让她躲过了学校的搜查,成功等到毕业。

之后又因为舍友孟菲的大意,让她狠心杀了她,代替她得到了前往重庆的票,之后又因为她的好运,被万国民在外包养的一个女人收留,最终成功等到她的夫人死去,代替那个女人嫁给了万国民，坐上了正妻的位置。

上面派给她的每一个任务她都办得很是糟糕，也害得同伴一个个暴露死去，或许也是因为她的愚蠢，才更好帮着她隐瞒了日本人的身份，博取了中国人的同情，披着她那张狼皮躲在羊群中活了这么久。

查不到316的身份，却也可以利用他的照片成功将辛雪怡独自引了出来。不过还是不太相信316，命人将他看押在隔壁的厂子内。

"他在哪儿？"一见到程家怡，辛雪怡便着急地询问起来。

程家怡一脸骄傲的姿态，站在二楼俯视着来人："你这么着急见他吗？为什么？你们认识吗？"

"对于开枪打我的人，我自然要关心一些了。"辛雪怡回道。"小野美珍女士，这个杀手是你雇来刺杀我的吧？一次不成，便潜入医院进行第二次，现在应该也被你藏在某一处，准备刺杀第三次。"

"你猜对了，前两次你的运气很好，就看这一次你的运气会不会依旧这么好了。"对视上辛雪怡，小野美珍的语气也渐渐地尖锐起来，"辛雪怡，其实在这些中国人中，我还是挺喜欢你的，可无奈我们的立场一直不同。从在学校开始，我便得到了刺杀你的任务，可是我从来都没有成功过。只要杀了你我就可以回国了，我一直在追这个机会，追了你整整10年。"

说话间她的语言也越发刻薄，脸上的表情时而开心，时而痛苦狰狞，和她平时的软弱相比，此刻更是带上了一些愤怒，忍受许久的痛苦在一点一点地爆发。

辛雪怡猛然间抬起手中的枪对准了她，以坚定的语气回道："我曾经告诉过你，你休想活着离开重庆，侵犯我国土的日本人也休想活着走出中国的土地。"

看着她手中的枪，程家怡收了收自己过分激动的心情，摇头怒斥："你不敢开枪，你来赴约，不就是为了见他吗，没见到他你敢……"

不知道是自己扣下了扳机，还是突然握上她的手的徐英豪扣下了扳机，枪就在她口里的话还未说完的那一刻响了，子弹穿透了程家怡的腹部。

她或许还在为自己开枪感到震惊，瞪大着眼睛不敢相信，低头看着自己腹部缓缓留出的血。

一刹那间，又是两声枪响，同时穿过了辛雪怡和徐英豪的腰部位置。同一时间两个人纷纷抱着跪倒在了地上，顾不得自己身上的伤口，看着负伤的徐英豪，辛雪怡的泪水从眼中流落而下，摇头说着："英豪，你不该来的。"

抬眼凝望着眼前的人，徐英豪微微一笑，轻抚她的脸颊，摇头回道："就算是死，你也必须和我倒在一处。"

紧接着，头顶上飞机的轰鸣声慢慢传来，徐英豪拉着辛雪怡的手，按着腰间的伤口，拉拽着她快速地逃离而去，刚一踏出厂门，炸弹直接落在了他们的眼前316所在的那个厂子上，整个厂子瞬间爆炸倒塌下来，破碎的玻璃和石块将徐英豪和辛雪怡砸倒。

"怎么样，快站起来。"顾不得身上的伤口，徐英豪和辛雪怡便迫不及待地推开身上的重石，拔下刺在腰间的玻璃，

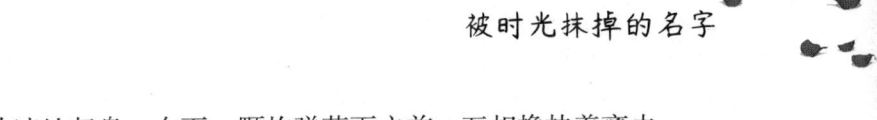

快速地起身,在下一颗炸弹落下之前,互相搀扶着离去。

从他们开始攻击程家怡开始,徐英豪便猜测到她势必冒险再次派人暗杀他们,便也一直小心翼翼地看守着辛雪怡,暗中也联系了隐藏在重庆的队伍,对辛雪怡进行保护。

却仅仅是一杯水的功夫,她便从他眼前消失,徐英豪一路匆匆忙忙地追赶过去,就算是死绝不允许她一个人。

程家怡的命还是比较大的,三次与炸弹擦肩而过,保护她的人都死了,她站过的地方都被炸毁了,她却还是死里逃生,跟随着丈夫乘坐上了直升机,准备转移。

直升机起飞了,狂风将送机的316头上的帽子吹落,一脸平静的表情追赶着帽子而去,俯身捡起地上的帽子,擦拭掉上面的尘土重新带回头上,从衣兜内取出打火机,在身上翻找出烟,塞进了嘴里。打火机点燃的那一刻,头顶上飞翔的直升机刹那间爆炸,地面上送机的其他四人,惊恐地抱着头躲避,316点燃了嘴里的烟,嘴角露出一个得意的笑,熄灭了打火机的火,跨步离去。

这一次的轰炸让整个经理部大楼中弹,编辑部大楼经过猛烈振动,屋顶裂开,更加痛苦的是重庆接连两日暴雨不停,雨水积到了大腿的位置。徐英豪和辛雪怡他们就在暴雨中露宿两夜,将剩下的报纸和设备转移。

"大家脚下都小心点儿,别摔着碰着了。"社长也不知道在哪里帮忙,反正声音在整栋楼内都能听到。

踏着冰凉的水,王胜带领着几个人,拿着点燃的烛火缓缓地走过来,提醒着:"大家尽量手下都快点儿,水里凉,泡久了都别感冒了。"

被时光抹掉的名字

天空黑压压的一片，报社内点燃的烛火也只能让众人看到一些物品，更多时候还是要他们伸手去触摸方向。辛雪怡帮着社长，将能用的东西都装好，劝解道："社长，这里差不多，你们先将这些送过去吧，剩下的我和英豪再检查一下，不行就明天再弄吧。在这样下去大家都撑不住的。"

扫视了一眼，周围黑漆漆的一片，说实话他的双腿也已经开始发抖了，走起来都有些困难，不得不接受辛雪怡的提议了，和王胜先行带着打包好的东西撤离，留下辛雪怡和徐英豪最后一次确认。

夜里的水更加的冰凉，长时间浸泡在水中，身上的伤口反反复复，反而更加严重了，辛雪怡走过的地方水面都会留下几滴红色的血液。

"别动了。"徐英豪实在看不下去了，一把将辛雪怡抱起坐在了一旁的桌上，抓过她的被浸湿的衣角，将衣服上的水扭干，口中还不断地斥责着她："你再这样强行支撑下去，身上的伤口非得恶化不可。"

看着他腰间也被浸湿的衣服，辛雪怡满眼的自责。她做事从来都不管不顾，更不在意自己的安全，每一次却都要他来为自己操心，这一次还连累他受伤，可最先看到自己身上伤口复发的还是他。

"你也坐上来吧，你的衣服也被水浸泡湿了，小心伤口。"辛雪怡伸手去拉他的手，却被徐英豪一把握在了手里，拉过她的头紧紧地和自己贴在一起，深情款款地说着："我可以不问你为什么去找她，只要我看到你活生生地站在我面前，我站在你的面前，一切都无关紧要。"

被时光抹掉的名字

或许摊上自己这么一个朋友、一个同事、一个恋人所有人都会疲惫，很感谢他支撑了这么多年不曾抛弃，突然之间有些欣喜他的陪伴，不让自己那么孤单。两颗头紧紧地相贴，两颗心紧紧地相依，寄予彼此一丝的安慰，安抚着内心的伤感和身体的疲倦。

门口桌上点燃的蜡烛，被滴落下来的水滴浇灭，316将自己的视线从两个相依的人身上移过，伸手将蜡烛取下握在了手中，从湿漉漉的外衣内取出打火机，尝试了几次后，重新点燃，举着蜡烛转身重新踏入大雨之中。

重庆的所有任务都结束了，316到了必须离开的时候，临走之前却奢望见辛雪怡一面。只不过这个夜晚有些冷漠，有些不近人情，雨水不仅打湿了他的身体，也打湿了他的心。看不清抱着她的那个人，也看不清她脸上的表情是怎样的，不过相比自己，一个不能站在阳光下的人，黑暗中那个与她相拥的人，或许是她最温暖的选择。

雨过之后便是彩虹，这一句话用在重庆的战事上也很是合适，日本人的轰炸停止了，同时《新公报》收到了来自美国的获奖函，对辛雪怡的报道进行表扬。

本是开心的一件事情，上海却又传来了一道晴天霹雳，刚离开还不到一个月的社长吴云峰病危，命辛雪怡、徐英豪迅速赶回上海，继而参加新社长王胜的继任仪式。

再一次返回上海已经是物是人非，就连车站都已经变了样，更加的奢侈，却也让辛雪怡好奇，这真的是被日本人控制的上海吗？为何和她的家乡差距会如此之大。

被时光抹掉的名字

当年离开的时候,本以为自己再也回不来了,时隔了多年却还是活着返回了,让徐英豪也不禁感叹他们的命还是挺硬的。

"英豪、雪怡,你们终于回来了。"人群之后,那个熟悉的声音呼喊起来。

两个人回头过去,望着向他们走过来的张咏,和分别前相比他更加消瘦了。

多年不见的兄弟,再一次相见,却也有太多的感动和感慨,伸手将来人拥抱,伸过去的左手却扑了个空,不敢相信的抓过他空荡荡的衣袖寻找着,嘴里一次次地询问着:"你的胳膊呢?"

张咏依旧一脸的笑,抬起左手拍打上他的肩膀回道:"不是在这里吗,人是活着回来了,前线的炸弹把你眼睛炸瞎了。"

一滴泪悄悄从眼角滑落,徐英豪嘴角依旧嬉笑着抬手扶着额头下意识的遮挡着眼睛,手指悄悄地从眼角划过,将滚出来的泪珠擦拭掉。

"走,回家。"

将两个人接回,车上张咏将上海沦陷后发生的一切给两个人具体做了说明,说白了就是穷人穷到拿着扫帚在路边扫米粒当饭吃,富人灯红酒绿的发展起娱乐行业。

"张咏,你的胳膊到底是怎么回事?"徐英豪还是担心他的情况。

坐在前排副驾驶位置的张咏,还是一副事不关己的态度,避开了话题:"比起我,我的小少爷,你不应该多问问自己家里的事情吗?你在的时候,你们家又开了电影制片公司,还捧红了一些演员。"

这样的消息，对于辛雪怡来说莫名觉得讽刺，沈阳沦陷，辛雪怡的母亲丧生，父亲失去了一条腿；上海沦陷，徐英豪的父亲却险中求胜，不仅保存了自己祖产，还开起了电影制片公司。

"从来都不觉得我父亲会吃亏，这也是他多年来在上海商场打拼的经验。"徐英豪回道。

"那你这次回来，准备继承家产了吗？"张咏问道。

"不打算。我回来的消息，先别告诉他们。"徐英豪叮嘱道。

对于他家的生意徐英豪也从未过问过，只是觉得父母甩不开传统的思想。

"没你这么做儿子的，其实你爸妈在上海的这些有钱人里面，做事还是很有底线的，至少他利用发展起来的电影公司让我私下帮助一些快要饿死的百姓，还是能让我们去感激他的。"

"我就知道，当初给他们二老认你这么个干儿子，还是有好处的，以后养老，你也记得分担一下。"徐英豪打趣着。

"这些年，我这个干儿子，都快代替你这个真儿子了。你们那个契约时间早就过了，国和家你都得照顾着点儿。"

这么多年，徐英豪也早早就忘记了他和父母之间的约定，全身心地投入救国之中，遗忘了他的家。这一次返回徐英豪并不打算先去见父母，而是直接回了报社，因为家给人的依赖感太强了，他害怕自己一旦回去，就不想再离开了。

葬礼的当日，重庆方面和延安方面都来了人，声势十分浩大。徐英豪和辛雪怡身上的伤因为雨水的浸泡还是复发加重了，勉强坚持到葬礼结束，便纷纷晕倒在了葬礼上，被紧急送到了医院。

不知道的人在如此场面看到如此的情景，都以为两个人是因为社长吴云峰的死悲伤过度这才晕倒的，还都称赞不断。

第十六章　意外的求婚

张咏得到消息后便匆匆赶往了医院，王胜将两个人安排在一个病房，照顾了两个人一天。

等到张咏过来接替，接他们返回的时候也没发现两个人受伤如此严重，看着他们陷入昏迷，也不知道什么时候才能苏醒的人，张咏也有些担心起来。

"这两个人都到了，我要不然将徐叔叔他们接过来，这么多年没见了，现在还受伤晕倒了，也该让叔叔阿姨他们见见自己的儿子了。"

这一次王胜没有阻拦。

张咏刚准备将他们返回的消息告诉给徐英豪的父亲，徐英豪便先行苏醒了过来。低沉的嗓音阻拦着："你是打算背叛我了。"

看着一个人苏醒过来，张咏和王胜也终于放心下来，一只手还是帮着他坐起身来，这边刚刚坐好，那边床上的辛雪怡也睁开眼了眼睛。

王胜不禁打趣起来："你们两个真的是快连体了，一起晕倒也就算了，连醒过来也是前后脚跟着。"

"社长都亲自来看我们了，怎么能不醒过来，道个谢。"

辛雪怡开口打趣。

"既然你们清醒了,那我就安心地回报社处理工作去了。"王胜叮嘱后,跟两个人道别,在张咏的相送下离开了。

徐英豪下了床移动到了辛雪怡的病床前,伸手扶着辛雪怡坐好,便也直接坐在了她的身边,察看起她的伤口。

返回的张咏没眼看地转过头去,伸手指着两个人抱怨起来:"你们要干吗?医生刚包扎好的,还能不好到哪里去?"

在听到病床上的人一声嬉笑后,便又重新转身回来,这一次态度认真了起来,"英豪、雪怡,既然返回了,你们便就留在上海吧。"

"这恐怕不行,重庆那边的《新公报》还需要我们,上海的事情安顿下来之后,我们便会返回。"辛雪怡回道。

"怎么会这么着急?"

"时间就是战场,多耽搁一刻就会有好些人丧生。"

"说的你们好像直接要前往前线一般。"

"那你呢,今日急急忙忙,这是要上哪家战场?"

"雪怡,你还真说对了,我今日真是上战场,所以想借你用一用。"

"你敢?"徐英豪伸手打掉了张咏的手,将辛雪怡往自己身边拉了拉。

张咏一脸的嫌弃,"徐英豪,看你小气的样子,我就借用几个小时,用完立刻送到你身边行了吧。"

"借什么都行,就雪怡不行,你太危险了。"徐英豪依旧摇头拒绝。

"我看雪怡放你身边最危险。"张咏打趣起来。

听着他们两个人斗嘴，辛雪怡听着有趣，便也好奇起来，"张咏，你先说说找我何事。"

拉下徐英豪的手，张咏坐了过去回道："雪怡，你伪装一下我的女朋友，一会儿跟我去一下星月茶馆，替我挡一下灾吧。"

"又是相亲吧？"

"是，家中父母给我安排了相亲，我现在无心这些事情，所以想请雪怡帮我一下。"

徐英豪再一次揽上辛雪怡的肩膀，拒绝着："不行，雪怡一会儿得跟我回家见父母。"

"见你父母？"辛雪怡有些震惊地回头看着他。

知道这次返回肯定躲不过这一关，却也没想到徐英豪会安排得如此紧张，还不等她喘息调整一番，便又得去见他的父母。

都是一起长大的好友，性格自然也是有些相同之处，比如一个看一个笑话，三个人先一起去见了张咏的相亲对象，至少这一次辛雪怡觉得是不错的，所以临场变卦，称是妹妹，帮忙撮合两个，最后双方在愉快的聊天中结束这一次相见，之后，张咏跟随着徐英豪和辛雪怡一起返回。

在辛雪怡丝毫没有一点准备的情况下，徐英豪带着辛雪怡前往了家中与父母相见。一路上三人再一次谈起了徐英豪家里的事情。

"你们家在三年前搬了家，现在的房子虽然比以前的小了一些，不过家里的人基本都没变，你父亲自从经营了这个电影公司，你母亲可是没少生气。"

被时光抹掉的名字

"有钱人的生活都是这么有趣吗？明明有那么多穷人连饭都吃不起。"辛雪怡突然开口说道。

徐英豪自然知道她并非讽刺自己，只不过他父母现在也是身处其中，以后他们结婚了，她势必也要了解的。

以前从来都没有询问过他的家庭情况，也是从张咏那里得知了自己居住的房子是他们家的产业，但是后面想想徐英豪在北平上大学的时候，基本上也是在学校内横着走的人，英文、日文专修不说，就连德文他也没落下。人脉更是不用说，帮着辛雪怡摆平的事情一件接着一件，在《新公报》来去自如也是证明了这一点儿。

回自己的家还要张咏带路，站在家门口半晌不敢跨步迈进家门。

"你到底还要站多久？到了家门口了，你别又临时变卦不进去了。"张咏不耐烦地询问道。

"这真的是我家吗？"徐英豪不敢相信地询问道。"从小就和爸妈对着干，他们因为我的调皮没少动手打我，当初离开上海前往武汉，也连说都没说一声，现在重新返回这个家，倒是觉得陌生。"

"至少他们还活得好好的，进去吧。"旁边的辛雪怡提醒着，先行跨门最近去。

刚刚踏进大门，就被屋内的笑声吸引。一旁的刘婶走了过来，发现了门口的三人。"少爷，您终于回来了。"刘婶激动地上前打量着徐英豪说着。

"刘婶，这些年你身体还好吗？"徐英豪关切着。

"好，都好，少爷，走，赶紧进去见老爷和太太，他们见到你会更开心的。"说着刘婶就拉着徐英豪向屋内走去，可是屋内又是一阵笑声传出来。

"刘婶，今天有什么好事吗？笑成这样。"徐英豪问道。

刘婶欣喜地点头，"老爷和太太给少爷你安排了一段亲事，今天他们过来了，现在正在屋内聊天呢？"

"我都这么多年没回家了，他们怎么安排的这门亲事儿，你确定是给我？"徐英豪不敢相信的疑惑着，看看一旁的张咏，尝试改变着目标人物。

"没错，就是少爷你的婚事。你多年不回来，太太也是着急了，所以在年前就为你看好了一门亲事，还是少爷你的初中同学，今天双方见面，就是确定下月三号的婚事，太太说了，先给你娶回家来。"

面对这样的情况，徐英豪也是无奈，十多年不曾返回，连他是死是活都不知道，却依旧还是想着给他说亲，连人都没见过，就来谈事，也不知道女方到底是怎么想的，是他们在前线太久了吗，都不知道传宗接代可以不用见人了。

听着刘婶的话，张咏张口就是一句"青梅竹马，两小无猜"，再被徐英豪瞪了一眼之后，偷笑了一声，便将眼神落在了辛雪怡身上，无意识地嘀咕起来："革命还在继续，同志们仍需努力。"

"恭喜你了，徐少爷。家里已经娶了一个媳妇了。"既然来了，辛雪怡自然也没有要退缩的意思，望着徐英豪微微一笑，提醒起来："走吧，会会你的过往情史。"

来人的目的很是明显，女方也是很喜欢徐英豪，亲自跟了过来见面。不过看来人的装扮，男的西服领带，皮鞋亮闪闪，女子旗袍优雅，头饰昂贵，想必家里的资产自是不会平常。

也是仗着自己这一财权，所以来人说话的语气还是比较高傲的，对徐英豪的父母爱答不理的样子。估计也是女儿的意思，才不得不过来，却也因为没有见到徐英豪本人，所以女子的爸爸有些不悦。

男人一个手势，身边的随从提了四五个袋子放到了徐英豪母亲的脚下，"这些都是我们厂子生产出来的衣服，两位若是以后需要，随时告诉我。儿女的事情就先如此了，英豪这边劳烦两位让五日之内就返回吧，至于《新公报》这份工作，若是不愿意辞去，便转回上海吧，《新公报》前任社长刚刚去世，新任社长王胜我认识，我可以去找他说说。"

"既然这么豪气，不如出资，直接将上海买下来送我？"徐英豪的声音先行传入屋内，让说话的众人停下，起身回头望着门外风风火火走进来的三个人。

"英豪！"徐母首先欣喜地迎上前去，伸手拥抱着儿子一通乱亲，随后从头到脚认认真真地检查了一番，数了数他少了几根寒毛，最后又抱着他痛哭起来。"儿子，你终于回来了，你看你都瘦了，也黑了，想死我了。"

"我不是给家里寄过信和照片嘛。"

"那也比不过见到你真人好，儿子，想死我了，这次回来，我不会再让你离开了。"

哭过之后，母亲便赶紧将儿子拉着去和来人相见："英豪，来，这是你的妻子李雅艺。"

"既然人已经回来了，那我们今天就把结婚的日子定下来吧。"李雅艺的父亲迫不及待地说着。

被时光抹掉的名字

本来还想着出场神秘一些,张咏迫不及待地喊了一声"我反对"之后,现场的众人将目光转移到他身上。张咏尴尬地笑了笑回道"我替她喊的",说着将辛雪怡推了出去,辛雪怡便也只能硬着头皮上了,将他当成自己的一个采访对象便可。

"李先生,在你冲动行事之前,我作为局外人,先向你表明几个观点和现状。"回头对视上徐英豪,辛雪怡一副得理不饶人的愤然,"第一,您的女儿和英豪乃是初中同学,之后将近十年的时间不曾见过,您能确定他在大学、工作的报社没有其他女人?"

"这世上除了男人就是女人,我身边有其他女人也实属正常不过的事情。"徐英豪嬉皮笑脸地辩解起来。

不去搭理他,辛雪怡继续提问:"第二,你了解到他现在是《新公报》的记者,您能确保他在外面采访的这些年,就没有添加别的身份吗?"

"我作为记者,上前线采访,自然会得罪多方势力,被扣上各种帽子也是常事。"

"第三,上海沦陷,多数工厂因此倒闭,您夹缝中生存下来已是不易,徐英豪作为《新公报》的记者,这些年的报道方向不只是国内战况,国外美国、日本也在其中,您确定你的厂子能撑得住他发出去的报道。"

"我都控制不住我自己。"徐英豪突然换了上海话,摇头回道。

看着两个记者改行现场做起演员,张咏也觉得好笑,两个人一本正经地辩论着,完全不把其他人当一回事儿,拉过一旁的椅子直接坐了下去看戏。

当初徐英豪负伤返回上海,之后又因为辛雪怡几次陷入危险,最后还跟随着她上了战场,那个时候张咏便就知道他们两个的命已经捆绑在一起了,能活着回来那定是两个人,否则那次离开便也就是他们的最后一面了。

辛雪怡说着转身将视线对准了起身的女子,在她刚准备开口辩解之前,迅速地拦下了她,"第四,你能让他和你结婚,你能拦得住他不去救国;你能保证国家危难之际,你的家庭繁华依旧;你能确信婚后他能和你恩爱永远,不会移情别恋?"

李雅艺被问得哑口无言,抬眼将视线落在了徐英豪身上,徐英豪耸了耸肩,坐回到沙发上依旧以上海口音回道:"我控制不住我自己。"

为了表示歉意,徐父、徐母拉着徐英豪亲自将李雅艺父女两人送到了门口,徐英豪在礼仪上照顾得相当周到,展现出来的尽是小人得志后的欣喜,目送着车子离去。

听辛雪怡说了那么多话,完全不知道此人是谁。将来人送走之后,徐父这才关心起来:"这位小姐是谁啊?"

徐英豪回头过来,伸手揽上辛雪怡的肩膀,将她拉近到身边,一脸喜庆的笑容回了一句:"您儿媳啊。"抬头便又向刘婶呼喊起来。"刘婶,饭菜做好了吗?别把我媳妇和儿子饿着。"

尽管在来的路上已经做了很久的心理建设,可这个小插曲一唱,还真的有些忐忑不安。辛雪怡在送走来人之后,心里便一直念叨着:"丑媳妇总要见公婆。"他的父母承认不承认都已经成定局，现在只需要打起精神来，好好面对接下来的饭局，尽量弥补第一印象中的缺陷便可。

回到屋子，徐英豪接连和父母的几句玩闹的话，让众人的笑容在阳光下更加轻松一些，辛雪怡重新以从容得体的姿态与他们打了一个招呼。

"我是辛雪怡，早就该来向二老问候了，一直拖到现在才来，还请二老原谅。"

"原来你就是辛雪怡，十多年前就听过了你的名字，可是英豪一直不让我们见你，这些年也总是从报纸看上你的新闻，一个女子能做到你这般也是勇气。"徐母是那种一看就很是传统的女人，因为年纪的增长和战乱的叨扰，她虽然面容上有了沧桑，眼神之中却也还隐藏着一些传统女子的矜持和规矩。"刚才听英豪的话，你是有孕了，几个月了？"

辛雪怡看了看身边搞事情的徐英豪，尴尬地笑了笑回道："刚一个月。"

"既然怀孕了，那其他我也就不说了，接下来就住在家里好好养胎吧。"徐母回道。

"原来是雪怡啊，英豪大学时家书内就经常跟我们提起你。既然现在回家了，就不必拘束了，在家是怎样在这里就是怎么。"徐父也是会说话，里外不透风，很是给足了她的面子。"英豪的脾气太倔，这些年一直都在外面跑，我也管不了，倒是给你添了不少麻烦吧，不过现在你们两个都能安然返回，一切都好。"

徐父言行举止似有些文化底蕴，却也因为保家、养家，身上的装扮偏向浮华，脸上的笑容也多少带着交际时用的假笑，既威严又平易近人。看着如此的两个人，再回头看看徐英豪，却也有些明白过来，他的性格多少还是综合了两个人的优缺点。

搅黄了他们为徐英豪选定的妻子，对辛雪怡多少还是有些不悦的，可徐英豪的态度完全没有给他们留一个提意见的机会，再加上有张咏的帮衬，说了没几句，徐英豪成功将话题引到了他们的婚礼上，让父母先行送了礼物。也不知道他母亲的金手镯传承了多少年，比起牛鼻子上的牛环却也小不了多少。

在徐英豪的胡说八道之下，徐父和徐母强烈要求辛雪怡和徐英豪一起住进了家里，过起了悠闲自在的富家少爷、少夫人的生活。也是得到了社长王胜的同意，两个人在家养伤，报社的事情暂时不用再管了。

从踏上北平开始，辛雪怡的人生就从未享受过安宁和自在，每日追寻的也不过是新闻、新闻人物，这一次回到了上海，跟随着徐英豪和张咏每天不是在电影院看电影，就是茶楼吃饭、歌厅听歌跳舞，生活过得是十分惬意和潇洒。

也是通过这些天的玩乐，真真让辛雪怡见识到了徐家的产业在上海真是不能小视，他父亲是不必说了，本身就是一个双面人。房屋、工厂、影视制作一个没落下，他家的亲戚基本都依附在他父亲的产业下，生活自然不会太差。为了欢迎徐英豪和辛雪怡的归来，徐父和徐母专门定了几桌酒席，邀请了一些亲戚和有名的歌星现场献唱。徐英豪自然明白，这是父亲在给自己和雪怡铺路，所以不得不去认识认识父亲生意上的这些人。

被时光抹掉的名字

为了这次宴会,徐母拉着辛雪怡和徐英豪一起去服装店定制一套新衣服,当然,徐母还不忘给没踪影的孙子也提前定做。所以一大早,两个人便换上了新衣服,开始准备。

坐在床边,徐英豪心情非常地愉快,一边哼唱着歌曲,一边系着鞋带。只不过听到了辛雪怡的耳中,却变了滋味,不禁打趣起来:"我发现,一回到家,你完全像是变了一个人,任性、叛逆、软弱,所有的毛病全部出来了。"

徐英豪一脸的得意回道:"这是我家,有的是我爸妈,在他们面前我自然是怎么浪荡怎么来,怎么无能怎么过,我得让他们感觉到我这个儿子的存在。"

"难怪你一心想要离开家,自己去外面闯荡,你很明白自己这个毛病。"坐在梳妆台前化妆的辛雪怡回道。

"也并非。"徐英豪说着从床头一个翻身滚到了床边辛雪怡的旁边,伸手抱上她说着,"上学的时候,我就跟我爸爸学做生意,学得多了,自然也看得多了,我一直躲在他们的保护下,活得太安全了,也失去了自己前进的方向,所以我想找到这个目标,就跟我爸定下了这个契约。"

辛雪怡这才明白过来,看着镜子里的人惊讶,"原来,当年是你和你爸一起合伙演戏骗你妈,怪不得这么多年你能安然和我在外面跑,你爸没少出力。"

放开了辛雪怡,徐英豪坐回到原位,将辛雪怡拉转过来回道:"这可不一样,我是找到了你这个目标,所以一直向前。"

对视着眼前的人,辛雪怡到嘴边疑问却也问不出来了,他们家的情况和自己家里的情况不一样,他的父亲也不是自己的父亲,她不能将两个人混合为一体去看待,只不过两个父亲的目的也只是为了保护他们这样不安分的儿女。

"少爷，少夫人。"敲门声音结束后，刘婶推开门端着碗走了进来，看着梳妆台前的辛雪怡说道，"少夫人，你今天难免要喝酒，我就给你熬了一碗安胎药，你喝了再去吧。"

辛雪怡一脸震惊地看着被她放到桌上的药碗，回眼瞪着眼前的徐英豪，徐英豪脸上的笑容都快扭曲到额头了，被辛雪怡打了几拳之后，赶紧起身迎上前去，"刘婶，谢谢你的关心，一会儿我就让她喝了。"

刘婶一脸欣喜地离开了。

房门刚关上，辛雪怡手中的枕头便砸了过来，"你撒的谎，你自己喝，时间到了，你最好也把孩子生下来给你爸妈一个交代。"

"条件不允许。"徐英豪笑得更夸张了。

那一天的宴会还真是豪华，除了他们徐家的亲戚、徐父商场上的合作伙伴之外，影视界的演员、歌手也都来了，当然，徐英豪也特别邀请了他们报社的新社长王胜，毕竟他们的伤已经复原了，下一步的采访工作也该继续了。

重庆的事情还是一团乱，上海这边的事情一结束，辛雪怡和徐英豪便又匆匆忙忙地赶回重庆。这一次的离开，本来还是想按照之前的套路走，可是徐父也不知道在谁的透露下，得知了消息，出发的那一天，亲自来到了火车站相送。

火车站的谈话，徐父也只是和儿子单独来谈，辛雪怡便独自在一旁等待着。

这一次亲自来送，让徐英豪是有些震惊，面对着父亲突然不知道说些什么，像是一个乖乖儿一样聆听着。

被时光抹掉的名字

"英豪，这样一个混乱的时代，我不想控制你，做记者也好，从商也好，只要你觉得这是你证明自己活着的价值的事情，就放开去做。"说着徐父从包中取出了一把钥匙和一个档案袋，交给了徐英豪，"这一次离开，不知道还能不能再见了，这个是爸爸给你的结婚礼物，英豪，记住能活到全国解放，就照顾好你妈妈。"

听到这样一个叮嘱，倒是让徐英豪惊奇，不过却也是感伤，一直严肃的爸爸今天露出如此的表情，而且话语中明显有交代后事的意思，让徐英豪惊慌。一路上，他都握着爸爸给的钥匙和档案袋，不曾打开看，也不敢放手，只是傻傻地发呆。

返回重庆后的生活，依旧和从前一般，只不过比起之前的艰苦，现如今是好了许多，徐英豪和辛雪怡依旧奔赴在前线，进行着最直接的报道，在负伤和养伤阶段不断地徘徊。

离开家的徐英豪也再一次恢复了他的坚强、他的睿智、他的勇敢，坚信父亲所说的一定会有全国解放的那一天，现在他们要做的就是等。

当然，也不是他们两个人在等，所有人都在等，不管需要等十年还是二十年，只要能等到抗战胜利，那便是最后的胜利。

而这一切终于在日本向同盟国无条件投降的情况下谢幕，伴随着日本军队从中国的土地上撤离，辛雪怡也不得不结束她为期十多年的战地记者生涯。

徐英豪想要返回上海，让辛雪怡一同前往，在战场游荡了十几年，追逐的人彻底断了消息，辛雪怡却也不知道自己接下来的路该怎么走了，现在的她彻底迷茫了，也彻底失去了方向。

身上的伤口再一次裂开了，辛雪怡便赶往药店去重新包扎了一下，顺便再买了一些药回来。

刚走进居住的屋子，却发现徐英豪已经开始在为她收拾行李了。辛雪怡将药放在了桌上，呆坐在一旁喝起水来，徐英豪回头看了看她，走过去将辛雪怡桌上的一沓报纸翻了翻。

"这些报纸，你还要带吗？"

辛雪怡点头回道："要。"

徐英豪便随即将报纸卷成一卷，塞进打包好的箱子内。嘴里喋喋不休地说着他们接下来的安排："票我已经买好了，我们明日就出发回上海，我已经发了电报回去，让我爸妈把屋子收拾出来了，回去就可以住了。我也给报社发了电报，回去后你先休息几日吧，你身上的伤还需要休养。"

凝视着徐英豪来回奔走的身影，辛雪怡迟疑了半晌，伸手拉拽上刚刚走过来的徐英豪的胳膊："你别忙了，我们聊聊吧。"

徐英豪继而停下了脚步，看着她紧握着自己胳膊的手，眉头下意识地紧收，眼中方才的欣喜也减了一半，神情夹带上些许的紧张，笑容在脸上僵持了几秒钟后，再一次解冻，伸手抓上她的手安慰着："现在已经解放了，我们祖国安全了，你要是想回家，等我们先去上海见过我的父母，我陪你再回去看望他们。"

凝视着此刻的徐英豪，辛雪怡却突然之间有些心悸，卡在喉咙间的话怎么也吐不出来，抓着他紧绷的手也渐渐放松，随口应着"好"。

"快出来看啊。"伴随着门外一声呼喊，辛雪怡迅速从徐英豪手中抽出了自己的手，站起身来，李石头跨步走进屋内，看着屋内两个人亲密的站位和不同平常的情绪，瞪着眼睛傻笑着。

"我是不是来得不是时候啊？"

徐英豪摇头微笑，"李叔请坐。"

"你们要走了吗？"李石头询问道。

徐英豪点头回道："准备回上海。"

徐英豪解释时，辛雪怡立刻恢复到自己平常的笑容，紧接着开口询问。"李叔，你找我有事吗？"

"是，我是来送信的。"李石头呆滞的表情点了点头，将信取出递到了辛雪怡的手中，继而又取出一封信递到了徐英豪的手中，"这是你的。"

两个人各自打开信看着，辛雪怡的脸上始终没有任何的变化，徐英豪却早已经在扫过一眼之后，脸上的笑容已经像夏日娇羞的鲜花绽放，从眼神到脸上都透露出隐藏不住的喜悦，"太好了。"

"怎么了？"李石头疑惑着。

徐英豪挑眉偷笑，将他拉到了一旁，避开辛雪怡的听力范围，小声在他耳边嘀咕了一声。听的人也在一瞬间喜上眉梢，一把拍打在徐英豪的肩膀上，一脸满意的笑意，随后又拉着徐英豪的手不断地拍打着。

仍在仔细看着手中的信，辛雪怡拿着信的手突然一紧，

被时光抹掉的名字

神情继而欣喜起来。

信乃是万叶清老师寄过来的,辛雪怡走到房门口,视线从头至尾都不曾离开过手中的信,信的内容并不多,辛雪怡却一字一句认认真真地看着,毕竟写信的字迹她是那么的熟悉。

"雪怡,听说你到了武汉,来到了残酷的战场,作为中国共产党员,我为你开心,因为你开始了自己的战争,可夹杂上私心,我不希望在战场上看见你。我接到了万老师的来信,也看到你写给他的信,你问我是否后悔过我的选择,我现在告诉你,就算枪林弹雨将我的肉体打穿,我也不后悔我的选择。你在报纸上的采访我看到了,你的文字越发铿锵有力,鼓励着我们在前线的每一位战士。前几日几个战士还围坐在一起读你写的新闻,称赞你是新闻界的女妖。这封信是我给你写的第三封信了,我不知道哪一封你能收到,不过,这应该是我给你最后一次写信了,我的生命也差不多走到尽头了。生命可以停止,守护祖国的心将会永恒。"最后的落款是:316。

鼻头一阵酸涩,眼眶的泪水在眼中打转,辛雪怡深呼几口气,吐出胸口的悲伤。

七年前的一封信,到现在才送到了自己手中。

返回上海的日期已经定了,辛雪怡他们所有的准备也都收拾好了,在离开前,必须将重庆的所有工作全部交接完,越是到离开的时候,才会发现自己的工作原来这么多。

整整一天都被工作压在了报社内,连吃口饭的机会都没有,好不容易喘口气,刚起身,三日前赶到的社长王胜又走了进来，扰乱了她的清净。

"雪怡，我和上海那边协商过了，想让你和英豪前往北平开创天津《新公报》的北平办事处。"

将手中的计划书和签订的单子交给了辛雪怡，辛雪怡看着上面的文字，默念着"北平"两个字。

"是啊，重庆的事情，接下来交给陈又鑫主编负责。"

抬头对王胜点头回道："好的，社长，我知道了，英豪他人呢？"

"不知道，一天都没见到他了。"看着辛雪怡陷入沉思，王胜便再一次开口提醒道："我的意思，是想让你们尽快出发。"

"我知道了，时间就定在三天后。"辛雪怡点头答应着。

"好，我让他们去订票了。"王胜回道。

突来的一道命令让他们的行程再一次产生了更改，其实对于辛雪怡来说这个消息倒也是来得及时，她根本没有做好心理准备，去和徐英豪的家人一起安然地生活，转到北平重新开创《新公报》或许还会有不一样的体验，也可以借着机会再打探一番316的下落。

"雪怡，赶紧出来。"消失了一早上的声音，再一次呼喊了起来，寻找着声音，辛雪怡走出了办公楼。

夕阳西下，暴露着半张红润的脸颊，在白灿灿的天空悬挂。站在二楼望着底下站着的众位同事，方才明明听到了徐英豪的声音，走出来却还是不见他的人影。

"雪怡，赶紧下来吧。"

在众人的欢呼声音中，辛雪怡缓缓地走下楼来，楼外突然爆竹声响,烟花绽放,在夕阳西下的光景中,拼尽全力在释放自己的光芒。

一瞬间惊得停住了脚步,社长和众人也开始躲避着,放炮竹和烟花的同事分散而开,一脸欣喜地凝望着她,将跟着鼓掌傻笑的她推到众人中央,呼喊着祝福的话语"恭喜了"。

仍然是一副不明所以的神情,跟随着众人一起鼓掌,辛雪怡小心翼翼地询问起来:"是有什么好事吗?"

"雪怡,你装什么傻,恭喜了。"石头大叔呆萌的样子说着。

"我的新闻又获奖了吗?"辛雪怡疑惑着。

"行了,雪怡,不用再隐瞒我们了,英豪都告诉我们了,恭喜你们了,虽然说这并不是什么惊喜,你们两个整日形影不离地待在一起,结婚也是迟早的事情,但是还是要恭喜你们了。"王胜也站了出来开口说道。

听了半天,辛雪怡这才听明白过来这个爆竹是为何放的,虽然说她与徐英豪的婚事并不意外,可是这个时候听到难免还是有些震惊,不经意间喊出"结婚"两个字。

从人群之后,徐英豪手持婚书,口中念着婚书上面的字,缓缓走了出来,"两性联姻,一堂缔约,良缘永结,匹配同称。看此日桃花灼灼,宜室宜家;卜他年瓜瓞绵绵,尔昌尔炽。仅以白头之约,书向鸿笺,好将红叶之盟,载明鸳谱。此证。结婚人:徐英豪,辛雪怡。证婚人:陈又鑫,介绍人:李石头,主婚人:王胜。"

接过结婚证书看着,上面确确实实有介绍人、主婚人、证婚人的签章,本是一件开心的事情,看着结婚证书,辛雪怡的心却久久不能平复,看着眼前的爆竹和烟花,却也不知道该是怎样一个表情来面对,片刻之后,脸上的笑容是释放出来了,可是眼中的泪水也悄悄地在眼眶内打转了。

爆竹和烟花声响之后,报社的收音机内再一次播放出那个举国欢庆的新闻:1949年10月1日,下午3时,北京三十万群众齐聚天安门广场,举行了隆重的开国大典。毛泽东主席在天安门城楼上向全世界庄严宣告:中华人民共和国成立了。

伴随着这个更加让人喜悦的消息,众人瞬间欢呼雀跃起来,辛雪怡腹部的伤口反反复复,才刚刚愈合,在抱紧她的那一刻,徐英豪也是小心翼翼地避开了她的腹部位置。

一路返回,辛雪怡都是处于一脸蒙圈的状态,糊里糊涂之中,竟然已经结婚了。一走进屋内,徐英豪便迅速地放下了自己的严谨,换上了那副洒脱和自由随行,手下关闭上屋门,伸手从她的背后将她环抱。

"全国解放了,我们结婚了。"

"这是什么时候弄的,我怎么不知道?还有这结婚证书是哪里来的?"眼睛始终落在手中的证书上,一字一句地看着上面的字,脚下跟随着徐英豪的步子不断地向屋内走着。

"证书自然是书局买的,字是我签的,至于介绍人、主婚人、证婚人,社长、主编一看证书说了恭喜之后,就都盖章签字了。"

"可是你父母,我父母都不知道。"

"我们是自由恋爱、自由婚姻,你看印花也贴了。我们现在是合法婚姻。"

被时光抹掉的名字

　　转移到重庆之后,徐英豪便暗中向组织进行了结婚申请,组织考虑到一些内外因素,便也一直压着申请,不肯批下来,徐英豪渐渐地将此事给淡忘,却不承想几日前组织的信再一次批了下来:同意。

第十七章 战争下残留的孩子

抱着的人沉默了，不再说话，也没有被她推开，不过他的心里是明白的，辛雪怡的沉默已经表明了她对此事的态度。

"对不起，瞒着你向组织进行了申请，也找了主婚人签字盖章。"

"没事儿，我原谅你了。这婚今日不结，明日也得结。"辛雪怡说着将手中的婚书收了起来。

"你不生气了，我瞒着你私做决定。"将辛雪怡拉转过来面对着自己，徐英豪抱着她的腰身，与她额头相依确认着。

抬眼对视上他，辛雪怡深深地叹了一口气回道："这个时代，除了你还有谁愿意娶我。"

"那倒是，只有我愿意收服你这个千年女妖。"徐英豪说着一把讲辛雪怡打横抱起，吓得辛雪怡赶紧抱紧了他。

"别闹啊，快放我下来。"辛雪怡羞涩地喊着。

"天黑了。"徐英豪暗示了一下窗外的天，直接抱着辛雪怡走到了床边，放在了床上，随后整个人也压了下去。

伸手阻挡住徐英豪的嘴，辛雪怡多少还是有些羞涩，"我的伤还没好呢？"

"我心里的伤也没痊愈。"徐英豪说着拉开了辛雪怡的手，直接吻了上去，抱着辛雪怡一个翻身滚进了被窝内。

嘴上吻着辛雪怡，手快速地解开她的衣服纽扣，辛雪怡防守的意识早就被现实打败了，凝视着近在咫尺的人，伸手环抱着他的脖子，抱着他一起坐起身来，帮助他脱掉上身的衣服，裸露出消瘦的身体，手下再一次褪去辛雪怡身上的外衣，露出她胸口处的伤口，不过也是片刻间，便赶紧拍打徐英豪的身体，整个额头贴在了他的肩膀上。

"疼。"

"我还没动你呢。"

"那也疼。"

"真疼假疼？"

"真疼。"

"那好吧，这么多年都过来了，不差这一时半会儿。睡觉。"

说着徐英豪抱着辛雪怡躺了下去，伸手拉拽上被子，遮挡在两个人身上，在她嘴唇上悄悄落下了一吻。

"睡觉，后天回上海，回去之后再收拾你。"

一听到返回，辛雪怡这才想了起来，拍拍他的肩膀回道："英豪，社长和上海那边决定，让我们两个人前往北平，开创天津《新公报》的北平办事处。社长已经批了。"

"什么时候的事情，我怎么不知道。"徐英豪一声惊奇，一手支撑着头侧身看着她。

"今天刚到的消息，让尽快出发，我便让报社定了三天后的车票。"

"三天时间。"徐英豪沉默了片刻，回道，"可以，我们也没有多少东西,轻车简从,带你一个人就行。"徐英豪说着用手勾起辛雪怡的下颚。

"睡觉了。"辛雪怡打开他的手,伸手揽着他的脖子,将他拉下来躺在床上,轻轻拍打了他的肩膀,徐英豪伸手一拉关上屋内的灯,抱着辛雪怡,拉上被子继续玩闹嬉笑不断。

原定的计划赶不上突来的变化,徐英豪突然的一场婚礼更是让辛雪怡在没有任何的防备下沦陷,然而出发前往北平的时间已经定了,不容许他们更改,报社的工作匆忙进行了交接,重庆的报社由陈又鑫全权接管,王胜在帮助徐英豪和辛雪怡庆祝了结婚日后的第二天便返回了上海,家里的东西完全靠他们自己收拾,之后退房,一些不用之物的处理交给了报社的同事。

报社的同事们和主编陈又鑫将他们送到了火车站,做了最后的告别。别人都说他们是靠着幸运跑出来的战地记者,在他们两个人的心里,却也总觉得他们乃是漂泊在中国大地上的幸运记者,毕竟一路走过来,有太多次用生命作为赌注,他们都是依靠着幸运走过来的。

徐英豪身上背着一个包,手牵着辛雪怡上了火车,找到他们所在的车厢,这一次他们的车厢内满员了,隔壁卧铺的位置上已经坐了一个妇女,怀中抱着一个孩子,看着徐英豪和辛雪怡走进来,下意识地将包裹着孩子的衣服紧了紧,侧身避开两个人。

一把将背包扔到了二层铺位上,徐英豪对着一旁的辛雪怡说了一句:"你睡下铺。"从包内取出了热水杯,转而又走出了车厢。

将手中的包放到了床角,辛雪怡坐了下去,将床铺整理好,抬眼看着对面床铺上的人,那人也抬眼看了看辛雪怡,可是瞬间避开了眼神,起身抱着孩子走出了车厢。那人刚出了车厢,徐英豪便返回了,将热水杯塞进了辛雪怡的手中。

"这火车也算我们第二个家了。"再一次坐在了火车的铺位上,辛雪怡抚摸着被子感慨起来。

"也是。"徐英豪从上铺的包内取出药,坐在了辛雪怡的身边,"不过这要是算起来,你除了来北平上学,我便一直陪在你身边,天涯海角了。"

取了他手中的药,直接送进了嘴里,望着他点了点头,闭口哼了一句,谁也听不明白的话,便打开热水杯喝了一口,便又重新递回到他的手中,说了一句"睡觉"便脱了鞋子,坐到了被子里。

伸手把水杯放在了窗户前的桌上,徐英豪拉着准备躺下去的人靠近过去,"先别休息,我们聊聊吧,你来北平之前的事情,你学校的同学,你家乡的朋友都可以说说。"

撇头看着他,伸手揽上他的脖子,辛雪怡饶有兴趣地嬉笑一声回道:"你我都是记者,所以公平很重要,不能只是你问我答。"

"好,"徐英豪点头嬉笑着,"一人一问一答。"

"好,我先开问。"

"没问题。"

本以为她问的也不过是自己儿时的一些事情,没想到辛雪怡一张口便是"李雅艺"。

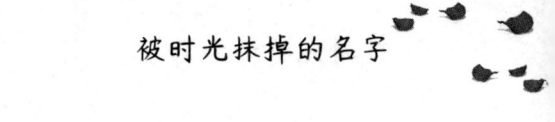

被时光抹掉的名字

这个名字刚说完,徐英豪便拉开了她抱着自己胳膊的手,"好困啊!"一声哈欠,准备着向上铺爬过去。

辛雪怡嬉笑着伸手拉拽着想要逃跑的人喊着:"你别想逃,你说的一问一答,给我老实交代清楚了。"

"要我交代也行,先把我们的事情办完。"徐英豪说着再一次回到了床铺前,双手将辛雪怡圈在怀中,整个人靠近过去和辛雪怡打闹起来。

车厢的门突然打开,妇人再一次回到了车厢,徐英豪和辛雪怡便立刻坐好,对视一眼笑了笑。

怀中的孩子从进入到车厢便一直哭泣不断,妇人又看起来很是紧张,虽然不停地哄着,却也没有任何的效果。辛雪怡拉了拉铺边的徐英豪,眼神微微提示了一番,徐英豪移过眼睛去看了看,回头过来盯着她摇了摇头。

孩子的哭声扰得人心烦,却也听得人心疼,辛雪怡对着徐英豪摇了摇头,转头开口询问着:"孩子是生病了吗?要我们帮忙吗?"

那人似乎是惊弓之鸟,辛雪怡只不过是简简单单的一个关心,却将她吓得慌乱,回头过来看着两个人又是摇头又是点头,"没有,他没事儿,一会儿就好。"

"我看他哭得挺厉害的,要是生病了我们可以帮着找找医生。"辛雪怡再一次开口说着。

"不用,真的没事儿,他不是生病,就是闹腾了,一会儿就没事儿了。"妇人再一次坚持着。之后,妇人便直接抱着孩子躺在了铺位上,不再搭理他们。

拉过辛雪怡的手靠近自己的身边,在她耳边悄悄说了一句话，随后扶着她躺了下去，为她盖好了被子，徐英豪起身看了看躺在另一头床铺上哄着孩子的人，思量了片刻，转而爬上铺位去休息。

孩子的哭声越发地嘶哑，辛雪怡回头过去看了看，妇人依旧一动不动，只是将孩子抱紧了些，将额头边的包向铺内移动了一些位置，辛雪怡便闭上了眼睛。睡了片刻，等到车厢内的哭喊声小了些，辛雪怡起了身，轻轻呼喊了几声上铺的"英豪"，没有任何回应，辛雪怡小声地嘀咕了一声"睡着了吗"，便推开车厢门出去。

妇人回头过来看了看已经空荡荡的铺位，又看了看侧身面对着墙壁的上铺的人，轻轻地坐起身来，故意在桌上敲打了几下，上铺的人并没有任何的反应，妇人将视线落在了下铺位置上的包上，放轻脚步缓缓移动过去，伸手打开铺位角的包翻找起来。

透过床与墙之间的缝隙，徐英豪看不到下面的人，却也可以看到不断晃动的包和一只来回闪动的手。

妇人从辛雪怡的包内翻找出一些钱，便迅速地撤回，伸手拿起铺上自己的包，走出了车厢。徐英豪回头过来，看着打开的车厢门，起身看了看仍然躺在下铺入睡的孩子。

"她呢？"返回的辛雪怡望着空荡荡的铺位询问着。

徐英豪下了床来，走过去探了探孩子的鼻息，伸手取过辛雪怡铺位上的包，取出钱包，已经空荡荡的。"她拿的？"辛雪怡疑惑着。

对视上辛雪怡和她一起看了看空荡荡的下铺，徐英豪说着："雪怡，你睡到上铺去。"

猜到这个妇人肯定有些问题,辛雪怡叮嘱着让他行事小心,便换到了上铺位置去,徐英豪躺在了下铺,取过辛雪怡的外衣披在了身上,将头遮挡上睡着。

没多久,离去的妇人再一次返回,身上的包裹也没有了踪影,重新躺回到了自己的位置。

始终不曾闭眼,等到她再一次起身离去,徐英豪便也起身跟了出去。下铺的孩子再次苏醒过来哭闹,辛雪怡下了床铺抱起孩子哄着,伸手摸了摸他的额头,"并没有发热,却一直哭,我也没照看过孩子,怎么办?"

不知道如何应对,只能抱着孩子去找车上的乘务员帮忙,找到了同在一个车厢上带有孩子的妈妈。"您好,你能帮我看看他是怎么了吗,一直哭?"

妇女接过孩子看了看,摸了摸他的肚子回道:"他是饿了,你不是孩子的妈妈?"

辛雪怡摇头回道:"不是,我姐姐的孩子,她死了,我来接他回去养。"

妇女相信了辛雪怡的话,接过孩子,用自己的奶水开始喂起孩子,吃到奶水的孩子立刻停止了哭泣。

徐英豪悄悄地跟随着妇人移动到了别的车厢,发现车厢内两个男人与一个妇人扭打着。男人一巴掌打在了妇人的脸上连声喊着:"孩子呢?"妇人挣扎着推打着他们的手回喊着:"钱呢?钱先给我。"

"你别忘了,你那个酒鬼丈夫还在我们手里。"另一个男人逼上前抓着她的衣领提示着。

女人依旧咬牙切齿地坚持着,"我只要钱,钱给我,孩子我就给你们。"

又是一巴掌打在她的脸上,女人挣扎着和他们直接厮打起来。一个男人命令道:"快解决了她,别让她闹出声音来。"另一男人迅速拔出刀上前帮忙着,却也在不经意间直接被男子手中的刀子刺入了体内,徐英豪惊恐下立刻撤离。

辛雪怡抱着孩子重新返回到车厢,徐英豪已经着急地在等待了,"你去哪儿了?"

望着返回抱着孩子的人,徐英豪焦急地迎上前拉过辛雪怡向外看了看,确认没有人,关闭了车厢门。

辛雪怡将孩子放在铺上,拉着徐英豪猜疑道:"英豪,我怀疑这个孩子不是那个女人的。"

徐英豪点头回道:"我知道,那个女人已经死了,孩子是她从哪里抱来的,好像在跟几个人做了什么交易。"

"必须保护他。"辛雪怡坚持着。

凝视着辛雪怡沉默了片刻,徐英豪快速爬上上铺,将枕头塞进了被子内,伪装成睡觉的样子,自己则躺在了那个女人的铺位上,辛雪怡抱着孩子躺回到自己的床铺上,用被子将孩子遮挡上便也躺了下去,不过几分钟的时间,外面的呼喊声音便响了起来。

"来了。"两个人起身对视一眼,辛雪怡手下将怀中抱着的孩子紧了紧,车厢门便在刹那间被打开,徐英豪瞬间坐起身来,质问着:"什么事情?"

左右将整个车厢内打量了一番,男人开口询问道:"有没有看到一个孩子?"

"没有,这个车厢只有我们一家人。"

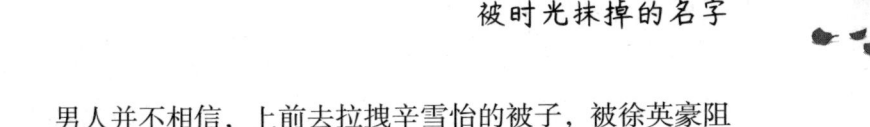

被时光抹掉的名字

男人并不相信，上前去拉拽辛雪怡的被子，被徐英豪阻拦。"你干什么？"

抓着他的手，徐英豪扫视一眼另一只抓在自己胳膊上的手，缓缓地起身，塞在口袋内的手有所暗示地摆动了一下，一脸冷冽的神情看着两个人。

被徐英豪抓着手的人眼神掠过他另外一只塞在口袋的手，有所警惕起来，另外一只手也悄悄从背后移动到裤腰藏着枪的位置。

"放心，我们没有恶意，只是想查一查到底有没有孩子。"抓着徐英豪肩膀的人再一次开口说着。

"我说过了，这里只有我的家人，别打扰我妻子休息，她可经不起两个大男人检查。"徐英豪再一次坚持着。

抬眼看一眼抱着被子缩在一起的女人，被他们吓得手都在颤抖，眼睛直直地盯着他们。

视线重新收回到眼前人鼓起来的口袋内，两个人眼神有所暗示了一下，同伴的手便也收了回去，徐英豪却也放开了自己手下抓着的人。

"先生是从哪里来？"男人试探起来。

"来的地方很普通，去的地方很伟大，所以这一路不得不求个安稳。"徐英豪有所提点着。

多少还是听懂了徐英豪的话，两个人便应了一声之后，撤了出去，却也不承想这个时候孩子的哭声响了起来，徐英豪快速地拿起辛雪怡的包，掀开被子取出包裹在孩子外面的被子卷成一团，冲出了车厢，看了一眼返回过来的人，迅速地向另外一头跑过去，两个人随即快速地追赶上去。

等到两人追赶过去，辛雪怡下了床抱着孩子向他们离开的相反方向快速地冲过去。徐英豪抱着包裹往前冲，却也在身后人一声枪响之后，立刻停了下来，将手中的包裹扔在了地上，举起双手。

看着地上露出的包，持枪的男人对着身边的男人说着："我们被骗了，孩子不在他这里。"

男人上前先将徐英豪从上到下搜查了一遍，"没有枪。"惊讶地对身后的同伴说着。

"枪？我怎么会有枪？"徐英豪惊讶地嬉笑着。

男人随即便是一拳，打在徐英豪的身上质问着，"孩子在哪儿？"

"是吧，你们也听到了吧，我也是听到孩子的哭声出来看的，谁知道你们两个追着我就跑。"

"玩我们是吧，我现在就杀了你。"男人拔出腰间的刀向徐英豪刺过去，被身后持枪的同伴拦住。

"不能杀他。"

"不杀留着他干什么？"

"孩子肯定在那个女人手中，得用他交换回来。"

男人这才收起刀，抓着徐英豪返回去追赶。辛雪怡将孩子藏好之后，担心着徐英豪的安危，便追赶过来，却不巧的是直接与返回的人相遇。

两个男人将徐英豪推到了身前，逼迫着："孩子在哪儿？"

"先放了我丈夫。"

男人再一次拔出刀架在了徐英豪的脖子上，一副不耐烦的样子逼迫着："再不把孩子交出来，我现在就肢解了你丈夫。"

"你敢，孩子我已经交给别人了。我提醒你们一次，现在是你们求我的时候。

最好依照我的命令行事，刚才的广播声听到了吧，马上就到南阳站了，你们要是再不知道孩子在哪儿，永远就别想知道了。"

辛雪怡的话音刚落，火车上的广播在再一次响了起来，提醒着众多乘客到站南阳的消息。两个人对视一眼，抵着徐英豪的刀更加紧了紧，另一人手中的枪直指辛雪怡。

"孩子不交出来，我现在就杀了他。"

"杀了我你们更得不到孩子。"

"把人还给我我就考虑给你们孩子。"

"给孩子。"

"先放人。"

争执不断，谁也不肯让步，两个人被辛雪怡逼得有些急了，在广播声的再三提醒下，持枪的男人猛然间举枪朝着车顶开了一枪。

一声枪响，将车厢内休息的人全部唤了出来，车厢门齐刷刷地打开，三个人前后环顾一番，从车厢内一个接着一个身着军装的士兵探出了头，凝望着外面的情况，看着眼前的情况纷纷从车厢内走了出来，整整一个车厢似乎是被军人的队伍给包了，从头到尾都是穿着军装之人。

看着眼前的阵仗，徐英豪不禁笑着感叹："哇喔，全国解放了。"

"都别过来啊，我手里可有人质的。"两个人明显有些慌了，一个人持刀威胁着徐英豪，另一个手中的枪不断地前后对着慢慢围过来的士兵。

"风在吼，马在叫，黄河在咆哮……"身后的士兵突然开口唱起了歌，吸引两人的注意力，身后的士兵随即冲上前，和两人厮打着，夺了他们手中的兵器，拳打脚踢着，整个车厢被歌声淹没，完全听不到两个人的喊声，徐英豪揽着辛雪怡，在一旁若无其事地看了起来。

两个人交给了那些军人们去审查，徐英豪陪着辛雪怡将孩子接了回去，随后拿了钱去辛雪怡所说的车厢找到了那位妈妈，买了她们给孩子准备的有些常用品回来，徐英豪还多给了她一些钱，作为接下来孩子饿了时候的饭票。

从来都没有接触过婴儿，两个人都是手忙脚乱的，重新给孩子换了一身衣服，将他身上尿湿的衣服扔了，吃饱了的婴儿便也不哭不闹的，在两个人的逗趣下嬉笑着。

"你很喜欢小孩子啊。"看着躺在铺位上的孩子，抬眼再看看身前的辛雪怡，徐英豪一副死皮赖脸的模样，依靠上去询问道。

抓着孩子的手，辛雪怡微微回头看了他一眼点头回道："很可爱啊，你看多好玩。"

嬉笑一声，徐英豪双手伸过去从后抱着她，右手握上婴儿的一只手，玩了玩，探头看着她，"所以你赶紧养好身体啊，我们生几个陪你玩。"之后在她脖颈间吻了一下。

被他弄得发痒，辛雪怡嬉笑着缩了缩，抱起铺位上的孩子，抓起他的手堵在了徐英豪的嘴上，"你别闹了，赶紧去问问这个孩子的来历，我们将孩子送回去吧。"

"先亲我一下。"徐英豪说着嘟起嘴巴望着辛雪怡。

望着他傻傻的模样,辛雪怡摇头嬉笑说了一句"傻瓜",把孩子送到了徐英豪的嘴边让他亲了一口,"免费送你一个。"

抢过她怀中的孩子,抱着坐在另一边的铺位上,徐英豪自己逗着孩子玩了起来,因为这个孩子,从上车到现在为止就没有好好休息过,辛雪怡在徐英豪将孩子抱走之后,便直接躺在铺位上,和他说着话,却也没几句之后便沉沉地睡过去。

伸手拉过一旁的被子,给辛雪怡盖好,起身抱着还睁大眼睛嬉笑着婴儿,轻轻地出了车厢。

从两个人口中并未审问出什么有用的消息,他们也不过是奉命办事,至于孩子更是没有下落,那个妇女也是上面的人交给他们寻找的,只听说是哪家做工的厨娘,其他都不知道了。

按照两方的约定,他们在这趟火车上进行交易,却没想到这个妇女临时改变了主意,价码突然翻了三倍,逼得他们无可奈何,却也为了完成任务,将女人杀了强行夺取孩子。

至于上面派任务的人,两个人却也并不知道到底是什么样的人,只说是一个有点身份的人物,说了一个跟他们接头的人,也只是一个小喽啰谁也没听过。

协商后,婴儿暂时还是由徐英豪带去北平帮忙照顾,至于抢夺孩子背后的人,便交给了他们去找寻。徐英豪的名声至少还是有的,得知乃是《新公报》记者,也更加方便和安心了。

回到车厢,辛雪怡仍然熟睡,将睡着的孩子放在上铺的位置，为他盖好被子，徐英豪躺在一旁的下铺睡了。这浑水蹚的，也不知道之后的结果如何，只是觉得此刻真的有些累了。

再一次回到北平，两个人却也不再是当年那样懵懂和青涩，身上带了些沉稳和雷厉风行的战斗力。

这一次返回北平，只是他们两个人，并没有人提前做什么准备，所有的事情都得他们亲力亲为，在安定下住所之后，又匆匆忙忙开始为《新公报》的选址忙碌起来。

本来就不知道如何照顾孩子，两个人还越发地忙碌，最后连时间都腾不出来，好在邻居家有小孩儿，两个人忙碌的时候暂时将孩子交托给了邻居照顾着，到了晚上才接回来。

在这场革命中，《新公报》也是几经波折才存留下来，其他报社更别说了，北平的更是不多了，没有几家报纸，不过已经多年不在北平了，以前认识的人和待过的报社都多多少少有些物是人非，事情并不好办。

能找的朋友都找了，却没几个可以帮忙的。于墨社长也不知道去了何处，原来的家早已经换成了别人，问过却也没人知晓他的下落。至于他们报社也早已经被夷为平地，更没有希望了。

返回家中，从邻居家将孩子接了回去。吃饱喝足后他倒也是无忧无虑地睡着了，辛雪怡和徐英豪也正好喘口气休息休息，将孩子放进摇篮内，辛雪怡伸展伸展腰身，伸手直接躺在了床上。

望着天花板，辛雪怡眼神飘零地说着："英豪，我们这都快把大半个北平看遍了，还找不到合适的，不如我们明天

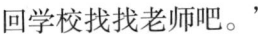

回学校找找老师吧。"

"这也是个办法,不过我这几天倒也约了几处地方,再看看吧。"

喘息了一口气,深深地一声叹息,一声感悟从心而来,"做这些事情比在前线采访累人,现在全国解放了,不用再上前线采访,之后我们的采访又该怎么做,这人生又该怎么活?"

凝视着躺在床上叹息的人,徐英豪脸上流露出一个诡异的笑容,朝着床边走过去,趴在了她的身上,一胳膊支撑在床上,一手抱着她的头,说道,"有我在,你的人生还需要去考虑别的方向吗?"话落,徐英豪便直接吻了上去。

伸手环抱上他的脖子,两人深情款款地吻着,互相吸着对方的空气,抱着辛雪怡一个翻身刚将她压在身上,手还来不及触碰到她衣服上的纽扣,睡着的孩子便醒了,丝毫都不带犹豫,富有霸道气息的哭喊吵闹起来。

"还有这个活祖宗了。"徐英豪哭笑不得地趴在她的肩上埋头撒娇起来。

辛雪怡也是一脸头疼的样子,躺着根本就不想起身,可这个小家伙哭起来也是没完没了,吵得人也心烦,一声哀叹之后,徐英豪起身,将辛雪怡也拉起身,两个人不得不去面对这个小魔鬼。

给他换了弄脏的尿布,抱着哄了哄,便又睡着了,两人便也腾出了时间洗漱。自从身边有了这个小家伙,他们两个人被折腾得半死,白天四处奔走,本来就累,到了晚上他又哭闹个不停,连休息的时间都少了很多。

第十八章　两个人的婚礼

不得不抓紧时间补充睡眠，可躺在床上，睡了没多久，小家伙便又醒了，辛雪怡不得不重新打开灯，起床将小家伙儿抱起哄着，徐英豪起身冲了奶送过去，喂着他喝完，等他再一次睡着之后两个人便又回躺在了床上。

伸手抱着躺回来的人，凝视着旁边的孩子，徐英豪一声哀叹，"这两天被他闹得，我觉得我们还是先别着急生孩子了，还是过过我们二人世界吧。"

辛雪怡一脸真诚地点了点头，"是啊，我也快撑不住了。报社的事情还没着落，一堆事挤在一起了，再添这么个小家伙，我也快疯了。"

也是被孩子闹得累，两个人说着说着便直接进入了梦乡。

徐英豪让几个朋友在报纸上刊登了广告，让辛雪怡留在家里暂时照顾孩子，自己继续寻找着。虽然说孩子夜里睡觉有些闹人，可是照顾久了自然也是喜欢上了，辛雪怡想要留下婴儿自己照顾，徐英豪并没有答应。

报纸上的刊登，场地没有找到，倒是将于墨引了出来，他的车停在他们门前时，正准备出门的辛雪怡和徐英豪还有所担心，看到车上下来的人，这才安心。

被时光抹掉的名字

呼喊着"社长",辛雪怡激动地将怀中的孩子塞给了徐英豪,立刻迎上前去和他打招呼,多年未见,他的头发已经零零散散地发白了,脸上也多了褶皱和沧桑。

看着辛雪怡怀中的孩子,于墨一改平日的严肃,反而更加和蔼可亲,和他们嬉笑打趣起来,"我还以为你这些年在外面做战地记者,是在受苦,没想到你还是在苦中作乐。"

辛雪怡用懵懂的神情看了一眼旁边的徐英豪,转而又望着眼前的社长,于墨将视线移动到身边的徐英豪身上,又恢复严肃,语气也带有质问的意思,"徐英豪,当年将雪怡交给你照顾,你现在倒是把孩子都给我照顾出来了。"

辛雪怡这才听明白他的话,微微低头有些羞涩,还不等她解释,徐英豪先行搭上她的肩膀,一副得意扬扬的模样,"人交给我的那一天,社长你就应该做好这个心理准备。虽然这个孩子不是我们的,可迟早还是会有的。"

将于墨迎接进屋子,送上了茶,于墨也是通过报纸看到了《新公报》的消息,通过朋友一番打探,找到了他们家中。

将茶杯送上去,辛雪怡好奇起来于墨这些年的经历。"社长,你这些年都是怎么过的?"

"当年你们离开没几年后,便因为各种骚乱和经济危机,我不得不放弃,当局惹上了一些人,逼迫我逃往了香港躲避了几年,在香港做了几年的娱乐报纸,在得知北平解放以后,我便立刻携带着家人返回了北平,一回来也是想要扑到报社事业上来。"于墨眼神中透露着沧桑和对自己人生的失落,喝了一口手中的热茶,继续说着,"可在北平看了一圈,找了一圈后,我突然有些累了、疲了,瞬间感觉在香港这些年,

被时光抹掉的名字

自己已经跟不上内地的报业,自己已经没有了当年的年轻气盛,年龄和体力都赶不上,还有身后一堆人都看着我,思量之下便彻底地放弃了这条路,转而改为印刷业。"

"社长,你为转变国人思想已经付出了太多了,现在全国已经解放了,你的梦想实现了。"辛雪怡说着。

于墨笑了笑,重新提起神,"说来也巧了,当年为我的报纸所选的一个地,最近开始转让了。我便想起你们在报纸上登的消息,所以找过来了。"

有于墨介绍,报社地址便彻底地落实了,那之后他们会更忙,那剩下的一个麻烦就是孩子了。孩子的事情也告诉了于墨,让于墨帮忙找寻一家人寄养孩子,于墨也答应了,三天后和他们一起将孩子送到了一户陈姓人家去。

陈氏夫妻结婚五年了,家中只有一个女儿,丈夫一直想要一个儿子,听到于墨在帮孩子寻找人家,便自己找了过去,他们家多年前也得到过于墨的帮忙,所以于墨也算是了解,便直接带着辛雪怡他们将孩子送了过去。

孩子一直没有名字,陈姓夫妻将孩子的名字交给了辛雪怡他们夫妻两个,徐英豪让辛雪怡决定,思量之后辛雪怡决定了"陈栋"这两个字,旨在希望孩子长大之后可以成为国家栋梁。

新中国成立后,北平改名为北京。包括北京在内的整个中国都沉浸在这份喜悦之中,走到哪里都是欢歌笑舞。

回到北京的生活,并未休闲下来,北京《新公报》办事处的创办远比想象为难得多,虽然说报纸已经站稳了根基,

被时光抹掉的名字

并且将相关的人脉打通,可作为一个报社,要想长久地生存,内容上还是要有所建树。

看到街上欢庆胜利而载歌载舞的学子,辛雪怡突然有了一丝的怀念,便在不知不觉中走回了学校,更让辛雪怡惊奇的乃是在校园中竟然遇上了初中的同学莫文清。

那一通气势很是强大,一辆车追着辛雪怡快将校园都转变了,接连几声喇叭声响,辛雪怡让了几次路,直到车停在了她的身前,挡住了她的去路。

辛雪怡并未认出莫文清,反而是莫文清先叫出了她的名字。

"雪怡,真的是你啊!我是莫文清啊,你还记得我吗?"

"莫文清。"念叨着这个名字,辛雪怡在脑中回想了片刻,最终才想起来,立刻微笑着回道,"当然记得,好多年不见了,你过得好吗?"

"还好吧,这些年我一直都有看你写的新闻,你真的太优秀了。"

"谢谢。你呢,现在在做什么?"

莫文清突然变得迟疑起来,回道:"我结婚了,现在是杨应的女婿,在他手底下做事。"

说起来辛雪怡和杨应也是熟人了,却怎么都没想到他的女儿会和自己的同学成为一家人,人生真的也是一件有趣的事情。

莫文清强行用车将辛雪怡送往家中,虽然辛雪怡拒绝了很多次。也是怕引起不必要的麻烦,辛雪怡只让车停到了巷子口便下了车,只是没想到莫文清还是下了车。

匆忙从身上取出笔,在一张纸上写上自己的联系方式塞到了辛雪怡的手上,"雪怡,以后若是无事,多出来走动走动。这是我的电话。"

礼貌性地打开纸片看了看,辛雪怡点头回了一句,"好,那我先回去了"。

刚准备离去,莫文清再一次伸手将她拦住。莫文清丝毫不在意地靠近过去开口询问起来:"雪怡,你结婚了吗?"

还不等辛雪怡回答,耳边另外一声"雪怡"呼喊起来。回头过去瞥一眼拿着两个红色小本本凝视着他们走过来的徐英豪,辛雪怡伸出手去握上徐英豪伸出来的手,将他带到莫文清的身边介绍着,"我丈夫,徐英豪。"

莫文清从上到下将徐英豪细细地打量了一番,并未搭理他,对辛雪怡倒是一副恋恋不舍的神情,叮嘱了几句后乘坐上车离去。

凝视着离开的车尾,徐英豪回身伸手抬起辛雪怡的下颚,左右欣赏着,"就放你离开这么一会儿,你就给我弄了一个情敌回来。"

辛雪怡一脸嬉笑,推开他的手,揽上他的胳膊回道:"他是我初中的同学,你别瞎吃醋。"

"你没看到他刚才见我的样子,一副想要活吞了我的模样。"

"你刚才去哪儿了?手里拿着的是什么?"

徐英豪摇头嬉笑着,向她闪了闪手中的两个红色本本。"我们的结婚证,走,回家结婚去。"

"又结婚?"辛雪怡惊讶着。

"我们没认真举行过仪式，我必须给你重新补一个，弄不出世纪婚礼，我们就办一个只有我们自己可以回忆的婚礼也好。"徐英豪说着揽着辛雪怡的腰，半抱着她一路返回家中。

对于结婚的事情，辛雪怡没有抱怨过什么，也没有指责过徐英豪私自做决定，一切都是顺着徐英豪的意思在办，本想回到上海的家中，好好地大办一次，无奈又到了北京，徐英豪却也不想委屈了她，一直想找机会为辛雪怡补办一个，这才瞒着她将一切准备好。

看着熟悉的屋子被布置成陌生的婚房，满屋的红色喜庆再加上闪烁的烛火，照得人脸也有些羞红。

毕竟他们乃是记者，是报人，屋内徐英豪还是有些保留地为辛雪怡留出一个书桌的位置，将这些年刊登她所写的文章的报纸全部展示出来，一旁的餐桌上还摆放着一桌好酒好菜。

辛雪怡满屋子转了一圈欣赏了一遍，走到了书桌前，翻看着徐英豪为她集合的他们这些年所写的报道，回头询问着："你今天赶我出去，就为了准备这些？"

"是啊。还你一个特别的婚礼。"

伸手环抱上她的腰，与她额头相依，辛雪怡伸手揽着徐英豪的脖子，与他的步子一起后退着，徐英豪嘴里不停地询问着："喜不喜欢啊？"

"那要看你问的重点是什么？"辛雪怡反问道。

"喜欢我还是喜欢我准备的惊喜？"徐英豪不肯罢休地继续追问。

"喜欢这份惊喜是你为我特意准备的。"辛雪怡回道。

两个人脚下的步子移动着,抱着辛雪怡移动到桌前,徐英豪趁机伸手播放出音乐,跟随着音乐两个人跳起欢快的舞步,一首曲子,辛雪怡和徐英豪配合得完美无缺。

"不错啊,大学我邀请你跳舞,你说不会的。"看着她的脚步,徐英豪有些惊讶地询问道。

"之后学的。"辛雪怡得意地回道。

一个脚步移动,辛雪怡一个转圈转到了徐英豪的怀中,徐英豪趁机在她嘴上小啄了一下,转而又转了出来,徐英豪一个用力抱近过来,又是一吻,和辛雪怡嬉笑摇摆不断。

也不知道是谁,很不会看时机、很不会看情况在这个时候敲门,辛雪怡挡住了徐英豪再一次的吻,提示起来:"有人敲门啊。"

徐英豪却根本不管,只当作没听见,继续拉着她跳舞,顺便补上了自己刚才的那一吻。

门外敲门声音片刻后转为了呼喊的叫门声音,"徐社长""辛主编"这两个称呼不断地交替呼喊。

屋内的两个人依旧不理会,门外的敲门声音响了片刻后便也自觉地消失了,让屋内音乐和人,享受起他们此刻的美妙。

看着眼前渴望了许久的人,徐英豪压抑许久的欲望也在尝试了几番甜头之后,彻底地解放。

结束了深切绵长的那个吻,脚下的舞步也已经移动了床边,两个人不自觉地倒了下去,辛雪怡的意识在他剥夺自己的呼吸开始便已经凌乱,好不容易片刻之间才找回来,脖颈间被他亲吻的有些瘙痒,抬手抱上他的头,这才发现他们的

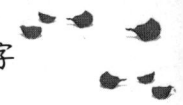

衣服也不知道何时已经扔到了地上。

和徐英豪如此亲密接触并非第一次,可是这一次她的心像悬空一般,异常紧张,心跳也越发强烈。室内的温度本来就高,两个身体紧贴,摩擦不断的肌肤又给整个床铺升了温度,跟随着眼前的人的节奏,辛雪怡渐渐也沉迷了……

敌人已经被赶出了我们的土地,国家也已经安定下来,辛雪怡他们开创的报纸内容便也将重心转移到了经济方面,徐英豪毕竟家中从事的就是经济活动,做起这类报纸来也是得心应手。

徐英豪将工作重心放在了收集日方的相关经济发展上,辛雪怡则更多地关注新中国成立后渐渐从大陆撤离的国民党的经济恢复发展。

将陈栋送给了别人抚养,可只要有闲暇时间,辛雪怡和徐英豪还是会前往去探望他,只不过每一次的前往,似乎都会引来陈氏夫妻的异眼和冷嘲热讽,他们的女儿陈立春倒还是通情达理,时不时会带着陈栋前来探视两个人,后来干脆协商让陈栋课余之后跟在徐英豪身边做弟子,学习新闻报道。

对于陈栋的事情,辛雪怡并没有插手太多,毕竟她连莫文清的纠缠都处理不好,虽然他并未有过任何过分的行为,更多的时候只是对她工作上和生活上的一些关心,可这些在徐英豪看来相当刺眼。

特别是在她新闻再一次获奖的时候,莫文清给报社接连送来两份礼物祝贺,让徐英豪很是不满,不过也是碍着报社的人都在,不想将事情闹大,徐英豪并未当场和他翻脸,只是莫文清似乎太过没眼力了,依旧邀请着辛雪怡。

"雪怡,我在酒店订了餐帮你庆祝,一起去吧。"

"不必了,我的妻子,我自己养得起。"徐英豪努力地控制着自己的脾气,向他宣告着。

"雪怡,获了奖,自然要好好庆祝,不过就是一顿饭而已,你不会拒绝吧。"并没有搭理徐英豪,而是将选择的权利寄托在了辛雪怡的身上,凝望着她等待着她的答案。

将他送来的礼物退了回去,辛雪怡以朋友的心态,举起酒杯与他的酒杯相碰,只说了两个字"感谢"。

和徐英豪相处许久,他们也争吵过,发生过矛盾,可是过一段时间,便会遗忘,或许都是他最终服软,第一次辛雪怡想尽办法去哄他开心。

"你别生气了,我做饭给你吃啊。"

"我不想吃土豆炖菜。"

"那我们出去吃,你想吃什么,随便点,我请你。"

"你请我,钱我出,有意义吗?"

哄了一路,徐英豪始终闹着脾气,哄了半天,辛雪怡能想到的方法也用尽了便坐在了旁边不说话了。

片刻后,门铃声音再一次响起起来,看了看一旁坐着生闷气的徐英豪,辛雪怡起身打开了房门,首先映入眼帘的却是一束花。

"请问是辛雪怡主编吗?"来人抱着花问道。

辛雪怡一脸懵懂,点头回道:"是。"

来人便将花送上去,"这是一位姓莫的先生送给你的礼物。"

这一次彻底惹怒了徐英豪,他愤怒地冲上前,一把夺过来人手中的花,直接扔在了地上,叱骂起来,"还有完没完,一次接着一次,越发得寸进尺了。"说着徐英豪拉拽着送花的人,威胁着,"莫文清他在哪儿,带我去找他。"

"英豪,先别激动。"辛雪怡强行阻拦着。"好了,你赶紧走吧,以后要是他再让你送什么过来,拒绝不了的,直接扔了。"送花的人被徐英豪的愤怒吓到,也在辛雪怡的催促下,赶紧离开了。

徐英豪毁了莫文清送来的礼物,怒火焚烧地准备和他干一架,被辛雪怡阻拦拉回了屋内,两个人纠缠之中,焦急之下辛雪怡一巴掌打在了徐英豪的脸上,让他冷静下来,却又再一次伸手触摸上被她打过的有些红润的脸颊,轻轻地抚摸着。

"英豪,我们都别冲动了,我们不再是十多岁的少年,我们一起走过了这么长的路,还需要重新塑造彼此之间的信任吗?"

徐英豪抓下她的手握着,没好气地质问着,"你在外面惹上了这朵烂桃花,你还有理由了。"

辛雪怡无奈地摇了摇头,也不甘心地怼上去,"要说桃花,在武汉、重庆、上海,你身边就没有少过。要不要我们现在数一数你我过往招惹的那些桃花,看谁的更灿烂。"

一瞬间被辛雪怡堵得徐英豪便也不敢再开口了,毕竟自己那些过往有些还是比她现在的情况更为难,他只是有些气不过,心里也有些担心,明明知晓辛雪怡不可能为了他抛弃自己,可是每一次看到他有意地接近她,心里总是莫名地堵

被时光抹掉的名字

着一口气。

在杨应的邀请下,辛雪怡曾经前往过莫文清的家中做客,一场没有感情依附,紧紧依靠协议维持的婚姻,男女双方都在尽力忍耐,说是夫妻,彼此的生活却也互不关心,各自为过。

这一次辛雪怡和徐英豪将莫文清约了出来,约在了北京大学的校园内,她和徐英豪的故事是从这里开始的,也是在这里成长起来的,和儿时的自己做了告别。

显然看到等待自己的除了辛雪怡还有徐英豪,莫文清便也明白了今天的相约目的了,便也不再隐瞒,他前半生过得都很懦弱,别人说什么,自己做什么,心里想的都不敢说出来,今天面对她,他不想再继续懦弱下去了。

"我和雪怡从小就是同学,儿时我便将她当作爱慕的对象,可惜那个时候的你完全没有意识到我的心思。"凝视着眼前的人,莫文清一脸笑容侃侃而谈。"感情本是我最珍惜的,我却在长大之后因为生活,将自己的感情作为交易出售,所以我的内心更多的是空虚和不甘,在如此的情景之下,雪怡出现了,所以我便将自己遗失的那份情寄托在了她的身上。"

听着他将自己的过往告知给自己,辛雪怡除了肩上多了一份沉痛,替他感觉到悲凉,却也给不了他其他什么承诺。辛雪怡心里非常清楚,她的人生过得并不安稳,一路走过来,她追逐的方向乃是316走过的方向,可让她坚持下来的一个关键也只是因为有徐英豪的陪伴,前半生如此,后半生也只会如此。

"真的对不起,从前的我不知道,现在知道了,可是我接受不了你的关心,我只想守护我和英豪这份来之不易的爱情。"片刻后，辛雪怡回道。

"如果不是因为战争你会选择我吗？"莫文清还是问了出来。

凝视着他，辛雪怡微微摇头回答道："我会追着我喜欢的人去跑，也会为了我喜欢的人停步，这无关社会的安宁。"

那一次相见之后，莫文清也是明白了辛雪怡的决定，彻底地从她的生活中消失了，一切恢复了平静，辛雪怡再一次投身到自己的工作中。

可如此的平静维持了不过一年之久，莫文清再一次出现了，只不过这一次他找的是徐英豪。

并未和徐英豪在报社相见，莫文清选择在一个比较安全的茶馆，来时也是一番装扮，小心翼翼，而在他们喝茶的茶馆，徐英豪也特别观察了一下，也有三个人分散在三处保护着。

"你约我应该也是为了雪怡吧？"徐英豪直截了当地说。

莫文清点了点头，微微上前倾身，小声说着："徐英豪，你尽快带着雪怡离开北京。"

"发生了何事？"

"雪怡接连多篇新闻在报纸上批评国民党，惹怒了他们，国民党对雪怡下了暗杀令。"

徐英豪大惊，没想到危险还是降临到他们身上了。从辛雪怡将第一篇稿件写出来后，徐英豪便预感到了危险，可是雪怡仍然坚持用原稿，现如今还是惹祸上身。

"我得到消息，政府已经派人前去交涉此事了，不过还是保不齐他们会暗中行动，所以你们尽快离开北京，越快越好。"

徐英豪点头答应,"感谢。"

"不必,你也知道我对雪怡的心思,现如今我也只能护到如此。"

以辛雪怡的性子,知道此事更不会离开的,徐英豪在离开茶馆之后,便直接赶往火车站,将火车票购买好,随后又返回了报社,将报社的事情交托给了其他人和陈栋,一切准备妥当之后便是劝解辛雪怡的事情,随即徐英豪又找了一个理由,将辛雪怡叫回了家。

"雪怡,我们结婚后便一直没有归家。报社现在也稳定下来了,家里父母来了书信,让我们回去,上面也同意了,你收拾一下东西,我们现在就出发。"

"是该回去看一看了,可是也不用这么急吧,我们什么都没有准备,后天再出发也可以啊。"

"我归心似箭,而且母亲家书中也提到,父亲近日身体不好,我想早点回去看望。"

辛雪怡还是有些犹豫,不过手下还是开始行动起来整理行李。徐英豪看了他一眼,走过去从她手中取过衣物,帮着她整理起来,却也始终不敢直视她,继续劝解着:"报社的事情你不必担心,我已经让其他人和陈栋暂时看守,这次返回,除了我家,你家自然也是要去看望的,你爸爸也未认我这个女婿。"

匆忙收拾完行装,徐英豪和辛雪怡便立刻前往了火车站。这次返回也是为了确保他们的出行安全,上面还是派了两个人暗中保护,徐英豪以天冷为由,将辛雪怡从上到下包裹得严严实实。

到了火车站,也不着急上车,站在人群中等待了半会儿,直到有人有意向他们走过来,徐英豪才拉着辛雪怡走上前去,两个人故意相撞,徐英豪趁机从那人手中接过假的身份证明和火车票,便随即带着辛雪怡上了火车。

找到了两个人的车厢,徐英豪再次确认了跟随保护的人就在隔壁,这才安心下来,对着辛雪怡露出了笑容。"累了吗?快点儿休息吧。"

"发生了什么事情?我们为什么要逃?"从在火车站与接头的人相遇,辛雪怡便就知道他们并非休息返家,而是逃难,毕竟她已经不是第一次遇到这样事情了,也不会惊慌失措到失了分寸,便一路沉默寡言跟随着他们的安排行动,逃难可以,只是至少她要知道自己为何而逃。

"逃?我没有逃啊,火车上人多混杂,我是怕出现什么意外。"徐英豪眼神始终不曾看过她。

"你这是第一次骗我。"辛雪怡继续逼问着。

"我没有骗你,我们的确从结婚到现在,根本就没有回过家见过父母。"徐英豪突然之间对视上她,义正词严地说道。

只要有所怀疑,辛雪怡就会执着地追寻到底,从来都不相信什么口头承诺,"既然你不愿意说,那我自己去问他们,隔壁车厢的人是上面派下来的吧?"说着辛雪怡便起身要往外走,徐英豪离开伸手将她一把强行拽回了床上,辛雪怡倒靠在床上,手下胳膊支撑着,努力摆正自己的肚子,不碰撞到墙面。徐英豪一手支撑在墙面,一手抓到床边,将辛雪怡封锁在身下。

"雪怡,你就不能改改你的脾气?有些事情为何一定要追寻到底,追到底知道了又能怎样,现实不可能因为你的执着改变。"

突然鼻头一阵酸涩,眼角的泪水不自觉地滑落。辛雪怡支撑在床上的胳膊,也瞬间失去了支撑的力量,整个人倒在了床上,抬手遮挡着自己的眼睛,躲避着徐英豪的视线。

相识辛雪怡多年,就算战场负伤,也不见辛雪怡掉过一滴泪,可是此刻却因为自己一句斥责哭泣,徐英豪却也心软下来,不敢再继续说什么,起身将辛雪怡拉起,为她擦拭着脸上的泪水,将她拥抱在怀中安慰。

"对不起,我不该向你发脾气的,我只是不想你出事。就这一次,这一次放下你的执着,听我的安排好吗?"

依靠着徐英豪的肩膀,凝视着车窗外一闪而过的风景,辛雪怡的心也渐渐平复下来。她的执着是因为要追寻316,可是他已经战死沙场,多年来她的生活也已经重新开始,她又在执着什么,她是该放下自己的执着,去面对现实的生活。

"对不起,我会听你的。"一声低语,在火车的嘶鸣声中飞出,徐英豪或许并未听见她的话,因为更多的她还是在告诉自己,告诉自己该放下了。

辛雪怡的睡眠一直都不是很好,现在又在火车上,火车的轰鸣声只要一响或者因为停站抖动一下,辛雪怡便会清醒过来,第一次清醒过来,徐英豪还未入睡,靠在铺位边发呆,辛雪怡和他说了几句话,徐英豪这才同她一起入睡,可是等到第二次清醒过来,徐英豪却不见了人影,辛雪怡的睡意也在瞬间消失,坐起身来等待着。

徐英豪担心的事情还是发生了,暗杀的人不知何时已经混入了火车上，哄着雪怡熟睡没多久，徐英豪便被保护他们的同志叫了出去。

还无法确认到底来了多少人，同行的同志也只是在餐车无意中发现了他们，随后便发现有两人在各大车厢开始探视。

"他们很快就会找到这里来，我们必须提前做好防备了。"门口守护的同志说着。

"依我看还是提前下手，等他们找过来再动手，我们就会处于被动状态，到时对我们很不利的。"屋内与徐英豪同坐的同志说道。

"可是我们现在也不知道对方来了多少人，贸然行动势必暴露我们的行踪，万一他们人多，我们很难应付的。"门口的同志分析道。

"我也觉得还是退避而好，雪怡现在还不知道发生了什么事情，贸然和他们正面冲突的确太危险了。"徐英豪说道。

"那我们现在必须换车厢了，他们检查过的车厢比现在的安全很多。"门口的同志提议道。

徐英豪起身赞同道："那好，我现在返回带着雪怡去换车厢。你们提前安排好退路，以防万一。"

等待了许久，还不见徐英豪回来，辛雪怡刚起身下床准备去找他，徐英豪却赶了回来。"你回来了？"

看着辛雪怡下了床，徐英豪上前关心道。"雪怡，你醒了多久了？"

"一会儿了，等你半天也不见回来，本来想去找你。"

"我没事。"

回到床边，徐英豪将被子胡乱地拉了拉，弄得鼓起来，将自己的东西重新收拾在一起。

"雪怡,我们换一个车厢。我们这个床位不小心跟别人重了,列车员刚才通知我了,我们的位置在另外一个车厢。现在换过去吧。"

只是盯着他整理东西,辛雪怡不曾开口询问一句,等到收拾好,门口一个声音喊道"好了吗,得走了"。

"好了。"徐英豪伸手挽着辛雪怡跟随着走了出去。一位同志前面探路,一位引着徐英豪和辛雪怡小心翼翼地跟随着在车厢内移动。

才穿过了一个车厢,跟踪的人便挡在了面前,前面的同志先行阻拦,和他厮打起来,引着徐英豪和辛雪怡的同志立刻带着他们转身撤离,却也还没走出车厢半步,前面又是一把刀直接向辛雪怡刺了过来,"雪怡!"徐英豪一声呼喊,伸手将辛雪怡拉回怀里,替她阻拦下来,一旁的同志,迅速地夺过杀手手里的刀,与他厮打起来。

在徐英豪的催促声中,辛雪怡躲避开他们向前匆忙逃跑。也是一时被吓得有些慌乱,辛雪怡只是傻傻地拼命向前奔跑,身后一个人影猛然间从旁边的车窗内扑了出来,将辛雪怡压在地上,手中的枪直接向辛雪怡的头部砸了过来。

被掐着脖子,辛雪怡已经气息不稳了,面对一个比自己力量大了太多的人,更是挣扎不开,瞪大眼睛凝视着向自己打过来的手枪。身后一声低音的枪响,血瞬间将辛雪怡的面容染红。

"起来。"316一把将压在辛雪怡身上的人拉起,将辛雪怡拉拽身来,快速向前走去。来不及调整自己的呼吸,辛

雪怡接连几声咳嗽，一手揉捏着脖子，拉开衣角让自己尝试着松口气。

"慢点儿，我跟不上。"前面拉着辛雪怡的316，走得非常快，辛雪怡的步子渐渐都有些跟不上了，凝视着握着自己手的手，手背处有两道一长一短没有交叉的疤痕，抬眼去看他的身影，辛雪怡不自觉地鼻头再一次酸涩，泪水开始在眼眶中打转。

虽然他的发型也比不上曾经那样平顺，脖子间、身上还有新添的仍在流血的伤口，可是她还是认出了他，因为这个背影她太过熟悉了。

辛雪怡努力地打通被紧张的气息阻挡的声音通道，尝试着呼喊着那个名字，"316，是你吗？"

前面的316猛然间停下脚步，握着辛雪怡的手也更加紧了些，辛雪怡微微侧身过去，通过他的身体看着前面缓缓逼近过来的两个人。

"这已经是第十个了，看来你这次也是把他们逼急了，竟然派了这么多人。"

将辛雪怡一把推进旁边的车厢内，316将手中的枪猛然间抬起，眼神犀利阴冷，丝毫不带犹豫地向两人射了过去，却也准确无误地将一人射伤，另一人快速地躲避进车厢内，向316开枪。

退避到车厢内，扫视一眼被他们吵醒，惊恐地蜷缩在床上的乘客，316将目光最终停留在辛雪怡的身上，再也没有了以前的温柔，冰冷、犀利的眼神看着她提示道："不必担心，之前的麻烦我已经处理掉了，这已经是最后一波了，我会安然送你离开的。"

  短短的一句话,还来不及让辛雪怡细细看清316这些年来的改变,只发觉他的面容却早已经失去了曾经的白皙,变得深邃和冷漠,脸上还有一道抹不去的伤痕。

第十九章　316 的地狱长鸣

316 重新将枪举起，来人还未靠近，先一步侧身出去，一脚将来人踹倒，用枪狠狠地砸在他的头上，将他打倒在地，一把反手抓着他的胳膊，用枪指着他的头。

"你们这次派了多少人过来？"

"你觉得我会告诉你吗？"

"你会的。"

316 抓着他胳膊的手，猛然间用力一抬，一声清脆的断骨声音，夹杂着还未喊出口便被 316 用衣服塞住嘴巴的痛苦感，316 再一次一把抓起他的衣领，将他拉拽起来，在他耳边提醒道："这只是一个小提醒，你要不要感受一下你们地牢内那些同伴的下场，比你痛苦百倍。"

"你是从地牢逃出来的，这不可能，地牢看守严密，你怎么可能逃出来？"

"没什么不可能，你们的人都太弱，快说，你们这次派了多少人。"

"现在车上只剩下我们了，下一站还有人上车。"

等他说完，316 便手下一枪直接将他打死。辛雪怡从他开完枪后，便悄悄地走了出来观看。316 方才的一举一动都在她的视线之中，却也多年不见，不知道他所在的战场到底残酷到那般，将他折磨到了这般冷漠。

确认人已经死了，316起身跨过尸体，走到辛雪怡身边叮嘱道："一会儿火车停了之后，你就下车，之后的事情我会替你处理的。"

说话间，身后被316第一次打中的人，挣扎几下之后，悄然间抓起地上的枪缓缓从316的身后抬起，在他准备开枪的一瞬间，站在316对面的辛雪怡一把夺过316手中的枪，向他身后人开枪。

子弹从316的胳膊旁擦过，可是他却丝毫不为所动，是因为早已经习惯了与子弹擦身而过了吧。虽然说她也是在战场上奔跑过的人，可是还是第一次开枪杀人，辛雪怡难免还是有些惊恐，握着枪的手也开始颤抖起来，自言自语道："我开枪了，这一次我真的开枪了。"

316回身确认人已经死了，起身用他有伤痕的手握住辛雪怡的手，从她手中取过自己的枪，抬手为她擦拭着脸上的血，低语说道："你的手是用来写字的，开枪还是我来吧。"

凝视着自己一直追寻的人，辛雪怡有太多的话想要说，有太多的问题想要询问，可是他们的缘分似乎只有短暂的几秒。还不等辛雪怡开口，316再一次对她转过了身，熟悉的背影再一次从她眼前渐渐地消失。

一瞬间为他冰冷下来的心再一次燃烧，本该放下的执着却也复苏，心口的酸涩堵上鼻头，眼眶打转的泪水像两条细流一般流落而下，着急地迈开步子。

"别走。"伸手去拉拽那个背影，腹部突来的一阵腹痛，

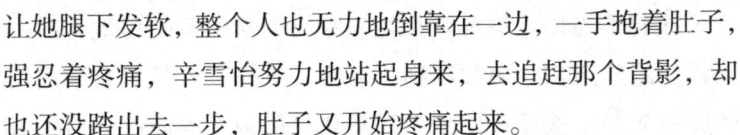

让她腿下发软，整个人也无力地倒靠在一边，一手抱着肚子，强忍着疼痛，辛雪怡努力地站起身来，去追赶那个背影，却也还没踏出去一步，肚子又开始疼痛起来。

"雪怡，你怎么了，受伤了吗？"徐英豪和两个同志追赶过来。两个同志立刻检查躺着的人，徐英豪扶着辛雪怡检查她身上有没有伤。

"还好，没有受伤。雪怡，你是哪里不舒服吗？"看着辛雪怡一直痛苦地流泪，扶着墙面凝视着前方不肯起身，徐英豪担心地询问着。

肚子上的疼痛已经减轻了很多，可是辛雪怡却始终管不住自己的眼泪，她的心再一次变得空荡荡的，转身紧抱着徐英豪，将泪水掩埋进他的怀中。

一声刺耳的火车轰鸣声之后，火车又来了一个紧急刹车，辛雪怡调整好自己的情绪，擦拭掉脸上的泪水说道："我们下车。"

辛雪怡四人下车不一会儿，火车再次发动起来。冰冷的夜，将冰冷的风驱赶到辛雪怡的脸上，将她眼眶中的泪水冻结成冰条。

目送着火车承载着他追逐的人，驶入看不见尽头的黑暗，前方还有未知的危险在等待着他，这样的情景她已经经历过了一次，一次比一次心痛，可是她除了接受，除了不停地追逐，让自己奔跑在路上，她什么也做不了。

肚子的疼痛感再一次传来，辛雪怡抚摸着肚子，伸手握着徐英豪的手说道："英豪，尽快在附近找一个地方休息吧，我需要医生检查。"

扶着辛雪怡，徐英豪扫视一眼周围，偏僻的荒地，看不到任何的建筑物，更找不到一辆代步工具，可是看着辛雪怡如此的痛苦，徐英豪便也不得不和其他两个人商议之后的行程，行动起来。

完全没有想到自己怀孕了，只是从离开北京的前两日开始，她的确是有些不舒服，却也只是以为工作太累了而已，真的是大意了。

追逐了半生的人再次匆忙相见却是那般的危及场景，可悲的是孩子依旧没有守住，辛雪怡还是流产了。

上海也已经不安全了，和徐英豪商议之后，他们便又秘密直接转往辛雪怡的家乡沈阳。辛雪怡的身体因为流产虚弱不堪，徐英豪一路上贴身相伴，细心地照顾着，对于孩子的事情绝不多说一句，尽力为她开解着心结。

对于316的事情辛雪怡始终不曾对徐英豪提及过，而得知的消息和那些被打死的人，辛雪怡也只说是靠着乘客的帮助，自己将他们杀死。

这么多年来，始终没有他的任何消息，本以为316已经葬身在了那场爆炸之中，却不明白他为何又到了上海，又是如何知晓自己在那趟火车上的，而这个答案，这一生她也不会知道。

重新启动火车后，316便迅速地返回了车厢，将所有尸体全数清理掉，目睹过事情发生经历的乘客也都做了叮嘱，一切准备妥当，火车到站的提醒声音响起，透过车窗看着来回上下的客人，确认了自己寻找的目标，检查过身上的枪支，向目标人物而去。

要说这一次的匆忙相见,也是那一年重庆留下的不舍。大雨的临别中,在雨水将手中的蜡烛浇灭之后,刘默血痕累累地出现在了他的面前,身后紧跟着五个杀手,大雨之中两个人以命相搏,却最终还是败落,刘默为了守护他的安全,点燃了身上捆绑的炸药,在爆炸的轰鸣声中,他也失去了意识,等他从鬼门关杀回来之后,他已经被五花大绑地捆在火车上了。

被炸药炸的身负重伤,他连爬起身来的力气都没有,将他从战场上带走的人,明显是不想让他死的,却也没想要他好过,被关在火车的车厢内独自承受着伤口上的疼痛,每日除了几个馒头和水维持他基本的生命力,唯一支撑他不倒下去的精神支柱便是车厢内堆积的报纸,看着辛雪怡的名字,总是莫名会让他有理由去坚持。

在火车上待了差不多两日的时光,在一个冰冷的深夜,他被蒙上眼睛塞进车内,又是几个小时的颠簸,伤口明显开始复发,血也顺着皮肤渐渐地滑落,强行隐忍着所有的伤痛,一直等待着他们落定,取下蒙在自己眼上的布的那一刻,316便知道自己的人生从那一刻开始不再安然,亦没有回头路。

被送到了上海的一处偏僻之地,囚禁的牢房堪称地狱死牢,包括316在内一共五十人,皆是犯了重罪的囚犯,一个个如狼似虎。

五十人集中在这个陌生的地方,眼睛上皆都蒙着黑布,手被绳子束缚着,完全凭借着声音,听着周围的动静。

一声声轰鸣的车响,几十个士兵从车上跳下来,得到一

被时光抹掉的名字

声命令"打"的命令之后,便二话不说冲着五十人拳打脚踢,一番挣扎和抵抗下来,最后仍然站着的包括316在内的不过五个人。

"就五个,一群废物。"

五人蒙在眼睛上的蒙布,在打斗中已经掉落,下意识地围成了一团,互相解开了还被捆着手的人,警惕着围在他们周围的人。

"取棍,打!"一旁观望的狱长,又是一声命令,围堵的兵士们再一次取下身上的警棍,朝着五个人再一次打过去,五人奋力抵抗,相互协作在又一番抵抗下,打倒了士兵,可316也倒了下去,依旧站着的不过三个人。

将五十个人的情况和编号一一进行了记录,狱长悠闲自得地喝着茶,让人将站着的五个人特别圈出来,分别安排了关押的地牢。

狱长亲自走过去审视了五个人,对着趴着的、站着的五十个人说着:"我是这里的监狱长,没有名字,从今天开始你们受我管制,我不管你们之前是做什么的,是什么人,在我这里都是囚犯,别想着逃出去,能出去的都是尸体。"

"这里是什么地方,为什么抓我们过来?"站着的三个人中一人询问着。

"带你们过来,自然是有你们的用处,至于谁能从这里活着出去,就看你们自己的手段。你们的名字我不想知道,从今天开始,你们以一到五十的编号为名。大家都不必害怕,我人很好的,特别是见不得血,你们一日三餐,我会当大爷一样伺候着。"

被时光抹掉的名字

　　训话结束，狱长让人将其他倒在地上的人全部拖了下去上药，关押。

　　所有人都是被抓来的，聚在那个监狱内却也没有团队之欺，不过众人之间也没有任何的交集，都在为活下来而挣扎。

　　本该死在战场上的人，被暗中抓到了不知何地的监狱看守，自然是不会安安静静地让他们待在地牢，每日定时会有人进入牢房，对他们进行肉体上的折磨，一次比一次惨烈。之后又会被蒙上眼睛，送到一处犹如冷藏室一般的地方，众人皆被扒光衣服，推进冰冷且臭烘烘的脏水之中，压制着他们的呼吸，让他们互相厮打，互相折磨彼此。

　　脚上的铁链已经将脚踝磨出了好几道伤痕，想要正常走路都有些困难，也是在反反复复的肉体折磨中度过了不知多少时日，只记得当初的一起进来的五十人，在每一次的折磨中，随着不断有人死去，最终能支撑下来的也只剩下二十来人。

　　刚进来的时候，所有人对于眼前的命运还会反抗，可是却也经历过其他人被活活打死，让他们整整观摩着尸体一点点变化，肢解一同待过的同伴身体，在多少次呕吐过、挣扎过后，所有人便也放弃了这种最愚蠢的方式，开始学会适应他们的生活规律。

　　肉体上的折磨是痛，精神上的折磨更痛，每每大雨天，他们都会站在雨水中，接受狱长精神上的洗礼，跟着他呼喊一些口号。就在如此暗无天日的折磨和摧残，在如此地狱般的牢狱中度过了不知道多少个春秋，看守的人终于对他们采取了新的折磨方式，转而开始训练他们一些基础的暗杀方法，相应地在他们所居的牢狱之中，却也私设了多种暗杀的器具。

"所有的器具随意提供你们使用，使用的对象可以是身边的任何人，甚至训练看守你们的人，谁生谁死便是自己的本事和运气了。"狱长有所提醒着。

"003，依你之见，这一行为到底所为何意？"316的编号为003，毕竟他们是一起训练，所有人还有交集，性格脾气有所相投的010号囚犯，便也时常和他一起。

从被送到地牢的那一刻，316便就知晓这一切都是有意安排，能让他们活着存在，自然是因为他们还有其他用处，半年来从对他们思想上的洗礼来看，316并不惊奇他们接下来的举动。

"你我心中有数。"

"那你会应吗？"

两个人对视一眼，便也不再答话，听候吩咐上前开始接受训练。非常人的折磨和训练，肉体上或许可以支撑，可精神上也没有几个人可以支撑得住，一年下来，仅剩的二十人疯了三人。而所剩的是十七人基本已经完全变成了冷血无情的杀手，而且已经有人开始暗中被派出执行刺杀任务，开始了他们新生命的挣扎。

"003，我刚才听到001已经有了新任务，马上要离开这里去执行任务了。"结束了训练，所有人再一次被送回到了地牢之中，途中010向他提及起暗中刺探的秘密。

"现在留在这里的人只剩我们四人，002半年之前已经被派出去执行任务，现在是001，之后也该轮到你我两人。"

"我之所以坚持活下来，也是为了这一天，我一定要活

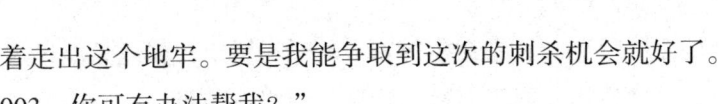

着走出这个地牢。要是我能争取到这次的刺杀机会就好了。003，你可有办法帮我？"

冷冽的眼神中，早已经失去了原来的仁慈和笑容，拥有的只是野狼般的厮杀和活下去欲望，提醒道："001今夜应该还会回来，这是你唯一的机会。"

010沉默应允着。

对于牢狱之中的他们来说，机会就是活下来的资本，更何况机会渺茫，能抓到一次机会又怎么会平白无故让给其他人，更何况昔日的同伴也已经向他出手了，夜幕的牢狱之中，破碎的残片丝毫没有犹豫地向他的脖颈刺过来。

"对不住了，兄弟，有你在，我可能永远也没办法安然出去，实话告诉你吧，这次得到任务的人是你，所以我要杀的也是你。"

对于这突来的杀意，316并不感觉到意外。

一个翻身躲避开刺向自己的利刃，脚下一个飞踹，直接将他的脚踹倒，猛然间一个返身将他握着利刃的手拉拽回身后，另一只手抓起地上自己隐藏起来的刀刃，丝毫没有任何的迟疑直接割断了他脖颈间的动脉，染红了牢狱墙壁。

一场生死搏斗之后，设置这场游戏的人便露了面，将最终的胜者和败者分别带到不同的地方处理。考验的游戏已经结束，真正的任务便也拉开帷幕，被送到316手中的密封的刺杀信封。

"杀了她，你的首个任务就算完成。杀不了她，你会随着她一起被杀。"监狱长说着。

拆开密封的信封，心中难免会可怜这个猎物，不过自己也是为了生存，只是在执行别人的命令罢了，要怪只能怪这个可怜的猎物办错了事情，让别人不得不杀了她。心中本是这么打算，可是当他打开纸片，看到纸上写着的名字时，只是一瞬间他知道自己这次任务失败了。

几年的牢狱生活，和其他人相差无几，316已经快要忘记自己原来的名字了，更加忘记了自己原本的身份，渐渐地开始融入现在的生活，直到"辛雪怡"这三个字再次出现在他的眼前，316脑中一次次地闪过辛雪怡的容颜和声音，聆听着他呼喊着自己的名字，那一刻他死去的心复苏了。

"明天一大早你便出发，出发前我们会将她的资料和车程告诉你。"监狱长吩咐着。

"除了我，这次派了多少人刺杀她？"316询问起来。

"这个你不需要知道，你只要顺利执行你的任务，便不会有人找你麻烦。"监狱长回道。

将信封收起，316点头应着，转身离开却也在跨步一步之后，刹那间抽出身上隐藏的利刃，反手直接刺入了监狱长的身体，一把将他拉拽着摔到了墙角，手中的利刃重新拔出，刺破他的喉咙，还不等一旁看守的两个人冲上前，借着桌子，316从桌下整个人滑了出去，双腿夹住一个人的右腿，一手拉拽上另外一个人的大腿，两边同时用力，将两人同时拉拽倒在地上，拔出他们身上的枪，对准他们的身体接连三声枪响。

杀完了人，在抽屉内找到了关于辛雪怡的所有信息，确认了她出发的车程和时间，一把火随同死去的人将所有资料烧毁，趁着其他人被吸引过去，316趁机逃出，匆忙赶往车站去搭救辛雪怡。

　　第一次离家,是妈妈送的她,再一次返回却是十几年之后,她已经从爸妈的女儿变成了别的男人的女人,而家中也只剩下一个拄着拐杖的父亲。

　　或许也是为了她还能找到回家的路,爸爸始终不曾搬家,只不过家里的房屋也是修整过了,比起从前小了很多。

　　凝望着坐在门口的身影,辛雪怡的眼泪就像崩溃的堤坝,声音也在一瞬间哑了,连一声"爸爸"都喊不出来,还是徐英豪先开了口,将门口的人唤起。

　　捡起地上的拐杖,扶着墙面缓缓地站起身来,伸手揉了揉有些疲惫的眼睛,仔细地辨认着眼前的人。"爸!"再也无法忍受如此的悲伤,一瞬间堵在喉咙口的悲伤和泪水被辛雪怡冲破,冲上前去拥抱上爸爸哭泣起来。

　　"回来了就好,回来了就好。"辛启干涩的声音,不断地安慰着。

　　"对不起,爸爸。对不起,爸爸。"辛雪怡再想不起其他的话,只是不断哭泣喊着这一句话。

　　也早早地就见过了徐英豪,再一次看到他也并不意外,和当初见到的那个毛头小子相比,至少现在的他成熟认真了许多。

　　"爸,对不起,现在才带着雪怡回来看您。"在辛启为怀中的女儿擦拭过眼泪之后,徐英豪上前与他拥抱,先行道歉。

　　"能活着回来就好。"抬手轻轻拍打了几下他的后背,辛启摇头微笑着说了一句。

再一次回到自己的屋子,一切都变了样,不见了曾经的影子,唯一不变的是自己当年放在窗台上的仙人球还在,却早已经干枯。已经死去的东西,便让它好好地安息,辛雪怡在院子内找了一个地方,将它埋葬。

徐英豪陪着辛雪怡在沈阳待了一个月,也干了一个月的活儿,因为得到了上海父母的来信不得不返回,辛雪怡的身体还没有恢复,父亲身体也不太好,辛雪怡有些担心,便自己留了下来想要陪着他走完人生最后一程,让徐英豪先行返回上海看望父母。

那一年,他们在相同的时间一同失去了父亲,却也都陪在父亲的身边,握着父亲的手走到了最后。

随着西藏的解放,全国解放也进入了最后阶段,但是残余的反动势力还是潜伏了下来,或隐于山川,或伏于大城市,之后的任务就是长达数年的剿匪和间谍暗战。

也是为了紧跟时代的脚步,辛雪怡他们所创的《新公报》改名为《进步报》,而她依旧每日奔赴在第一线采访新闻。第一胎的流产,让辛雪怡的身体深受其害,时不时会腹痛,几次因为疼痛难忍晕倒在了采访现场后,最终在徐英豪和陈栋的不商议和强行安排下,她调到另一家报社,做起了比较悠闲的文艺宣传报道。

生活一旦平静下来,一些琐碎的小事便会躁动起来,毕竟生活不是一个人的事情,需要的是一个完整的家维护。

辛雪怡的流产已经过了四年之久,该吃的药已经吃过了,可是依旧没有再次怀孕的迹象，徐英豪的母亲在经过一年多的治疗无果之后，便也开始放弃了，对于辛雪怡的态度明显发生了转变，冷漠、无视，甚至厌恶，辛雪怡自己也早早地意识到了这种变化，她的性格根本不去强求和祈求，也只是默默地承受，躲避开家里的琐事，时不时将自己关在报社。

徐英豪嘴上不会对辛雪怡说些什么，只是夹在母亲和妻子之间，心中难免会有所烦恼。看着办公室内忙碌的辛雪怡，徐英豪犹豫片刻，最终还是拿着买来的栗子走入了办公室。

"雪怡，休息一下吧，我买了你喜欢吃的栗子。"虽然造成现在一切的不是徐英豪的错，可是辛雪怡还是无法倾心面对此刻的他，很多时候真的有意躲避，只是徐英豪却不肯放过她。"好，你放下吧，我一会儿饿了吃。"

徐英豪拉了一个凳子，坐在了辛雪怡的身边，拿出栗子，一颗一颗开始亲手剥皮，剥了几个徐英豪抬手将栗子送到了辛雪怡的嘴边，"张嘴。"辛雪怡低头将他手中的栗子一个接着一个吃了。

"下午有场演出，我们去看看吧，好久都没一起出去逛逛了。"

总是觉得徐英豪这几天似乎很悠闲，在辛雪怡身边守了一天，看完戏，又带着她去外面的街道吃了饭，之后又转移到了公园闲坐。

"好久没有看过这么美的景色了。"

"你喜欢，以后我们可以多过来几次。"

一番工作下来，辛雪怡也累了、倦了，便什么都没有想，他说什么就是什么，只要跟随着去做便可。

被时光抹掉的名字

文艺宣传说轻松也轻松,可要说辛苦自然也有它的困难之处,辛雪怡毕竟

有多年的实战经验,处理这些工作还是游刃有余。因为报社决定开创一个旅游刊物,在各种前期工作的筹备和人员安排上需要商议的事情太多,一个会一直开到了晚上,辛雪怡才返回家中。

全国解放前,徐英豪家的生意便已经败落,那些亲戚各自逃离,留下来的也只够自己保命了。

不是没有对父亲的死产生过怀疑,因为他心里更明白,在那种情况下,父亲的产业太过招摇,迟早会出事。所以自从父亲去世,徐英豪便将母亲从上海接到了北京,和他们一起居住。

辛雪怡并没有在她公公身前尽过几天的孝,可那也是无可奈何的事情,她本以为婆婆是理解她的,可是又那么不巧,在屋门口听到了婆婆和丈夫一番无情的对话,让她清醒自己的可笑。

屋内的争执不断,话题也不过是因为自己引起的问题。

"妈,雪怡马上就要回来了,这事你别再说了,赶紧回屋休息吧。"徐英豪的声音传出来。

"儿子啊,你就听我一句劝,离婚再娶吧。都快四年了,她的身体是恢复不了了,我们家可要靠你传宗接代。"徐母坚持着。

"哪有你说的这么严重,再说现在都什么社会,别这么传统,无法怀孕也不是雪怡的错。"徐英豪辩解道。

徐母依旧不依不饶地追上儿子劝道,"可是她现在怀不

了孕也是事实，早早了断吧，我已经替你找好了一位女子，她对你很满意。"

徐英豪有些不耐烦地回道："我不会离婚的。妈，此事不要再提了。"

"英豪，当初你们结婚的事情问都没问过我们，可婚已经结了，我也就不说什么了，可她现在生不出孩子，这个我绝不接受，我徐家必须有后。"徐母依旧坚持自己的态度。

躲避在一旁，让冰冷的空气将自己心中的苦楚冻结之后，辛雪怡这才伪装成平日的样子推门走进。

"妈，英豪，我回来了。"呼喊过屋内的人，直接走过去，清洗双手。看着返回到屋子的人，婆婆一脸的不悦，甩着脸色，"雪怡，既然回来了，我们就把话说明白。你和英豪年纪都不小了，我这次生病也是因为你着急惹出来的，我们徐家几代单传，不能在你这里断了根。"

"噢。药吃完了，我明天给你去买。"辛雪怡洗完了手，坐回到餐桌上，接过徐英豪递上的碗筷，吃了一口饭菜，对着一旁的徐英豪吩咐着："英豪，倒杯水给我。"

徐英豪转身去倒水，一旁的婆婆一脸嫌弃，嘴上依旧不饶人的开始数落起辛雪怡的不孝："作为我徐家的儿媳妇，你从未在我们二老身边尽过一天的孝，这是你的小错。结了婚，你多年未曾给我徐家生下一儿半女，这是你的大错。作为妻子，你连饭菜都不会做，每天还得丈夫伺候你，这是你犯的错中之错。你自己的错没有必要让我儿子替你承担，你也别再拖累我儿子了。"

放下了手中的筷子，拦住了准备开口的徐英豪，辛雪怡起身拿着水杯走到了一旁的桌前，重新倒满了水，坐回到位置上。

"妈，我今天要是不给您一个交代，只怕之后我们这个家的日子也不好过。"

"你明白就好，你们离婚吧。"徐母直接表明了态度。

第二十章　重逢在浪漫的法国之都

怎么都没想到婆婆会让如此直白，武汉那年的战场她不曾怕过，重庆那年的暗杀和轰炸她不曾怕过，却因为一个女人的一句话她害怕了。

"你什么意思，英豪？"辛雪怡转而将目标对准了旁边的人。

徐英豪坐在一旁，紧握着拳头，这一次他选择了沉默。

坐回到他的身边，辛雪怡坚定的语气表明着自己的观点："妈，这婚我是不会离的。一、我没有在你们二老身边尽过孝，英豪同样没有在我父母身边尽过孝；二、我们结婚没有经过你们同意，也没有经过我父母同意；三、我的孩子流产了，身体也伤了，这个责任不应该我一个人承担；四、我耽误了你儿子的青春，你儿子误了我的年华，互相拖累谁也不能指责谁；五、之前的日子是我们两个人在过，往后的日子依旧还是我们两个人过，怎么过我们两个人决定。"

辛雪怡五条理由说得婆婆整个人都哑口无言，半晌不知道该如何反驳，只是拍打着桌子喊了一声："辛雪怡，你敢对婆婆如此无理！"

辛雪怡依旧不肯屈服地坚持着："妈，你要我给你一个交代，先让你儿子给我去世的父母一个交代。"

徐母明显被辛雪怡怼怒了，一巴掌拍打着桌上，站起身来怒吼着："辛雪怡，你嫁给我儿子，就是我们徐家的人，一切就得按照我们徐家的规矩办事，没有子嗣就这一条，我说给你父母，他们也会理解，也会答应。"

长叹一声，辛雪怡摇了摇头起身不愿再去面对眼前的人，不过却也不得不继续解释："妈，全中国已经解放了，不管是和英豪结婚之前，还是结婚之后，我没有让你们养过，我父母也没有让英豪养过，我们之间是公平的，我父母在你们这里也是公平的。"

婆婆被她堵得彻底不再反驳，只是坐在一旁生着气。望了一眼一旁沉默的徐英豪，将桌上的饭菜收了，辛雪怡拿过了纸和笔摆放在桌上，快速地在下面签上自己的名字，将纸递到了徐英豪的手里。

"日子是两个人过的，若是有一方坚持不下去了，放他自由。"重新拿上外套，辛雪怡打开房门走了出去，冰冷的夜，漆黑的夜，没有月光的照应，却也有雪花的陪伴，孤单的身影从巷子内踩踏着积雪，发生咯吱咯吱的声响。

或许是因为逃避，或许是因为寻找不同的生活，辛雪怡并非鲁莽才接下旅游刊物主编的职位，从选择从事这一行开始，她的人生便一直都在行途之中，可是她的眼睛都只是注视着前方，不曾关注过周围的风景，这些年静下心来，回忆中找不到一丝的风景，现在终于有了这样一个机会，她需要再次上路去追寻。

对于这次的决定，徐英豪并没有阻拦，只是简单地应了一声，便匆匆结束了他们所剩无几的话题。离开的那一天他亲自送她去了机场，在登机之前，将封闭的档案袋交给了她，不过并没有告诉她里面装的是什么。

　　一直以来都是他陪着自己在国内的土地上奔驰，第一次自己独自一个人踏上国外的大地，去执行采访任务。从俄罗斯到美国，再转往印度继而英国，辛雪怡整整花费了三年的时间，在外追寻路途中的风景。

　　这三年来路途中遇到的人、路途之中的故事让辛雪怡的心也渐渐放松下来，学会去理解每一个选择背后所要承受的压力。她更是对自己进行了大肆的改变，头发直接染成了金黄色，打了卷，披散着更加自由。

　　三年的时间过去了，辛雪怡越发适应国外的生活，可是内心始终牵挂着国内的人，彻底断绝联系的三年，除了时不时将稿件发回报社，便再也没有任何与国内的联系，当初徐英豪留给自己的那个档案袋，她也始终不曾打开过。

　　徐英豪没有消息，被他们救下收为弟子的陈栋却跟着新一期的稿件，联系上了辛雪怡，徐英豪唯一的舅舅生命垂危，让她回去一起料理后事。

　　只不过飘荡在国外几年，一直都不曾去过法国，让辛雪怡难免有些伤感，曾经在叶主编那里看到过316写的一篇文章，文字中曾多次用极其华丽和浪漫的词语形容过法国，这或许也是他当初的期盼，只是不知道能不能实现，刚出国的时候也想着将法国作为第一站，可是心中难免会伤感和带有期许，便一直没有勇气踏上法国的土地，现在她的旅途即将结束，也是不想留下遗憾，最终还是踏上了法国的行程。

被时光抹掉的名字

法国的采访最少需要半个月的时间,和以前一样,到达目的地的辛雪怡先行寻找住所。在语言方面,她并没有徐英豪那般天赋和耐性,法语和日语,徐英豪多少教过她,可是她除了英语能沟通以外,法语不过简单的几句对话,走到哪里基本上都会用英语对话,在住的方面也会询问多少听得懂英语的人。

"你只住一个月,这个屋子最合适,以前的住户前两天刚搬走,屋内有些东西还没有收拾,需要你自己处理一下。"房东用流利的英语给她介绍着。

"好。打扰了。接下来的事情交给我吧。"推开房门,辛雪怡扫视一眼并不怎样大的屋子,点头用自己不怎么流利的英语回道。

屋子也只有二十来平方米,里面简单地摆放着一张床、一张书桌和一个衣柜,床底塞着几个箱子,床边的床头柜上摆放着一个医药箱。

随手翻看了一下衣柜,里面还挂着几件男人的衣服,医药箱里的东西也摆放得乱七八糟的,也不知道是有什么着急的事情,走得如此匆忙。

将床底的箱子拉出,随手翻看着里面的英文报纸,起身将衣柜内的衣服全部取出扔到了床上。还不等她收拾好屋子,邻居便上门打招呼了。

"你好,新来的朋友,哪里人?"

"中国人。"

"又是中国人,在你之前住在这里的也是中国人。中国女人的脚应该是小脚吧,你的很不一样。你们中国男人的辫

子很有趣，为什么中国男人要留那样一个辫子？"

辛雪怡手中继续收拾着屋子，无意搭理这样一个无理且无知的人。"时代在前进，你要是闲着没事，回家多看看报纸，无知不是你给国家抹黑的理由。"

"中国人脾气很大吗？"

"对朋友会很友好，对敌人绝不手软。"

也是被辛雪怡的冷漠和决然的态度震惊到，外国男人不再侮辱了，却也没有想要离开的意思。继续和他拉扯着："之前住在这里的中国男人，断了一条腿，他应该是从国内逃出来的，躲在这里两年，他的英文比你好。你们国家还在打仗吗？"

真的是不耐烦了，辛雪怡直接走到了门口，将门口的人逼退出去："不好意思，屋子还没收拾好，不接待不友好之人。"说完直接关上了房门。

将自己的衣服整理好挂在衣柜里，找了一块抹布，将桌子重新擦拭了一番，将床头柜上的医药箱重新整理好，拉过桌前的凳子，直接放在了衣柜上。

床底下的两个箱子，将另外一箱子内的东西全部转移出来，将之前的人留下的衣服整理好装了进去，收拾好之后又重新放回了床底。

出国旅行的这些年，对外都会称自己是因为工作不得不远离家乡，不得不一个人在外漂泊，可是她心里明白，不是她想离开，而是她不得不离开，而那个家什么时候回，能不能回去都不是自己能做得了主的。

漂泊的三年，终于得到了返回的消息，可是她一丝都开心不起来，她有些不敢面对回去之后的改变，所以在得到消息的第一时间，她选择再次逃避，给自己一个缓冲的机会去接受下来的改变。

对于法国比其他国家了解更多一些，想要采访展示给观众的自然心中也更加清楚一些。花费了整整七八天的时间去采风，将自己所能了解到的法国的风土人情记录下来，晚上回到住处便匆忙地开始赶稿子。

来到法国多少也是因为316文章中的一些描述，所以对于他文章中提到的几个地点，自己也是更加在意地去进行深刻的了解。

回到屋子已经是夜晚的7点左右，旁边住的邻居自从她住进来后，三天两头便来找她搭话，习惯了中国男人的稳重，一点也不喜欢外国男人的豪放，邀约整天挂在嘴边。

拒绝了他的邀请，辛雪怡打开房门回到屋子，随手将收集到的资料放在了桌上，整个像是没有骨头的肉体直接倒在了床上，不过片刻间的时间便进入了熟睡之中。不知道睡了多久，只是感觉到被自己压在身上的胳膊有些发麻，便起身想要更换一个姿势，却也在一刹那间被突然伸过来的一只手掐住了脖子，辛雪怡瞬间惊慌失措，惊恐下开始胡乱地挣扎，想要拉开他的手求救。

这位暗夜闯入的来客，一把将辛雪怡的嘴捂上，整个人骑在她的身上，压着她胡乱踹动的双腿，有意压低声音用流利的英语提醒道："别吵，我不会伤害你的，我是之前这里的住户，我只是来拿回自己的东西。"

来人一番解释，掐着辛雪怡的手力气也渐渐变小，整个人从她的身上起身，一把将她拉拽起，反手抓在自己的怀中，另外一只手仍然捂着她的嘴巴，唯恐她突然大喊大叫。耳边的声音再一次用英语询问起来。"我的东西都在哪儿？"

辛雪怡还是明白自己现在的立场，也乖乖地听从他的安排，不敢乱动。伸手指着床底示意着，男人拉着辛雪怡一起俯身下去，将床底的箱子拉出来，借助着微弱的月光，伸手在里面翻找着，男人不小心突然用汉语冒出一句"在哪儿"。

辛雪怡紧张跳动的心始终不曾平静下来，目不转睛地盯着他在月光下用手在箱子内翻找。

从他的手背便可以看出，他真的是在国内经历了太多，带着一身的伤痕才跑到了国外独生，不过听邻居说过他似乎受伤只有一条腿，可是现在挟持着自己的人，完全没有移动的障碍，这也是辛雪怡不敢轻易反抗的原因之一。

"我是中国人，中国人不杀中国人，你放开我，你想要找什么我帮你找。"

努力地挣扎出一口气，辛雪怡用中文尝试着去给自己的生命安全做出<u>一丝丝</u>的争取。

男人似乎并没有因为对方是中国人，而对她放松警惕，手仍然堵着她的嘴巴，在箱子内翻找了一会儿，拿出了一个很小的本子和一封信，这才安心下来。

重新带着辛雪怡站起身来，这一次用的是中文，在她耳边提醒道："既然都是中国人，我便也信你，这封信，你若是回国，麻烦把信替我送达，其他东西你最好全部都烧毁了。若是我这次还有命能返回中国，定会感恩。"

被时光抹掉的名字

匆忙地交代完事情,男人便松开了辛雪怡,迅速地打开房门离开,辛雪怡也立刻匆匆忙忙地上门将房门紧锁,顺手打开屋内的灯,照亮整个屋子,给自己一丝安全感。

楼梯上嗒嗒的脚步声很快便就消失了,辛雪怡低头看着自己手中的信,也只是那么一眼,匆忙的扫视过信封上的字迹,辛雪怡便像疯了一般,重新打开房门,焦急地冲下楼去,在大街上呼喊着 316 的名字。

泪水止不住从眼角流下,心口像被万斤巨石堵塞,有太多回忆和苦痛想要倾诉,可是奔跑在大街上的她除了哭泣和呼喊,其他什么也没有,"316,你回来,我是辛雪怡,你出来见一见我"。

那年的匆匆一别,他救了自己,却也再一次从自己的世界消失,完全失去了消息,这些年通过各方人员打听过所有的可能,却被一次次的现实击退,告诉自己追逐的路该停止了,第一次不是为了追逐他而踏上行途,可路上的结果又偏偏相同。

乘坐在行驶的轿车上,316 听着街道上那个声音呼喊着他的代号,他的心犹如万箭穿心一般刺痛着,可是他却无法回头,无法停下车去拥抱她,为她擦拭掉脸颊上的泪水。

"那个女人似乎是在找你,你不下去见一下吗?"开车的司机用英语提醒道。

透过后视镜,看着后面追赶的人,316 仰头让眼角的泪水回流,同样用英语回道:"不必了,走吧。"那日解决了火车上的所有埋伏手,销毁了所有的证据,316 便立刻赶回了曾经的联络点,去寻找以前的伙伴。可是时间过了那么久,所有联络点不是被更换,便是被弃用,半个月之久的时间,316没有一丝的收获,思量之下,316决定重新开始,回到一切的原点。

多年不见,万叶清和林庆祥老师已经是满头白发、弯腰驼背的老人,报社保留着原来的旧址,只不过不再是报社,而是两个孤寡老人养老的居所。

望着院落里面坐着下棋的两个老师,316瞬间鼻头酸涩,颤抖的声音呼喊起来。"老师?"

鼻梁上也挂起了一副并不搭配的眼镜,虽然压不过身体上的衰老,可是头脑依旧还是很清楚,对于自己的学生更是记忆深刻,一眼就认出了他。"316,是你,你还活着?"万叶清激动地缓缓起身迎上前。

"老师,对不起,一直没跟您联系。"

"回来就好,回来就好。"林庆祥擦拭着自己眼中的泪水说着。

老师对于他的重新归来也是欣喜若狂,一把年纪了还抱着他热泪盈眶,感化得他那颗冰冷的心也渐渐温暖起来,眼眶中的泪水不停地打转,拉着老师将这些年的心酸和苦楚熬夜诉说了一番。

自己乃是违背命令逃出来的,那些人自然不会放过他,所以对于他的身份和处境还是要格外地小心隐藏。和组织上的联系,让老师帮忙找人连接,316便躲藏在了报社的小屋之中,继续过着暗无天日的日子。

几年的地牢之灾,让他的生活习惯早已经改变,凡事都

被时光抹掉的名字

　　小心翼翼的，带有警惕性地关注着周围的动静，就算此刻他整个身体进入睡眠状态，可是意识还是清醒的，屋外一丝轻微的脚步声，便将他从睡梦中吵醒过来，下意识地躲避在门后，听着屋外的动静。

　　熟悉的声音，熟悉的身影，从门缝中看着辛雪怡缓缓地走上楼来，跟随着老师走进旁边的屋子，屋门并没有关闭，老师的意思他自然是再清楚不过了，他们今生已经不可能，甚至连见面都无法再见，唯一有的便是背后默默地关注着彼此。

　　"老师，主编，许久不见，你们两位的身体可好？"辛雪怡走上楼来关心着。

　　"运气是好了点，把命留下了，身体自然还是硬朗的。雪怡，你写的那些新闻，我们每一篇可都有关注，真的是字字鼓舞人心。"

　　"不过是表述最真实的情况罢了，这也是两位老师先前提点得好。"

　　从辛雪怡和老师的对话中听出，她是因为身体上的问题回家来休养的，便也趁机前往来探视老师，辛雪怡和老师在屋内坐了片刻，在天黑之前便又离开了。

　　从来都不会鲁莽行动，这一次却因为无法阻拦住自己的冲动，悄悄地跟随在她的身后，护送着她穿过街道，亲眼看着她坐在路边吃小吃，和店老板聊天，之后又缓缓悠悠地走到桥上吹冷风，多少次想上前去劝阻她返回，可是他们的距离早已经注定他只能站在远处观望着她，走到她的身边去关心她的永远都不会是自己。

辛雪怡在家中修养，却也经常来这里走动，316便也有了更多的时间去窥探她。她带了一些自家晒好的干果，送给两位老师，和林庆祥老师坐在院落内聊起来。

楼上一间黑暗的小屋内，一个视线却也始终关注着她。

"全国已经解放了，你们之间阻挡的东西也不存在了，不如去见见吧。"万叶清推开房门走进去。

"不必了。"316再一次拒绝着。老师也曾劝过他去直接与她见面，真的有太多次想要答应，可是每一次看到阳光下自己的影子，他便立刻将自己这种愚蠢的念头扼杀。

万叶清一声哀叹："316，你为祖国付出了太多，现在已经解放了，该为自己活了。"

"我连自己的名字都不记得了，站不在阳光下了。只要知道她活得好我一切都好。"

辛雪怡是被盯上的目标，不知道对她的暗杀令是否已经停止，而自己也是因为背叛才躲避在此，这样的双重压力之下他又怎么能冒险一见。

其实这样每日跟随在她的身后，看着她平安回家，他已经很满足了，以前从未有过时间去静静地观察她，对于她的了解也只是自己印象中和想象中的样子，现在亲眼看着她的每一个小举动，和自己想象中的多少有些不一样，却也更加有趣，觉得她更加可爱了些，特别是被狗吓到一动不动，绕道而行时谨慎的样子，真的和她冲上战场冒死采访时候时展现出来的完全不同。

辛雪怡在家中停留了半月有余，最终还是来和老师告别了，虽然多少有些不舍，可是分离在所难免，而辛雪怡本就不属于他们这座小城市。

"雪怡，你准备什么时候出发？"林庆祥询问起来。

"明天的火车。"辛雪怡回道。

"为何如此匆忙？"万叶清追问着。

"家中送来了书信，催得紧，报社那边也有了新的安排，不得不尽快赶回去了。"辛雪怡解释道。

"既然如此，那一路保重了。"林庆祥祝福起来，这一次告别也只怕是最后一次了，难免有些伤感。

送辛雪怡走出屋门，万叶清凝望着旁边紧闭的房门，眼神中流露出一丝的哀伤，继而对辛雪怡说道："雪怡，这次离开也不知道何时才能相见，这么多年了，你也是我的学生，这次离别我送你一个离别礼物吧。"

猜测出他的决定，林庆祥还是有些担心，上前阻拦着："我们两个老骨头无所谓，别让年轻人冒险了。"

"战场上的危险他们都走过来了，又何苦在意这一会儿时间，生死本就在一瞬间，别留下遗憾便是。"万叶清解释着。

"可是也不能因为这一时的冲动，便葬送所有人的努力。"林庆祥坚持着。

两个人争执起来，一旁的辛雪怡却也看得迷茫，询问起来："两位老师在争执什么，我没关系的，一切都好，不需要浪费什么特意送我礼物的。"

万叶清摇头哀叹道："雪怡，这是我们欠你的。只不过现在这个时期，或许是我太过感情用事了，以后如果有机会再送你吧，这次你便对着那个门口告别吧。"

辛雪怡一脸疑惑地回头看着旁边的房门，有所怀疑却也还是走了过去。凝视着房门，辛雪怡疑惑道："老师，要对着门告别吗？"

万主编上前解释道："这里是你第一次踏入我们报社的地方，这里也是我们第一次看到你写的作文的地方，你就当作里面有你的过往，对他道别吧。"

屋外的动静，屋内隐藏的316自然是听得清清楚楚，老师提出此用意，他的心里自然是明白的，还不等他做好准备，屋外告别的声音便响了起来。"如果说是过往的自己告别，我更想借这个机会对一个人道谢，这么多年过去了，我追逐着你的脚步，跑了很多的地方，可还是不知道他的名字，甚至连他的正脸都没有看清楚过，我拥有的只有属于你的那三个数字，和一次次离开的背影。不知道你是不是还记得我，记得有一个叫辛雪怡的人还记得你。"

在辛雪怡离开的当夜，老师便得到了联络点的消息，让316立刻转移，匆忙带了一些衣物和用品，316便也跟随着辛雪怡上了同一辆火车，这一次老天似乎也是在照顾他们，想给他们多一些时间。

上了火车之后，316便迫不及待地在各个车厢寻找起辛雪怡，最终在一处车厢中，看到因为疲惫已经入睡的她，用钱将隔壁床铺的人调换去了自己的位置，自己则停留在她的身边，默默地守护着她，那一夜倚靠在她的床边凝视了她许久，那一夜他第一次伸手去摸她的脸颊，那一夜他第一次为她亲手盖被子，那一夜他过得最为轻松，一点睡意都不曾有。

次日一大早，316早早地收拾好自己的东西，回到了自己的车厢，直到火车到站。

"雪怡。"等待的徐英豪向她招手呼喊着，迎面走过来帮她拿行李。"都半年了，你怎么一点儿都没长胖。"

　　"没你做饭，在哪儿都吃不好。"辛雪怡嬉皮笑脸的模样回答道。知晓自己的行踪已经隐藏不住了，只不过没有想到会暴露得如此之早，刚一下火车，人群中暗杀的人便缓缓而来，而相应的还有将目标对准辛雪怡的，袖口中的枪口已经抬起对准了辛雪怡，杀手还在不断地向她靠近，躲避着来回移动的人群。

　　316匆忙之下，随手掏出自己身上携带的枪，向靠近辛雪怡的杀手开枪，一声枪响，震动了整个火车站，同时也暴露了他的所在，让在人群中寻找他的杀手，纷纷向他冲了过来，身后接连一声枪响，直接打中了他的腿部，在辛雪怡回头去看发生的一切的时候，他却也因为腿伤摔倒在地，与她的视线擦肩而过。

　　"雪怡，快走。"徐英豪焦急地拉着辛雪怡向他们的车前跑过去。被突然的枪响惊扰，整个车站也陷入了惊恐之中，所有人惊慌失措地大喊大叫、胡乱地奔跑。316拿着枪重新爬起身，躲避在人群中护送着辛雪怡被带着逃离进一辆车内，这才重新开始转移注意力，与他们开枪挣扎。

　　"你就是316，我们是来接你的。"人群中冲出来的人守护在316身边，确认他的身份。

　　车站也已经安排了迎接的人，在听到枪响后，迅速地加入战斗之中，搀扶着受伤的316逃离。

　　暗杀的两方人马，尽管316已经事先暴露了身份，他们的暗杀目标还是依旧非常明确，一方留下与他们纠缠，另外几人迅速地开车去追赶逃离的辛雪怡，顾不得腿上的疼痛，316强行拖着着受伤的腿，冲上前去跳跃上杀手的车，开车的司机一面想要将他甩下去，一面也想要将另外一辆车撞击停止，让316本已经受伤的腿，在两辆撞击的车身中间不断地摩擦和撞击，不到片刻的功夫，两辆车上也已经染上了316的血迹。

"还是之前哪些杀手吗？他们打探到了雪怡返回的车程和时间。我们必须尽快冲出去。"

车内的辛雪怡被徐英豪护在身下，双手紧抓着座位，努力不让自己被甩出去，此刻的她怎么也想不到自己心心念念的人就在自己的车外，为她的平安厮杀。

一枪将司机的头击中。316他们一行人迅速地打转方向盘，去迎接后面为他还在奋战的同伴，将他们一同载上车后，便向与辛雪怡相反的方向开去。后面追赶的人，也被人群和不断驶过的车辆弄混，最终只将目标封锁在了316他们的车上，追赶而去。

安然甩开了暗杀的人，316却也因此献出了自己的左腿，他的身份和行动都被人暗中掌控，组织上无奈之下，便决定先行送他出国养病，进而躲避风头，等待祖国和平解放的那一天，只不过这一走便是五年的时间。

从英国到法国待了整整五年，用这五年的时间磨炼了自己的英文，也用这五年的时间逃避开过往的伤痛，到最后却发现自己还是逃不出这该死的命运。

第二十一章　婚姻的陷阱

命运似乎总在戏弄她，给了他们多少次匆匆相见的机会，便也在他们的身上刺了多少伤口。辛雪怡焦急地冲出屋子，敲打着隔壁男人的房门。"在不在，在不在啊。出来啊。"

打开房门，屋内的男人一袭性感睡衣看着门口的辛雪怡，挑眉带有一丝调戏的言语说道："你好，女孩儿，想要约我喝一杯吗？"

"之前住在我那间屋子的人叫什么名字，他现在搬去了哪里？"辛雪怡用蹩脚的英语询问道。

"他的名字没有告诉我，只让我们称呼他316。你们中国人很难相处的，他从来都不跟我们搭话，至于他搬去了哪儿，我更不知道了。"

回到屋内，倚靠在房门前，看着床底下的箱子，辛雪怡悲痛的眼神继而翻出怒火，冲上前一把将箱子内的东西全部倒出。东西将地面遮挡，辛雪怡俯身跪坐在那些报纸上，抚摸着他曾经穿过的衣服，寻找着他留下的痕迹。

衣服下的报纸，并非都是完整的，有好几张都被剪出了一个大大小小的缺口，或者报纸上某处新闻被黑色的笔标注，从一个被包裹的报纸中，找出了那些被减下来的报纸片段，辛雪怡的口语还好，书面英语就差了一些，不过再差的英语也是可以看懂自己的名字和她所写的新闻报道。还是他亲笔写上去的汉字。

剩余的几天，辛雪怡便再也没有出门，一直守在屋内，期待着他会再次归来，可最终等到的是自己必须离开的事实。

乘坐上早上的第一班航班，辛雪怡踏上了返回的路途。而她有所不知的是，那一刻与她凝望着同一片云彩的还有她一直在追逐的人，在躲藏了五年之久后，在遇到她的几日后，316终于得到了允许他回国的命令。

在天空飞翔了几个小时之后，辛雪怡再一次踩在了祖国的土地上。回国后的第一件事，辛雪怡便马不停蹄地乘车赶往报社交稿，旅行杂志的准备工作早在两年前已经全部完成，旅行杂志也已经开始印刷出售。

辛雪怡在国外采访这几年，先后也得到了报社寄过来的样本，总体感觉还不错，达到了自己心目中的要求。再一次冲回报社，便先将所有杂志抱过来重新翻看了一番。

"主编，这是最新一期样本，只印刷出了5本，您先看看还有什么地方需要修改的。"陈栋抱着杂志样本放在了辛雪怡的桌上，询问道。

"知道了，你把前几期的销售数据也给我送过来吧。"凝视着坐在桌前沉迷于工作的人，陈栋并未回应她的话，眼神反而有些冷漠说道："主编，您刚回国就直接来报社工作，一路辛苦了。前两天从老师那里得知您舅公公去世了，您该先回去送丧了，我帮你叫车。"

陈栋乃是徐英豪一手带出来的，之后辛雪怡转到文艺部之后，徐英豪便将对文艺颇有研究的他推荐给了辛雪怡，在她手下帮忙，之后辛雪怡开始接手旅行杂志，明明只是十几岁的孩子，却有自己的想法，自行跟随着辛雪怡一起转了过来，在她手下帮忙打下手。

"主编，你返回的消息，我并没有告诉老师，您还是现在就回家吧，其他事情等你回来后在继续处理吧。"毕竟是徐英豪调教出来的弟子，行事风格多少还是有点徐英豪的影子，每一个决定亦是非常的决然。

行李被陈栋搬上车，人也被他强行送回了家，车刚到路口就被过往身着丧服的拦下，这让辛雪怡很难相信陈栋并没有将自己返回的消息告诉给他。

徐英豪从车前走过来，为她打开了车门，将辛雪怡迎了出来。"累了吧，先回去吧，出丧还有时间，你可以先休息休息。"接过司机手中的行李箱，徐英豪拉上辛雪怡的手，将她带回了家。

三年前，在她离开后不久，徐英豪舅舅的事业也落败了，之后他便将舅舅一家人也一起接到了北京来。三年的时间，他们之间多少还是有些改变，比以前更瘦了，而徐英豪明显胖了很多，本该额骨鲜明的脸蛋也多了几圈肉。

吵闹的唢呐声和哭泣声在没进入屋之前，就已经传遍了四周，却在辛雪怡踏入院落之中后，迎接着所有人的目光，声音也停了下来。

家里的一切依旧如常，除了多添上了几许白，便也没有

被时光抹掉的名字

什么改变,只不过家中为丧事忙碌的人,对于她这个女主人的归来似乎都带有另类的目光和想法,作为最亲密的亲戚却过分冷淡的表情迎接她的到来,前来吊丧的邻居和朋友亦是以虚假的问候和她打招呼,真正热情的无非还是报社以前相识共处的同事和战场上一起同感痛苦过的战友。

"回来就赶紧去换衣服,别再耽误时间了,所有人都很忙的。"就在同事为辛雪怡的归来欣喜之时,一旁凝视许久的婆婆终于开口阻拦了众人。

回头对视上看起来有些苍老的人,辛雪怡上前向她深深鞠躬,道歉:"妈,对不起,我回来晚了。"

婆婆的无视,辛雪怡早已经习惯,也不会在意,"先回去休息吧。"在徐英豪的再次提示下,提着行李先行回到了屋子。

过度的伤心,让婆婆在丧礼上哭晕过去,之后的事情更多地便落在了辛雪怡的身上,整整三日除了照顾婆婆时打个盹儿,辛雪怡便再也没有合过眼。

"雪怡,你再睡一会儿吧,时间还早。"看着从屋内走出来的人,徐英豪从餐桌上前起身说道。

"没事儿,也睡不着了。一会儿困了再睡吧。"辛雪怡说着朝着餐桌走了过来。照顾婆婆的王姨立刻为她盛上早饭。

安静的院落,小孩儿的啼哭声突然响了起来。辛雪怡停下手中的筷子,回头寻找着哭泣的声音,并没有发现什么,便继续低头吃着饭询问道:"家里为什么还有小孩儿?"

徐英豪的神情明显有些慌乱,沉默着不再言语,躲避着

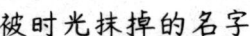

被时光抹掉的名字

不敢去直视辛雪怡的眼神，一旁的王姨也开始紧张起来，慌乱地整理着桌上的空盘子。

辛雪怡本来疲惫的眼神下意识地沉重起来，放下了手中的筷子，抬眼再一次压低了声音冷冽的眼神盯着低头喝着汤的人，一字一句说得清楚清楚："家里为什么还有小孩儿？"

徐英豪手中的勺子停留在半空中片刻，脸上始终没有任何的表情，依旧有些冷冽，最终鼓起勇气抬头对视辛雪怡，肯定地回道："我的。"

或许会以为辛雪怡在听到这个消息后暴怒，一旁担心不已的王姨在徐英豪回答完之后便立刻开口解释起来："夫人，少爷他也只是为了听从舅姥爷病中的请求，为家里传宗接代。你放心，只有孩子一个人留下，请你不要责怪少爷。"

很意外辛雪怡在听到他口中的答案后，并未让怒火烧掉自己的理智，反而异常的平静，和徐英豪对视，眼睛眨都不眨地看着彼此眼中和脸上的变化，或许都期盼对方先妥协，先有所改变。

半响之后，辛雪怡仍然直视着眼前人，再一次开口说道："王姨，将孩子抱出来吧。"

"夫人，孩子现在是由老太太照顾着，已经快两岁了。他平时很乖的，不会像今天这么调皮的，一定是摔着了。你放心，我这就去看他。"王姨紧张地回道。

"孩子的亲生父亲在这里，我不会把他怎么样的，抱出来让我看看。"辛雪怡冰冷的言语继续说道。

对视一眼徐英豪，得到他的同意，王姨这才放下手中的碗筷转身向屋内走去。两个人依旧没有任何的改变,凝视着彼此,只是进行着简简单单的质问和回答,没有任何的感情,异常的干脆和利落,可语气中也都能听出忍耐。

"她人呢?"

"难产……去世了。"

"你们什么时候开始的?"

"三年前。"

"谁?"

"陈立春。"对于这个名字,辛雪怡自然不会是陌生的,毕竟是陈栋的姐姐,只是不明白何时他们两个暗中竟然发展在一起。

口中不停地喊着"立春、立夏"。辛雪怡哼笑着,"我们之间的感情不能说是一见钟情,却也日久生情,你是陪伴我半生的丈夫,你是我在这个纷乱的社会的依靠,不管我们之间有什么芥蒂,我却还是想着你会想着我,至少会陪着我走完一生,也是有了如此的念头,当初我才会出国,可现在我还是错了,我太高看我们之间的故事了,在现实面前你终究还是妥协了。"

"妥协是我从来都没看懂过你。"徐英豪回道。

不知道自己该笑该是该哭,片刻之后辛雪怡低头苦笑起来。"现在也算是明白了,陈栋明明是我在照顾着的,到现在却越来越不喜欢我,可还要留在我身边工作,一切只不过是为了自己的姐姐。"

也是被辛雪怡半哭半笑的声音吓到,王姨将抱过来的孩子直接送到了徐英豪的怀中。

被时光抹掉的名字

徐英豪伸手擦拭着孩子脸上的泪水安慰着:"别哭了,这是你妈妈。"

在徐英豪的安慰下,男孩儿终于停止了哭闹,辛雪怡抬头看着他怀中这个胖鼓鼓的小男孩儿,停下了自己的苦笑声。起身向小男孩儿走了过去,俯身在他身前,缓缓向他伸出了手。"过来,让我看看吧。"

"你不许碰他。"还不等辛雪怡的手碰触到小男孩儿,屋内的婆婆一声呼喊急忙赶了出来阻拦。

"你自己生不了孩子,就不要责怪别人为我儿子生孩子,我儿为你已经奔波了半生,你为他做过什么,你只会拖累他。"

辛雪怡的手停在半空中,再也放不下去。看着小男孩儿,辛雪怡的怒火已经转变为一种变态的嘲笑,理智和现实却让她强行控制着自己的怒火,望着徐英豪轻声自嘲起来。

"承担不起,为什么要来招惹我?我不是没给过你机会,从大学开始,我便一直在给你机会、给你自由,你为何就是不肯放过我,你为什么一定要将我逼到无路可走的地步?"越说她的情绪越发不受控制,说到最后连她自己最后的防线都彻底崩溃了。

从辛雪怡将桌子掀翻开始,婆婆便焦急地一把将孙子夺了过去,抱在怀中:"不害怕,有奶奶在。有奶奶保护你的。"

辛雪怡越说越激动,孩子被她吓得哭得更加厉害了,辛雪怡回头看着那个孩子,看着眼前这个狠心的婆婆质问起来:"我们之间到底碍着你什么了,你一定要闹得家破人亡才甘心,没有孩子又如何,为你养老的是我们,你去世之后,谁又会在意你徐家的子孙如何。你能陪着他长大,可陪着他变老的人是我。"

婆婆明显被辛雪怡的疯狂吓到,也不敢再训斥她什么,只是护在怀中哭泣的孩子:"英豪不答应和你离婚,现在孩子已经生下来了,我也不再管你们了,我只要我孙子。"

辛雪怡哼笑着,脚慢慢向一旁掉落在地上的刀子移动过去,语气也渐渐地平静下来:"你护着你孙子,那就让你儿子后半生孤独终老吧。"说着捡起了地上的刀,毫不犹豫地向自己的身体刺了过去,却也在刹那间被徐英豪挡住了,刀刺入迎面扑过来的徐英豪的后背。

一声接着一声惊恐的嘶吼声震耳欲聋,徐英豪紧紧地抱着辛雪怡不肯松手,辛雪怡目光呆滞,泪眼迷离,手里仍然握着他背后的那把刀。

大门便被一个强劲的力道一脚踹开,陈栋带领着七八个身着士兵服装的人持枪冲进了院子,将辛雪怡和徐英豪包围起来。来人向他们宣布:"徐英豪,辛雪怡,陈栋举报你们的报道涉嫌传递违法信息,现证据确凿,你们被逮捕了。"

退缩在一边的陈栋,满脸得意的笑容,凝视着两个人。来人将两个人拉开,控制住他们在场的所有人,陈栋这才上前说道:"社长,主编,别怪我,要怪就怪你们不识时务,你们的思想跟不上这个时代了,你们该退了,却还霸占着这个位置不肯放手。"

辛雪怡根本没有心情去搭理他,理都不理,正眼也不愿意看上一眼他,便跟随着来人一起离开了。

被时光抹掉的名字

其实一切还是缘起报社内的一场整改活动。年纪虽然只有十五岁,陈栋却野心勃勃想要代替徐英豪和辛雪怡,辛雪怡主持的乃是旅行杂志的事情,毕竟在前线做了多年的战地记者,辛雪怡的新闻也获奖无数,再加上她的执着和胆识,在新闻界的地位比起徐英豪还是要重太多,陈栋便也只能在她身边潜伏,一直找寻着她报道上的缺口。

陈栋送上去的证据,有些连辛雪怡自己都没办法解释,毕竟都是她签了字。辛雪怡他们直接被关押进了监狱,于墨前后奔走,打通了一些关系,这才争取到机会与辛雪怡见面。

"雪怡,这次的事情牵连甚广。徐英豪前两日已经被送往河北安国县农村进行改造了。你婆婆年纪大了,这次我们也是费力才保下她可以被亲人带走养老。陈栋已经联合了人接管了你们报社。"

对其他人丝毫都不关心了,辛雪怡只关心起自己来:"我会被送去哪儿?"

"到北京房山一个印刷厂进行劳改。"

"真好,还在北京。"

"雪怡,还有一个问题,你的家已经破散了,你丈夫那个两岁的儿子该如何安置?"

"随意。"

辛雪怡是拒绝了,于墨却还是将孩子在她出发前送到了她的手中,他们之间的感情已经不复存在,婚姻也走到了尽头,到头来自己却还要帮着他去照顾他和情人的儿子,看着怀中沉睡的小孩儿,辛雪怡突然觉得自己真的很可笑。

不管是武汉的前线还是重庆的内战，他们都不曾害怕，可偏偏输在自己带回的弟子手上，陷入了最为困难的挣扎时期，更为可悲的是还必须去替别人养孩子。

战事惨烈的战场采访她都坚持过来了，印刷厂的改造再苦还能苦到何处？报社工作多年，印刷厂也是她第二个家，只不过这个家里有些孤单，还有些烦躁。

根本就没有照顾过小孩儿，只要孩子一哭，她莫名地心烦，手下的活也不想再做，可却也不忍心丢下他不管，好在一起干活的还有一个孕妇李琳，已经生过一胎，第二胎刚怀孕却也因为丈夫出了些问题，一家人妻离子散，她也被送到了印刷厂进行劳改，手把手地教辛雪怡照顾他。

从国外返回到知晓这个孩子的存在，紧接着便被送到了房山印刷厂，还从来都不知道这个孩子叫什么名字。在李琳的提议下，辛雪怡便自己重新给他起了一个名字：徐智霖。

所有的一切都在适应中慢慢变成了习惯，在当初来印刷厂的时候，除了强行被塞过来的这个孩子，辛雪怡便也只带了自己的笔记本、316留给她的那个笔记本和当年徐英豪留给她的那个档案袋。

在印刷厂内，每日看着别人写的新闻报道，手难免还是有些痒，将那些废弃的报纸全部收集了下来。看过他们的报道，同一件事情，辛雪怡会重新书写一份，生活再苦，她手下的笔始终不曾停止过。

身体本来就不好，干活期间多次晕倒，辛雪怡劝解过多次，可李琳还是坚持要将孩子生下来，看着她额头上汗珠直冒,痛苦的呼喊声接连不断,喊道最后累得连睁开眼的力气都没有了。

听到孩子的哭喊声的那一刻所有人都松了一口气,辛雪怡的胳膊也已经被她抓出了一道痕迹,拿过一旁的毛巾替她擦拭着脸上汗珠,接过孩子送到了她的眼前,轻声呼喊着晕厥的人:"李琳,你睁开眼睛看看你的孩子。"

完全已经不听使唤的身体,或许也是最后一个希望和求情,支撑着她睁开了眼睛,看了看辛雪怡怀中的孩子,使出所有的力气再一次抓上辛雪怡的手,干涩的嘴唇,发出微弱的声音:"雪怡,求你抚养这个孩子,让他跟着你学字写新闻。我这一生的选择都是错的,我只希望孩子不要再继续我的错误,让他跟着你,换一种人生吧。"

毕竟也是她最后一个请求,辛雪怡没有拒绝的权利。可抱着怀里的小孩儿,她又后悔了,她连自己的人生都不知道会如何,又如何挽救这个婴儿的人生。

身边又多了一个小孩儿,让辛雪怡更加手忙脚乱,于墨会定时前来探望她,给她送一些生活用品,两个孩子的生活至少也不会过得很苦。

"这些东西,你先用着,还有什么缺的,给我列个名单,我下次给你带过来。"

"我还行,你给孩子准备一些用品吧。"

"这个儿子你想好名字了吗?"

"徐慧霖。"

"有什么寓意吗?"

"本来一个儿子都没有,一下子有了两个儿子,还都不

是自己亲生的,说来也是生活的一个惊喜吧。"

两个小家伙慢慢地长大,也越发闹腾,时不时打架,却又在辛雪怡忙碌的时候安静下来乖乖地守在她的身边帮忙,让她的日子过得不那么无趣。

两个孩子慢慢成长起来,辛雪怡能交给他们的东西也有限,在于墨的帮助下,便将两个人送到学校正式上学。

如此平淡而又温馨的生活,每日看着两个小家伙成长,似乎又成为辛雪怡的另外一个追寻的方向。

只不过其间却又冒出来一个小火花,许久不曾联系的莫文清竟然找了过来。他的眼神有些游离,带有一丝的悲伤,见到她的第一句便是:"我妻子病逝了。"

不知道他将这个消息告诉给自己的意思是什么,能回答他的也只是一句安慰的话"节哀顺变"。

简陋的屋子,除了一杯水其他也都准备不出来,简单的几句话之后,两个人便陷入了沉默之中,尴尬地坐着。莫文清明显还是有些焦急,干坐着的手有些不知所措。辛雪怡却一脸平静,凝望着眼前的人,心中却在怀念远在他方的徐英豪。

当初的她在听到他背叛自己之后,一瞬间便崩溃了,什么都不想不顾地去责备他、指责他,冷静下来之后,这才发现,这么多年他们已经融为一体,离开他的自己就是一个废物,连基本的生活都做不好。

"雪怡,我可以想办法将你从这里接出去。"沉默片刻之后,莫文清再一次开口。

回过神来,辛雪怡微微一笑摇头回道:"文清,我并没有离婚，也从来都没想过离婚。"

　　拒绝了莫文清，生活再一次回到了原来的模样。一个月之后，新的消息再一次传来，过往劳改的众人所犯的事情，全部得到了上面的重新审查，辛雪怡他们当年写的报道也经过了重新调查，确认是假的，辛雪怡和徐英豪得到了释放。

　　比起辛雪怡，徐智霖、徐慧霖这两个小家伙对这个消息更加开心，下了学一路呼喊着狂奔着返回，因为他们终于可以离开房山这个小地方，可以去看看外面的世界到底是怎样的，也是因为他们终于可以见到那个只知道名字的爸爸了。

　　"小孩儿。"一声男人的呼喊将两个狂奔的人阻拦，两个人停下脚步回头过来，看着一身风衣飘飘、脸色有些苍白的男人，徐智霖疑惑着："大叔，你叫我们什么事情？"

　　"小孩儿，这里有个印刷厂，你们知道在哪里吗？"徐英豪询问着。

　　"知道。"徐慧霖刚准备给他指路，却被哥哥先行拦住，上一次两个人也是在同一个地方给莫文清指了路，却没想到他是去找他们的妈妈求婚的，两个人当时躲避在门外，气得差点儿冲进去打他。这一次又有一个男人来问印刷厂，哥哥徐智霖便也留了一个心眼。

　　"大叔，你也是来印刷厂找人的吧？"

　　望着两个小孩儿，徐英豪会心一笑点了点头："是，你们知道印刷厂内有一个叫辛雪怡的女人吗？"

　　确定来人真的是来找寻他们的妈妈的，两兄弟对视一眼，伸手指着相反的方向回道："印刷厂在那边。"

被时光抹掉的名字

为来人指了一个错误的方向,亲眼看着他走过去,两兄弟偷笑着迅速地返回。一回到印刷厂,徐智霖、徐慧霖两个人便四处奔跑着,呼喊着找寻到辛雪怡,拉扯着将她往家里拉回。

"我的活儿还没干完呢?你们先自己回家学习。"

"妈,我们有事情给你说。"

也不知道两个人在搞什么鬼,辛雪怡手里的活都没有做完,被两个人左右各一手强行拉拽着向前走着。没几步路之后,三个人再一次停下了脚步,辛雪怡一脸欣喜夹杂着闪烁的泪眼凝视着眼前,终于迎来了那个从自己生命中消失了十余年的面孔。

"我来接你了。"

拦住两个吵闹的孩子,两双眼凝望着彼此嬉笑了片刻,这一次是辛雪怡先行冲了过去,冲进了那个怀抱。紧紧地将她抱在了怀中,虽然已经晚了,可是他还是将欠的那一句"对不起"先行补上。

对于他的到来很是意外,却也欢喜,伸手环抱上他越发消瘦的身体,依旧还是那一句"我原谅你了"。

十多年的时光,他们不再年轻,重新返回北京,也已经物是人非,熟悉的朋友不是换了行业,便已经离开了人世,唯一还愿意帮助他们的也只剩下于墨和莫文清。

返回后的第一件事情,便是重拍结婚照,这也是徐英豪送给辛雪怡的惊喜,只不过还有闹腾不断的两个儿子,几张照片忙忙活活地拍了一下午。早已经吃够了妈妈那道水煮土豆块,拍完照,徐智霖、徐慧霖死活不愿意回家吃饭,尽管辛雪怡告诉他们"你们爸爸做饭很好吃",可两个人根本不相信,硬是拉着徐英豪和辛雪怡混了一顿餐馆。

比起于墨和莫文清,陈栋是更加的积极,迫不及待地带着礼物前往了家中探望。完全是黄鼠狼给鸡拜年,没安好心。

"恭喜两位安然出来了,我在饭点定了餐准备给两个老师接风洗尘,没想到你们竟然自己吃了。还是这么朴素,徐老师,你说你好歹以前也是富家公子,现在落魄到跟妻子躲在这个小破屋内,以后还是少做缺德事。还有辛老师,你说你好好一个名记者,获奖无数,本可以升职的,就因为你这脾气,现在把自己弄成这样人不人、鬼不鬼的。"

陈栋对两个人一番言语上冷嘲热讽,徐英豪和辛雪怡已经见怪不怪了,完全将他当作空气一般忽略,毕竟经历了那么多。

可两个儿子年轻气盛,怎么可能容忍父母如此被羞辱,二话不说当场就和陈栋打了起来。"你这个坏人,凭什么说我妈妈?"

陈栋毕竟已经成长为一个二十多岁的小伙子,要对付他们两个还是轻而易举,只不过应付起两个小鬼却也没能讨好,最终还是灰头土脸地离开了。

第一次见面就已经满是不满,自然再一次遇到兄弟两人便是一脑子整人的办法。陈栋带着有些痴傻的姐姐陈立春去医院进行治疗,放学回来的徐智霖、徐慧霖一路跟随着,不依不饶地各种小动作进行骚扰着,惊扰得痴傻的陈立春惊恐地大闹,闹得整个医院鸡犬不宁。

一番作怪,扰了别人,却也让他们两人满脸伤痕、灰头土脸地返回了家。和徐英豪这个爸爸相处不过几日，对于他的脾气还是陌生的，更多的是不知道如何相处，所以面对他还是有些忌惮，推开门低着头躲避着。

徐英豪将做好的饭菜端出厨房，摆放在饭桌上，喊过进门的两个人，便又重新转向厨房，也是突然发现两个人举止异常，徐英豪便又再一次停下了脚步，将两个人喊住。

两个推搡了片刻，徐智霖回道："爸，我们作业还没写完呢？先去写作业了。"

"你们两个过来。"

却也是躲不过去了，兄弟两个人推脱着回过头来，看着两个脸上的伤痕，徐英豪脸上瞬间挂起了不悦。"打架了？""没有，摔倒了。"徐智霖坚持着。

"什么地方把你们摔成这样？""你干吗不相信我们，说了是摔倒了。"徐智霖有些不耐烦了。

一直在妈妈的身边保护着她，可是这个突然出现的爸爸只会嫌弃他们、责怪他们，他既然保护不了妈妈，他们便自己动手，凭什么他来指责他们，长这么大他也从来都没有管过他们，现在却要管他们，凭什么？

"你们撒谎，为何要我相信你们。"

兄弟两个人从脸上的眼神到心里满是不服气，更不想听徐英豪的任何指责，在听到徐英豪拆穿了他们的谎言，更是羞涩和惶恐，突然之间愤怒地对着他呼喊起来。

"对啊，我们就是打架去了，你凭什么管我们？"哥哥徐智霖大声地呼喊起来。

"你才做了我们几天的爸爸，你凭什么管我们？"弟弟徐慧霖之后也帮衬着。

"我是你们的爸爸,不管做了几天都是,你们撒谎,就该受罚。"徐英豪的耐性明显比起以前好了一些,表明了自己的态度之后,拿过一旁的扫帚在两个人身上抽打着。"什么时候知道错了,我什么时候停止。"

第二十二章　跨越新世纪的人

听着声音，辛雪怡拿着一根黄瓜从厨房走了出来，望着了眼前的情况。兄弟两人刚开始还咬牙坚持着，到之后小的徐慧霖先行哭泣了起身，呼喊着自己错了。徐智霖凝望着一旁的妈妈始终不曾阻拦，便也在坚持了几下之后，大声地喊道："我知道错了。"

停下手，让兄弟两个人将自己打架的缘由说了出来，本以为他们是为了保护爸妈，至少能得到他的原谅，却不曾想换来的却是斥责。

"第一次因为陈栋言语侮辱我们，你们动手，我可以原谅你们。可这一次他并没有招惹我们，只是在照顾生病的人，你们找上前去打了一个无辜的人，你们已经错了，返回后还撒谎欺骗我们，你们的错误更是不可原谅。"

经历了这么多，他们也不再如从前对于任何事情都那般的执着和冲动，当年却也如两兄弟一般。徐英豪并未和他们相处过，很多时候并不了解他们，只不过他也无法原谅兄弟二人的这个错误理念。

"妈，撒谎是我们的错，可是那个陈栋根本不是好人，他欺负人在先，我们报仇没有错。"知道徐英豪不认同他们的观点,徐智霖便将希望寄托在了妈妈辛雪怡的身上。

　　凝望着眼前的两个孩子,辛雪怡将手中的黄瓜掰成了两半,递给每人一半叮嘱道:"从明天开始,我要重新开始报社的工作,也没时间管你们了,你们有什么事情要及时告诉爸爸。好了,看你们今天这个样子,吃完黄瓜就去写作业吧,写完早点睡觉。"

　　两兄弟十多年一直被她养在身边,与徐英豪也是陌生了些,他们父子之间需要时间,需要相处。

　　妈妈的话明显也是认为他们错了,不愿意帮助他们,还处罚他们不许吃饭。堵着一口气,两个人返回了房间。徐英豪挑了挑眉,微微一笑,拉着她坐回到了餐桌前吃起饭来。

　　看着紧闭的房间,徐英豪给辛雪怡碗中夹了菜,询问道:"你真要饿着他们?""你在他们这个年纪不是也经常被你爸爸打、饿吗,现在还不是活得好好的。"辛雪怡回道,将菜饭送到嘴边吃了几口,转而又露出一副哀愁嘀咕起来。"战争都结束这么多年了,可这日子过得依旧心惊胆战。"

　　知晓她又想起了什么,徐英豪不禁嬉笑着:"你是一只能跑千年的女妖,还会害怕这些吗?"

　　"并非怕,只是烦心,偏偏都是熟人。"

　　"不熟的人才没有闲工夫给你找事。"

　　"所以啊,你要帮我教训教训这些不懂事的家伙。"

　　这么多年,第一次听到辛雪怡亲口求他帮忙,徐英豪自然是乐意之至。劳改的事情已经成为了过去式,《新公报》在北京的分报社在陈栋他们的折腾下,最终还是停办了。

　　重新返回,徐英豪决定退出新闻行业,投身到了商场之中，这也是爸爸当年送他们离开时，留给他的产业。有了资本，再加上之前一些朋友的帮忙合作，做起业务来，还是比从基础开始的人简单。

辛雪怡的重新归来，还是引起了新闻界的关注，在她返回之后的次日，便陆续得到了各大报社和杂志的邀请，皆都被她婉拒了。这么多年的记者做下来，她明白自己最喜欢的不过是报道事实，报道人性，而转型当年她留下的杂志，便是她新的方向——《人生》。

这么多邀请之中唯独接受了全国新闻工作者协会理事长这个工作，在这样的身份下再去创办《人生》这个杂志也是方便了很多。

姜还是老的辣，这也是徐英豪在进入商业的一个重要原因，毕竟陈栋也转行到了杂志的贩卖上。

并没有花费很大的心力，毕竟徐英豪的父亲当年在商场上也是有所成就，他虽然不曾直接去管理过父亲的产业，可是有些人脉和渠道还是很清楚的。特别是他将远在上海的张咏叫了过来帮忙。

那一次回上海是他在火车站接他们，这一次换成他们去接张咏的全家。没想到这一次再见，他们的脸上都带上了沧桑。只不过徐英豪和张咏的那份兄弟更加的可贵。

"欢迎你来到北京。"等到两个兄弟感慨完，辛雪怡也和张咏打起招呼。"给我们介绍一下你的家人吧。"望着眼前的一身优雅姿态、牵着女儿的妇女，辛雪怡微微一笑询问道："应该叫嫂子还是弟妹？"

"嫂子。"徐英豪抢先开口回道。

女子会心一笑，向辛雪怡伸出手介绍道："别管他们的兄弟情了，你直接叫我小婉，我叫你雪怡吧。"

张咏的妻子，辛雪怡和徐英豪自然是认识的，毕竟在上海的那一次还是他们两个给撮合的。

辛雪怡和小婉母女坐一辆车，徐英豪和张咏坐一辆车，两辆车向为他们准备的家赶过去。这些年张咏在上海一直在做工厂的事情，所以对于商场上的事情还是清楚的，而且在徐英豪和辛雪怡被抓之后，他也托北京的朋友，一直在调查陈栋，两个人在车上再一次谈起了现在的情况。

"这些年他吃着老本，私下里又以极端的方法攻击同行，为自己谋取利益，树敌不少。现在，你们已经安然出来了，雪怡在新闻界的影响力还是存在的，而且她创办的杂志《人生》又获得这么多肯定，想要弄倒陈栋并非难事。"

"这个我并不担心，我已经联系了几个朋友，暗中斩断了他的销售渠道。"

"下手挺狠的。"

"我教出来的徒弟自然知道他的弱点在哪儿，接下来我会直接断了他的资金。"

"当然，就算你不做，别人也会直接出手，分这杯羹的。"张咏沉默了片刻，将目光锁定在了一旁开车的徐英豪脸上，继续询问道："听说他姐姐疯了，英豪，当年你真和这个陈立春生下了一个儿子吗？"

回头瞥了一眼旁边的人，徐英豪反问："一会儿你就可以见到那个孩子了，有什么不信的吗？"

"我们从小一起长大，你是什么样子，我太了解了。而且按照雪怡的性格，你若真这样做了，只怕这一次她也不会跟你复合。这些年她一直在奔跑，是为了你停下了脚步，随时也可以再一次起步。"

面对张咏的分析，让徐英豪不禁发出一声苦笑："我们两个在一起这么多年了，都看不透对方，你一个外人看得倒是清楚。"凝视着眼前的路面，徐英豪的眼神有些深沉，回忆着当年的一些事情回道："当年的某些事情的确是我故意做的，包括送她出国。"

"这些年，你一直在追逐着她四处奔跑，好不容易在一起了，为了什么会做出这样的事情？"

"想测试一个答案。"徐英豪脸上再一次露出尴尬的笑容，"可显然她并未发现，却还是因为我的测试动怒了，导致我们的结局有些惨，好的是，她比较聪明，所以又回到了我的身边。"

张咏一声哀叹之后，便也不再询问，两个人的性格都太倔强了，也太执着，一直想要创造他们喜欢的家园，却又偏偏被现实一次次折磨，这十来年他们两个人的生活过得太苦了。

另一辆车上，司机开着车，辛雪怡和小婉母女有说有笑地聊着天，介绍着自己的两个儿子。

在与陈栋的较量中，第一战斩断了他的销售渠道，第二战便是断了他的资金，直接将陈栋逼上了绝路。其实这么多年，陈栋一直想要创新做出只属于自己风格的杂志，忽略了杂志的受众，在他的经营下，他的杂志社已经是千疮百孔，徐英豪只要微微有所行动，便能击垮他。

对于陈栋的未来他并不感兴趣，可陈栋却始终不肯罢休，狗急跳墙之下，在徐智霖、徐慧霖放学的路上，将徐智霖绑架。在哥哥的帮助下，徐慧霖得以逃脱，一路哭喊着跑回了家，将消息带给了父母。

报警之后，徐英豪和辛雪怡便匆忙赶到了陈栋的杂志社，杂志社已经人去楼空，所有的东西都被陈栋毁坏了，徐智霖被他捆绑着扔在角落，陈栋坐在地上接连几瓶酒喝着。

很明显因为徐智霖的哭闹，他已经被近乎疯狂的陈栋打得半死不活了。徐智霖凝望着他的一举一动，小心翼翼地喘息着。

警察将整个杂志社包围了，却也不敢妄动，徐英豪和辛雪怡与警察协商后，一起进入杂志社内与陈栋谈判。

"陈栋，你恨的是我们，有什么不满向我们发泄出来。"辛雪怡劝解着。

凝视着两个人，陈栋眼中尽是嘲笑："你们两个都是虚伪，知道我生病了，就抛弃了我。"

听着他的话，徐英豪和辛雪怡这才弄明白，在他们将陈栋交给陈氏夫妻收养之后，他便生病了，在医院进行了紧急抢救才得以生存，陈氏夫妻并不相信徐英豪他们的说辞，怀疑他们是因为他的病将自己的亲生孩子抛弃，而这个猜测却也让小小年纪的陈栋听到了。

"陈栋，你并非我们的孩子，不管你相不相信，你是我们当年从重庆返回时在火车上从人贩子手中救回的，这些年我们也找寻过你的亲生父母，可战场下有多少家庭又是完整的。"辛雪怡开口解释着。

被时光抹掉的名字

"随便你们说什么，"陈栋根本就不相信他们的话，手拿过地上的酒瓶，摔打在地上，砸出一个缺口，握着瓶口缓缓地爬起身来，向地上的徐智霖走过去，一把抓起地上的徐智霖将瓶子的缺口对准他的脖子。

"陈栋，智霖可是你姐姐的孩子，你不能伤害他。"焦急之下徐英豪喊道。

陈栋仰天一声长笑，将徐智霖的脖子夹在自己的胳膊下："你们还在编造谎言，你们是新闻界的翘首，你们编造新闻的能力我已经见识过了。"

和陈栋相处这么多年，对于他的脾气还是很了解的，特别是在他认定的事情之后，想要挽回他的思想是很难的，辛雪怡便采取最为极端的方式。

"陈栋，你认为你很聪明，可我觉得你太蠢了，就像当初我们抛弃你，也是因为你太蠢了，我对你的未来并不看好，你现在不是已经用事实向我们证明，我们当初的决定是正确的吗？"

被辛雪怡的话刺激，陈栋将手中的瓶子转移指着辛雪怡："你终于承认了。"

"没有什么不敢承认的，我在重庆生下了你，当时就发觉了你的病，觉得你是一个麻烦，会拖累我，其实你应该感谢我，至少是回了北京才将你送人。"

辛雪怡刺耳的话一句接着一句，刺激得陈栋精神越发崩溃，神情也慌乱不已，将所有的恨对准了辛雪怡，所有的愤怒集中爆发后，最终直接向她扑了过去。在一旁早已经做好准备的警察，却也在他扑过来的瞬间开了枪。

血将辛雪怡的视线染红，抱着倒下的人的那一刻，辛雪怡眼中眼泪和他喷在她脸上的血混合在一起。

当初将他救回是想要挽留他的一条生命，为他取名为陈栋，却也是因为他长大之后可以为国家做贡献，却不承想两个期望都落空了，最后还是他们亲手结束了他的性命。

将徐智霖紧急送往了医院，却也因为他的血液乃是 A 型血，只能 O 型血的辛雪怡为他输血。等到徐智霖的命救回一切安稳下来，徐英豪趁机前往一趟精神病院去看望已经痴傻的陈立春。

说起陈立春并非如徐英豪当初欺骗辛雪怡时所言的那般难产去世了，在学校的时候陈立春和自己的同学好上了，瞒着家里人跟随他私奔了，却依旧还是抵抗不过现实的摧残，男人在她怀孕之后，变了态度，对她每日拳打脚踢，可陈立春却依旧死死地缠着他不肯放弃，直到孩子被打掉，陈立春这才死心而返。

伤心欲绝的她返回后不肯去见自己的父母，在自杀时被徐英豪所救，得知她的遭遇便替她租了一间房子，照顾着她。在之后的恢复中，她又相识了租房附近的一个商人，无奈那个商人也是一去不返，留下有了身孕的她。

陈立春最终还是被母亲发现了，徐英豪因为孩子的事情一直被母亲逼迫着，就像辛雪怡说的，未来陪他到尽头的是辛雪怡这个人。在母亲的误会下，便也让陈立春帮忙改了口，称孩子是自己的。无奈陈立春所求太多，一番相处下来，却也还是对徐英豪动了感情，奢求可以借助这个孩子嫁给他。

还是那句话，若是他对辛雪怡的感情有一丝的犹豫，他便不会追逐着她上前线，当初放她出国，也不过是因为那个档案袋内的东西。

一直到孩子生下来，徐英豪想要将陈立春送回她的家，可是她却扔下孩子离开了，至此便没有了消息。

不管过了多少年，中间停留过多少次，她还是喜欢冲在第一线采访的感觉。打探到了一些俘虏的国民党特务，在经过审判之后定了罪。

辛雪怡对于这些特务来了兴趣，想要专门为他们做一篇报道。让莫文清帮忙，辛雪怡前往监牢对这些人进行采访。

"你怎么会突然对这些人感兴趣，都是国家的罪人，迟早都要死的。"莫文清边走边询问起来。

"都是为了活下去的一些普通人而已。"辛雪怡回道。

"可是他们活着的方式侵害了其他人，所以这个社会上的人是不会同情他们的。"莫文清回道。

"都是一些被洗过脑的人，有些甚至连自己的本名都不记得了，就记得一个代号，对于自己的立场和特务这个身份更是模糊，像一个被人操控的傀儡一般，只会服从命令，从不敢过问缘由。"辛雪怡说着。

辛雪怡之所以选定他们作为自己这个时候的采访目标，这也是其中一个很重要的原因，带有同情，带有悲哀。

一番采访下来，辛雪怡却也是寒心，本都是同一个国家的同胞，都是一个大地上养育出来的兄弟，无奈因为战争和生活，他们走上了一条最不是路的路。

并没有对所有人进行采访，只是挑选了其中两三个，一是时间不允许，二是两三个人采访下来，所有人的回答都相差无几，其他人也没有必要再去问话了。

采访一直进行到深夜三点才结束，刚结束另一伙人便进来，将众人从监狱带了出来。

跟随着莫文清，两个人一同向监狱门口走去，看着旁边一个个走过的特务，辛雪怡疑惑着："这么晚了，他们是要被送去哪里？"

停下脚步，拉过辛雪怡站在一边，给他们让出了路，小声在她的耳边回道："他们的审判已经结束了，都是死刑，今天便是执行日。"

凝视着眼前一个接着一个走过的人，难怪他们进行的采访的时候都无所顾虑，说话异常地直白和淡漠，原来是生命已经走到了尽头，已经没有任何奢求。

在走动的人群之后，渐渐那个陌生而又熟悉的面容又出现在辛雪怡的视线之中，眼泪一瞬间涌出了眼眶，完全不受控制地一滴接着一滴滑落。

和辛雪怡不同，316凝视着她给出的却是欣喜的笑容，跟随在众人之后一步一步向她靠近。

从国外返回，便又开始了四处流浪。命是保住了，他的名字却永远地丢失了，能证明他原本身份的人都已经离开了人世，活着的都异口同声说他乃是国民党当年培养出来的003号特务。

其实在她走进来开始采访的时候，他便已经听到了她的介绍，认出了来人，对于她的每一个提问他都认真地思考过了，可是除了和他们一样的回答，他也找不到其他的答案。

只不过最后一个问题,其他人给不出答案,他却可以:如果可以重来,他还是会前往那座城市去见她。

其实他是很欣慰的,至少在离开这个世界的时候认认真真地看她一眼,虽然只是短暂的几秒。

对视着她满眼泪珠的眼睛,却无法伸手去为她擦掉那些泪水,只能保持着微笑,在与她擦肩而过的那一刻,他的笑容或许也是踏上这条路以来最为自然和灿烂的。

"你怎么了,雪怡?"发现身边的人一脸泪水,莫文清担心地询问起来。

丝毫没有准备的相遇,追逐了半生的人终于站在了自己的面前,可是她除了哭泣却也什么都为他做不了。泪水模糊了视线,再一次清晰过来,视线中的人已经消失。

双腿再一次不听使唤,像是疯了一般奔跑出去,追赶着行驶的载着他离去车子奔跑起来,有很多的不甘,有很多的伤痛,有太多太多太多说不出来的坚持逼迫着她去追逐,这一次或许也是她跑得最远、哭得最伤心的一次。

从遇见他的那一刻她的人生便一直在追逐,追逐着没有方向的方向,跑遍了国内国外很多的地方,可这一次的奔跑却彻底将她打败,一双腿也是累了,想要劝解她放弃,所以选择了罢工。

"出了什么事情,为什么突然她的腿就无法行走了?"凝视着坐在病床上,没有任何反应的辛雪怡,徐英豪担心地和医生在一旁小声地说着话。

"并非突然,她的腿上本来就有旧伤未曾康复,之后又四处跑,对于双腿的压力很大,所以这一次也就复发了。"

"那还能康复吗?"

"她的双腿还是有感觉的,只不过以后也不可能再正常行走了。"

"一个记者,没有了双腿,她的采访便也彻底结束了。"徐英豪哀叹着。

在医院住了一个月,并非只是因为双腿被轮椅代替让她无法接受这个事实,

只是一瞬间所有的希望都断了,这后半生的路要如何走她想不出答案,也看不到方向了。

双腿没办法行走了,好在采访还是可以在轮椅上进行的,刚开始的时候两个儿子轮流推着她,儿子长大了结婚了,能见到的时间更少了些,身边唯一不变的还是徐英豪,闲暇的时候他会推着自己四处走走看看,有时两个人就那样安安静静地坐在公园的一处角落内,一坐就是一整天。

辛雪怡的双腿并非真正的瘫了,只是因为多年奔跑在前线,因为受伤、水泡影响到了双腿的疼痛,无法行动。可是她本人似乎没有那个意识再去恢复它们的功能,偶尔在徐英豪的逼迫下行走几步,之后又会忘记,坐回到轮椅上。

儿子长大了变得安静了,孙子孙女又开始闹腾了,辛雪怡和徐英豪也算是命好,躲避过了战场上的危险,一路艰难走来,又等到了孙子孙女,更让人欣喜的是即将迎来跨世纪的新一年,他们的人生将从20世纪进入21世纪。

也是赶上了辛雪怡的生日,众人商议之下,两个儿子儿媳带着孙子孙女一起聚集起来为她庆祝生日。

被时光抹掉的名字

一家人聚集起来，辛雪怡这才发现除了采访别人的人生，自己的人生其实也很有意思。

"祝福妈妈生日快乐，即将成为跨越世纪的老人。"两个儿子和儿媳一起喊道。

"再过几个月，我也过生日，跨世纪我也可以的。"徐英豪不甘心地争辩起来。

"你现在就跨，看你这半条老命能跨多远。"辛雪怡打趣起来，惹得其他人嬉笑打趣不断。

随后伴随着孙子、孙女们一声清脆的呼喊："祝福奶奶生日快乐。"众人的生日歌唱了起来，可是不巧的是敲门声也跟随着响了起来。

打开房门，不知道何时坐上轮椅的莫文清，在家人的协助下找到了辛雪怡的家中。

比起同样坐在轮椅上的辛雪怡，莫文清的情况更是不好，视线也模糊了，说话的声音都是断断续续的，一句话说完都得喘息很久。

听推他过来的儿子说，躺在医院的莫文清坚持要来见一眼辛雪怡，也是为了完成他最后的心愿。

凝视着眼前的人，莫文清虚弱的声音询问道："雪怡，当年被判了死刑的那些特务中有你认识的吗？"

好久都不曾听过的疑问，却不曾想在自己即将跨进新时代，准备重新开始一段人生的时候再一次听到了那个人的消息。

"在你追着囚车出去后，我去所有囚房看了看，在一间囚房的墙壁上有人留了一句话。"

被时光抹掉的名字

沉默许久的徐英豪有些不满的语气质问道："既然当初选择隐瞒，现在也就没必要说了。"

从莫文清走进房门，徐英豪的神情莫名地便又紧张了，不知道为何总觉得他的出现带来的肯定不会是好消息。

莫文清颤抖的手从轮椅后取出一把小号，眼中就是欣喜和不舍，贴满胶布的手抚摸着小号："活得久了，马上要死了，突然觉得在这个世界过得有些孤单，都没有人记得我曾经来过。"

"你有儿子，有孙子，儿孙满堂的，怎么会有人记不住你的名字，这样的玩笑有些可笑。"徐英豪明显已经在忍耐了，两个儿子和儿媳也看出来此刻父母的不满，拉着吵闹的孩子躲避到一旁，互相推打着，眼神有所示意着，可始终行动不起来。

莫文清伸手将小号递给了辛雪怡，深情地说着："这个世界已经遗忘了我，可我却记得你的名字。"

当年在墙壁上看到这样的一句话，联想到此前辛雪怡看着离开的那些囚犯的反应，莫文清便猜测到了其中有人与辛雪怡相识，可是那个时候他第一个想到的便是毁了那些字，让辛雪怡永远地断了那个念头，进而可以停下脚步，所以在陈栋设计陷害她的时候，他明明早已经知晓了一切，却选择了沉默。

"其实当年，那些人之中有人并未被处死。在押送的途中，发生了意外，有五个人趁机逃跑了，之后在接应的人的安排下，乘坐上飞机逃往了台湾。"

一番谈话，面对的辛雪怡始终没有任何的反应，也是看着父亲的忍耐已经到了极限,儿子和儿媳立刻打断了他们的谈话:"今天是我妈妈的生日,我们不想知道这些过往的事情,你们的礼物已经送到了,请离开吧。"

莫文清走了之后,辛雪怡让儿子将自己推到了屋外的阳光下坐着发呆,徐英豪也是一言不发返回了房间将自己关在了屋内。一场生日宴就在这样一个突然来客之后停止了。

其实到最后,他们都不明白他来到底是何目的,送小号作为留念,还是将墙壁上那个没有姓名的人留下的那句话告诉给母亲。

并不知道父亲和母亲之前,曾经发生过什么,众人也不好开口去劝解,只能任由两个人冷战。

将当空的阳光,一直坐到落下山,辛雪怡这才松了一口气,双手扶着轮椅缓缓地站起身,紧闭上双眼,更换起身体内的空气。

屋内所有为生日宴准备的东西已经被儿媳们收拾干净,屋子也打扫干净了。

也不知道哪里出了问题,天刚微微暗下来,竟然停电了。

天也黑了,徐智霖、徐慧霖有些担心母亲,商议之下一起走出来强行劝解:"妈,天冷,我们送你回屋休息吧。"

"好,回去吧。"辛雪怡并没有拒绝。

徐智霖刚推着辛雪怡转换了一个方向,小儿子徐慧霖突然开口询问:"妈,我将那个大叔送来的那个小号和你的那些报纸一起放在杂物间了。"

"直接扔了吧,我看这个大叔就是故意来找事的,说一些莫名其妙的话,惹得爸爸现在也不开心了。"大儿子徐智霖气愤地说着。

"人家刚送过来，妈直接给扔了，让人知道了也不好，还是放在杂物间吧，以后再扔吧，不过，妈，你还是和爸爸好好聊聊吧，他已经一个下午都没说话了。"徐慧霖说着。

"爸爸越老越像小孩子，我感觉他是在吃妈妈的醋。"徐智霖打趣着和弟弟徐慧霖一起将母亲推进了屋内。

回到房间，徐英豪也不在屋内，辛雪怡支走了两个儿子，摸索着找出了蜡烛点燃，将整个屋内微微照出一丝光亮。只不过翻找的时候，却也随手找出了当年出国时候徐英豪留给自己的那个档案袋，这么多年，始终不曾打开看看里面到底是什么。不知道为何突然之间来了兴趣，将档案袋打开，取出里面的东西。

看着那张她和316的照片紧贴在一起的照片，那一刻辛雪怡突然之间有些自嘲，原来这一路走来真正选择装傻的不只是自己一个人，看着已经褪色、人像也变得模糊不堪的照片，辛雪怡突然笑了，嘴里嘀咕起来：你只不过是我见了一面的陌生人，却在见面的那一刻成了指引我前进方向的指明灯。

徐英豪手持着点燃的蜡烛走进屋子，看着她手中的照片，紧张地冲上前一把夺过照片，哼笑起来。"自始至终，若不是因为我的执着，你的心里只怕根本不会有我一丝的地位。"

"辛雪怡，你说我毁了你前半生，可你也在后半生报复了我。"笑过后，徐英豪冲上前打开一旁的抽屉，取出辛雪怡压在最底下的笔记本，一张又一张将笔记本上写满字的纸张撕扯下来，用火点燃。

"不要。"辛雪怡焦急地起身,扑过去抢夺着自己的笔记本,却被愤怒中的人一把推倒在地上。徐英豪丝毫不再顾忌她的感受,疯狂地撕扯着笔记本。"你留着这些东西,不就是因为这是他的吗,我要全部毁掉。"

听到声音的徐智霖、徐慧霖等人快速地冲进屋子,看着眼前的情况,立刻上前扶起地上的母亲。

"爸、妈,你们两个做什么,有什么大不了的要吵架。""就是,爸,妈都摔倒在地上了,你看不到啊。还吵。""不要撕了,还给我。"辛雪怡再一次冲上前和徐英豪抢夺起自己的笔记本。

儿子和儿媳上前阻拦着,两个人却不依不饶地争夺着,始终不肯放弃。

手中的火焰始终不曾停止,徐英豪的愤怒忍受到了极限,再一次推开了她,却也在刹那间一阵心悸,拿着笔记本的手迟疑片刻,之后整个人便重重地倒在了地上。

多少次自己的生命都在生死门前徘徊,也总觉得自己一定会走在他之前,却怎么都不曾想过自己有这么一天会先送他。

凝望着躺在病床上奄奄一息的徐英豪,辛雪怡紧握着他的手,满是自责和悲伤。"我不该和你吵架的,你现在站起身骂我吧,我不还口的。"

躺在了病床上,徐英豪却也异常平静,对于生死他早在上前线的时候已经有所准备,等了这么多年才等了来,老天已经很照顾他了,只不过看着眼前的她,却也有些不舍和依恋,虚弱的声音缓慢地碰触着上下唇瓣:"对不起,毁了你的笔记本。"

握紧他的手,抚摸着他的额头,辛雪怡会心一笑摇头回道:"这一次我不能原谅你。"

"妈,你现在还说这种话。"旁边的徐智霖、徐慧霖看得焦急、生气,本想上前劝解妈妈,徐英豪的声音却打断了他的话。

"你这一生很多决定都是我逼着做出的,你会恨我吗?"

辛雪怡摇了摇头,摸着他的额头回道:"因为有你,我这一生过得很精彩。"一番急促的喘息过后,徐英豪越发微弱地问道:"这个世界也会遗忘我,你会记得谁的名字?"

辛雪怡没有回答,抚摸着他的头,轻轻在他唇上落下了一吻,徐英豪也在那一刻一脸欣慰地闭上了眼睛,从眼中滑落的泪珠顺着辛雪怡的脸上滑落而下,最终落在徐英豪的脸上。

陪伴了自己大半生的人,始终没能陪伴着她走到最后。笔记本当初被徐英豪烧得只剩下半部残页码,那张照片也被他烧得只剩下一块残片,在他离世之后,辛雪怡将剩下的残片也都一起烧了。

没有他的1999年的最后一晚,只有辛雪怡一个人坐在轮椅上仰望星空,那一晚,辛雪怡重新将自己的人生整理了一番,她的人生没有几件事情是凭着自己的意愿去做的,从与316相遇开始,她的人生的方向便不是自己的,其实她自己也不知道自己想要追逐什么,只是不敢停下脚步。

年纪越发大了,可是她的思维还是很清楚,之后有些重要的采访,辛雪怡依旧坚持自己前行,毕竟有故事的人离开一个是一个,这个世界会遗忘他们,可她必须记住,将他们的名字告诉世人。

和平常一样写完稿子,坐在窗户前沉默了片刻。徐智霖端着饭菜推开了房门走进来,呼喊起来:"妈,吃饭了。"

"智霖,你给我拿一个火盆过来吧。"辛雪怡开口说着。

"你要火盆是要烧什么吗?"徐智霖询问起来。

"一些不用的资料而已,去拿吧。"辛雪怡回道。

徐智霖按照母亲的吩咐,将火盆拿过来,也帮她一同拿了火柴过来。辛雪怡回到桌前,打开抽屉,将里面的所有报纸全部取出,还有316留给她的那个他的笔记本,一张接着一张全部撕扯下来,点燃了火柴,先行将报纸底下压着的他们的合影点燃。

"妈,这个人是谁啊?"徐智霖看着燃烧的模糊的人影,询问起来。

"我不知道他的名字。"回了一句,凝望着燃烧的火焰,那一刻辛雪怡似乎也如同童话故事书中卖火柴的小女孩那般,在火焰中看到了她这一生追逐过的记忆,还有第一次与徐英豪相识的场面,那些年奔跑在路上的她,突然她想再一次去追逐那年的自己,整个人也鼓起勇气尝试着站起身,却又刹那间头昏脑涨、眼前发黑,一阵眩晕之后,重重地倒在了地上。

那一天正好是她100岁生日。

因为脑血栓,辛雪怡被紧急送往了医院进行治疗。虽然半身瘫痪,不能在站在阳光下进行采访,可是她的思维和声音依旧是完好无损的。

奔跑了一生的人,怎么可能乖乖地听从医生的话,养病。对于新闻的追求,对于报道的执着让她的生命力依旧顽强。

走不出病房,辛雪怡便在病房内工作,徐智霖、徐慧霖两家轮番照顾着她,在她的口述之下,依旧陆陆续续地发表着文章,将自己从事新闻事业多年,在前线所积累下来的经验一一告知给后面从事记者行业的每一位同事。

辛雪怡的故事已经结束,可是聆听的人也无法从故事中走出,也不知道什么时候眼角竟然挂着泪水,怎么擦拭都擦不掉,心口堵着的那口气也始终放不出来。

在众人都安安静静地整理自己的思绪的时候,李雪君无意识地走上前。"老师,不好意思,我可以问几个问题吗?"

凝视着眼前的人,辛雪怡露出一个慈祥的笑容,点了点头。

"老师,那316呢?他最后怎么样了?他上了前往台湾的飞机吗?"李雪君询问道。

思考了片刻,辛雪怡摇头回道:"这个问题,我也一直在寻找答案。"

"真的太可惜了,为什么命运会这么折磨你们。至少让你们见一面啊。316肯定也是希望见您的。"李雪君哀叹道。

"好了,老师,说了这么久,您也累了,该休息了。"于雷合起了笔记本,起身说道。

李雪君有些不甘心,有太多的疑惑没有弄清楚,便焦急上前,单膝跪在辛雪怡的身前,"老师,我再问最后一个问

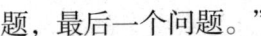

题,最后一个问题。"

"你的问题真多。"于雷不满地将李雪君的后领提起,拉拽到自己的身后。

"真的,真的是最后一个问题。"脚下小步子踩跺着脚,食指比在鼻息间抖动着,一脸祈求的眼神重复着,"最后一个,就最后一个。"

"没关系,她倒很像我年轻的时候。年轻人需要机会,问吧。"辛雪怡开口说着。

得到允许,李雪君瞬间欣喜地上前,单腿跪在她旁边询问着:"问这个问题可能有点失礼,老师,如果将你们相遇的时间延迟到当下这个和平时代,徐英豪先生和316,您会选择谁?"

凝视着窗外的阳光,辛雪怡片刻之后嘴里嘀咕起来:"我活在这个世界,是为了生活,可生活,需要前进的动力。"

简单的一句话结束了她的回答,辛雪怡便彻底地闭上了眼睛,伴随着身边照顾的护士一声呼喊,于雷快速地拉着仍然迟疑惊恐的李雪君走出了病房,两个医生快速地冲入了病房,李雪君还在努力地踮着脚,透过病房的玻璃看着里面躺在病床上医生紧急抢救的人。

葬礼的那一天,李雪君跟着于雷一起去了,到场的除了新闻界的一些主持人、记者,还有一些领导,场面也可以说十分壮观,葬礼举行了三个多小时,李雪君便一直乖乖地站在一旁,与病房不同的是,这一次她的孙子孙女也赶了回来,有同自己一般大的,也有还是七八岁的小孩儿。

辛雪怡的故事讲完了,可是李雪君有太多的不解,比如

被时光抹掉的名字

辛雪怡连徐英豪瞒着她结婚、欺骗她在外借腹生子都能原谅，为何偏偏只是烧了她的笔记本，到死都无法原谅他。问过于雷，他似乎全都明白，却不告诉她，只说等她再经历一些事情，选择结婚的时候自然会明白。

葬礼结束之后，所有人都离去了，于雷也匆忙返回去剪辑他们的采访，李雪君自己留了下来去寻找那些答案，却被一个站在镜头前干净利落地播报着新闻的年轻身影吸引了目光，那人结束了播报，手又快速地拨通了电话，和那一边的编辑坚持着自己新闻的原样，风尘仆仆地向李雪君撞过来，来了一个完美的碰瓷，当他向自己伸出手的那一刻，李雪君至少明白了为何众人会称辛雪怡为"千年女妖"。

我们都会被这个世界遗忘，能记住的也不过是最终陪伴在身边的人。

完